我正在学习一个人生活
学习独自一人也能过得幸福

# 一个女孩的镜像世界

The Mirror World of Melody Black

〔英〕加文·伊克斯坦 著

许靖烯 译

广西科学技术出版社

著作权合同登记号：桂图登字：20-2016-056 号

Copyright © 2015 by Gavin Extence
This edition published in agreement with HODDER & STOUGHTON LIMITED
through The Grayhawk Agency
Simplified Chinese language edition copyright:
2016 Guangxi Science and Technology Publishing House Ltd.
All rights reserved.

**图书在版编目（CIP）数据**

一个女孩的镜像世界 /（英）加文·伊克斯坦（Gavin Extence）著；许靖烯译.—南宁：广西科学技术出版社，2016.11
ISBN 978-7-5551-0696-8

Ⅰ.①一… Ⅱ.①加…②许… Ⅲ.①长篇小说-英国-现代 Ⅳ.①I561.45

中国版本图书馆CIP数据核字（2016）第256188号

YIGE NÜHAI DE JINGXIANG SHIJIE
一个女孩的镜像世界

作　　者：〔英〕加文·伊克斯坦　　　　　　译　　者：许靖烯
特约策划：孙淑慧　　　　　　　　　　　　责任编辑：何　醒　张　琦
版权编辑：王立超　　　　　　　　　　　　书籍设计：角　力
责任校对：曾高兴　田　芳　　　　　　　　封面插画：角　力
责任印制：林　斌

出 版 人：卢培钊　　　　　　　　　　　　出版发行：广西科学技术出版社
社　　址：广西南宁市东葛路66号　　　　　邮政编码：530022
电　　话：010-53202557（北京）　　　　　　0771-5845660（南宁）
传　　真：010-53202554（北京）　　　　　　0771-5878485（南宁）
网　　址：http://www.ygxm.cn　　　　　　　在线阅读：http://www.ygxm.cn

经　　销：全国各地新华书店
印　　刷：北京富达印务有限公司
地　　址：北京市通州区潞城镇庙上村　　　邮政编码：101117
开　　本：880mm×1240mm　1/32
字　　数：198千字
版　　次：2016年12月第1版　　　　　　　印　　张：10
书　　号：ISBN 978-7-5551-0696-8　　　　 印　　次：2016年12月第1次印刷
定　　价：38.00元

献给埃斯和托埃，待你们长大。

# 目录

# 走到镜子里

　　西蒙的公寓是我们家的镜像版，有着相同的格局：一间卧室，一个没有浴缸的淋浴间，还有一个集厨房、客厅、饭厅三大功能于一身，在出租的几周内被房屋中介夸赞为开放式设计的空间。中间的门厅狭窄又没有窗户，只有一盏孤零零的射灯在朴素的漆面上画着明暗相间的同心圆。

　　在我驻足门槛的短短几秒钟内，我就发现这是一间缺少装饰的公寓。贝克和我在装饰公寓时走的是另一个路子：主要的灯饰是小型"水晶吊灯"——花十镑就能在任何一家家居用品店买到的玻璃仿造品；目之所及的所有墙面上都挂有打印出来的风景画或者休假游玩时留下的纪念照；好几面形状、大小不一的镜子营造出空间扩大的错觉。我一直相信看一个人如何装饰自己身处的环境对于了解这个人很有意义。拿我自己来说，从我对公寓的布置就能看出我对俗气的东西没有抵抗力、爱堆砌杂物、总是想要更大的东西。

那么，西蒙的公寓透露了他的什么信息呢？表面上看来，什么都没说，徒增神秘感。我窥视门厅，却看不到一丝有关西蒙性格的线索，找不到东西去填补他给我留下的模糊印象里的空白。老实说，我甚至都不确定那能被称作"印象"。比起现实，它更像是幻想，那种用来让我们日常肥皂剧里的小角色丰满起来的不成熟的幻想。就事实而言，我可以在便利贴上写下所有我知道的关于西蒙的事：他四十来岁，独居，仪表整洁，礼貌得无可挑剔（和人总是保持一臂距离），讲话带着伦敦东区的口音，不发词首的 H 音，从事需要穿衬衫的工作，有时候需要穿西装外套，但是不打领带。然而我从来提不起更大的兴趣对他到底做什么工作一探究竟。

我不晓得自己在门口迟疑了多久。记忆里那迟疑的瞬间似乎一直延续着，像昆虫被困在琥珀里一样，但我知道这只是事后诸葛亮。通往厨房、客厅、饭厅三合一房间的门半掩着，电视机开得很大声。我推断这是他对我的敲门声没有反应的原因。我在朝屋内的那一面门上更使劲地敲了敲，然后喊了他的名字，但依旧没有回应，只传来电视机里的嘈杂声。

往前走还是转身？好奇和警惕在我心里开始了一场短暂而激烈的斗争（事实上，更多的是好奇对警惕的一顿重击）。然后，我朝着那半掩的房门走了四步半，停了下来，手臂悬在半空，关节僵住了。

西蒙死了。我不需要再往前靠近去确认这个事实。他坐在房间那头的躺椅里（离我大概8英尺①远），眼睛睁得大大的，背部异常僵直。然而，我的判断和他的坐姿无关，甚至和他呆滞无神、只有电视荧幕的光亮在虹膜里闪烁的双眼无关。不仅如此，我的判断只是出于一种"少了什么"的感觉，出于对自己是公寓里唯一一个人的确定。我是人，而西蒙已经成了一具尸体。

我的第一反应是我需要抽根烟，但很快意识到自己把烟落在挎包里了。不过西蒙的咖啡桌上正好有包20支装的万宝路牌香烟。而且……毕竟……为什么不呢？贝克讨厌我在公寓里抽烟，无论我把头伸出窗外多远他都讨厌。但西蒙似乎没有这样的疑虑。抽烟对于我此时面临的情况来说是完全合理的反应。于是我走进房间，从桌上那包万宝路里抽出一根——里面还剩七根——然后环顾四周找打火机。我在烟灰缸旁边没找着，那么下一处可能有打火机的地方就是西蒙裤子的前口袋了。不过去翻尸体的裤袋这个想法还是过头了。我转而去厨房用瓦斯炉点烟，小心翼翼地不让头发碰到明火，然后靠着灶台开始思考。

我之前见过一次尸体。那是在祖母的葬礼上，氛围和现在对着西蒙的尸体很不一样。那个场合有种公演的感觉，所有人——包括我、母亲、牧师和风琴手——都是演出的一员，严格按照既定剧本里的舞台指令行动。此刻我却是一个人在思考，而且还算平静地接受了眼前的事实。同时，我对身处的状况感到莫名的兴奋。当然，吸烟总能使我更强烈地觉得自己活着——这和"吸烟危害身体健康"形成美妙的矛盾——但除了吸烟，还有别的事情让我兴奋。这兴奋的感觉是如此清晰、生动，就像在大热天里喝冰水，我都能感到自己指尖处的脉搏跳动。我在心里暗暗记住下次见到芭芭拉医生，要告诉她我此时的种种感受。除了她，我不会告诉任何人，因为我不认为这些感受适合向其他人倾诉。

我把烟一直抽到了滤嘴处，然后打开冷水水龙头浇灭了残余的部分，冲洗了水槽，接着毅然决然地走向西蒙坐着的椅子。我只犹豫了一下，便伸出手指戳了戳他的脸颊。他脸上的肌肉像是人造的，有种橡胶和胶乳的触感，但没有我猜想的那么冷冰冰。不过我之前的猜想和现实完全不符。你以为死亡是冰冷的，但实际的温度只如放凉了的洗澡水，又或者是暮春里伦敦傍晚气温的微凉。

座机附近没有电话簿，而我的手机自然也和香烟一起被落在挎包里。但是我依稀记得有个1开头的非紧急报警电话可以让我报告眼前的情况。换作贝克，他肯定一秒钟就能想起这个号码，因为他对数字比我在行。但我并不想返回我们的公寓去和他解释这一切。我觉得自己来处理这个状况是对我能否成为一个可靠的人的一次重要测试。我处理完以后会有充足的时间来和贝克解释。

于是我拿起电话，开始拨打所有我能想到的1开头的三位数电话号码。实际上并没有太多可以尝试的号码组合，但我还是试了四次才拨打了正确的号码：111是自动应答的国家医疗保健体系求助热线；100把我接通到电话公司；123原来是语音报时，后来我也意识到自己是知道这个号码的功能的。当我拨通101时，我发现自己的手指已经不耐烦地在墙上敲啊敲，提醒我应该在开始这愚蠢的号码试拨之前先再点支烟。就在这时，电话接通了，应答的接线员是位女警。

"我发现了一具死尸。"我告诉她。我认为"一具死尸"是最精练的解释，因为这个用词隐含的语境能够让我免于杀人的嫌疑。至少我觉得是。

"一具尸体？"接线员重复了一遍。

"一具死尸，"我确认并再次强调了我的用词，"我邻居的死尸。"

"好的。请问你能留下姓名吗？然后告诉我具体发生了什么事。"

"我叫艾比。阿比盖尔·威廉姆斯。"

"艾比还是阿比盖尔？"

这似乎是个奇怪的问题。

"叫哪个名字有关系吗？二选一，两个都可以。我的出生证明上写着阿比盖尔，如果你想省掉拼写双元音的麻烦，也可以叫我艾比。"

一阵沉默。

"好的，艾比。告诉我发生了什么。"

"并没有太多可说的。我来到他的公寓，发现他死了。他的身体已经凉了而且僵硬了。"

"你确定他死了？"

"你什么意思？"

"你有没有查看他的脉搏？我可以告诉你怎么看，如果你需要的话。"

我看了一眼对面西蒙紧绷的脖子和下垂的手腕，没有让人接近的欲望。"他的身体已经凉了而且僵硬了，"我重复了一遍，"他明显已经去世一段时间了。"

"你确定？"

"是的，我当然确定！"电话那头的女人是个笨蛋。"他死了。他没有脉搏已经很多个小时了。"

"好的。我能理解这是个令人不安的状况。但是艾比，你应对得非常棒。我在派人过来之前，想再了解一些细节。你说去世的人是你的邻居？"

"对。他是。他生前是我的邻居。他住在走廊对面。我的男朋友在做意大利面的酱料，所以我来问他借个西红柿罐头。但正如我们之前交流时确认的那样，在我到他家的时候，他已经死了，去世了。"

"艾比，你的语速很快，"——当然，我认为这是相对而言的——"我需要你说慢一点。你的邻居叫什么名字？"

"西蒙……"我磕巴了几秒钟，尝试回忆他邮件上的信息。"西蒙……"看来我是想不起来了。"我不记得他的全名了，"我坦承，"我其实和他不怎么熟。"

"那你知道他多大年纪吗？"

"四十来岁吧，可能四十出头，我猜的。"

我听见电话那头键盘被敲得噼啪作响。"请问你能再确认一下你的地址吗？"

"伦敦西二区艾斯丘大道129号。"

"好的。我正在派警车过去，十分钟内应该能到。"

"太好了。我们公寓楼有个对讲机，按十二号房间，我会让他们进来。"

"谢谢你，艾比。"

"不客气。"

"这很——"

我意识到在我按下结束通话键的时候电话那头还有话没讲完，所以我也不知道后面接的词是"重要"，还是"极其重要"。我又抽了半支烟，等着看看电话是否会响起。

没有响。

我回到自己的公寓，看到贝克还在煸炒洋葱去水分。那只洋葱已经变成了覆盖在锅底上的一堆焦糖色的鳞片。我把西红柿放在了搁架旁。

"西蒙死了。"我告诉他。没有比直截了当更好的方式来说明这件事了。

"死了？"贝克看着我，似乎等着我抖包袱，"怎么，他非要和你打一架才肯把西红柿给你，然后场面失去控制了？我猜这解释了为什么你这么久才回来。"

我微微噘嘴。"没开玩笑。我到他家的时候他已经死了，死在躺椅里。"

"死了？"

"死了。"

"你是指……真的死了？"

"天哪！还能是假的？难道要说'几乎死了'？他死了！就是死了。身体冰冷、僵硬。"为什么没有人相信我在这件事上的判断？

"哇，那真是……"贝克沉默了好一会儿，然后往左一瞥，皱起了眉头。"嘿！"

"怎么了？"

"你还是把西红柿拿过来了？"

我耸了耸肩，说道："有什么差别？我们依然需要西红柿。没有它，你做不了意大利面酱。"

"好吧……我想你说得有道理。"又是一阵沉默。酝酿了很久之后，贝克问我："你还好吗？"

不知怎么的，这个问题惹怒了我。"我当然还好。我为什么会有问题？"

"嗯，你知道的。"他稍微指了指厨房的墙，更确切地说，指向了墙那头西蒙的公寓。我们两家只相隔大约 8 英寸①厚的砖墙，墙上贴着瓷片，做工低劣。想到西蒙和我们离得这么近，现在还坐在他的躺椅里，很是古怪。

①1 英寸约等于 2.54 厘米。

"我很好。"我重复了一遍。

贝克点点头，但看起来还是不相信我的话。他脸上故意摆出的平静表情告诉我，他已经在默念要说的下一句话了。

"听我说，艾比，也许你应该坐下来休息一会儿。你看起来——"

"非紧急报警电话是多少？"我问道。

"101。"他脱口而出。

"答对了。"

"如果你想的话，我可以打电话报警。"

"我打过了，警察应该快到了。"

"哦。那你为什么——"

"我只是想看看你是否知道这个号码。我觉得你可能知道。我想洋葱要糊了。"

和大部分男人一样，贝克没能力同时做几件事。趁他转身去处理煎锅时，我溜进门厅。过了大约一分钟，对讲机响了。

我鼻子紧贴着玻璃朝窗外望去，好看清街上发生了什么。之前的疑虑消失了。刺眼的蓝光不停闪烁，那是一辆警车和一辆救护车。我好奇为什么来的是救护车而不是……带冷库的厢式货车，或者说遗体收敛车。也许他们仍然怀疑我的判断？你可能认为报警热线接线员上岗前需要通过某种能力测试。也许真有这种测试：通过了，你就负责接听紧急报警热线 999；没通过的话就去接听非紧急报警热线 101。

又过了十分钟，他们把西蒙的尸体装进袋子里，放在手推车上运走了。没过多久，警察就来敲我家的门。那时外面天快黑了，我给自己倒了杯红酒。贝克给自己和两位警察都沏了茶，除了我。屋里唯一的女性，独享唯一的一杯酒。具有讽刺意味的是，在周三晚上 9 点 45分喝又浓又甜的茶，这完全是疯了。我是唯一一个选了合适饮品的人。

其中一位警察告诉我们他俩的名字，警员某某和警员某某某，我听完就忘了。没等他们自我介绍到一半，我就分心了，想着我们和警察双方的力量存在根本性的失衡。我们的互动处处暗示着这一点，确切地说，从交换姓名就开始了。他们要我们提供名字，我们只知道他们的姓和头衔。我记得曾经和芭芭拉医生谈论过，在21世纪头十年，全科医生们似乎集体决定放弃称呼病人的姓，以教名替代。不过芭芭拉医生坚称过去二十年的大部分时间里她都是逆潮流而行（某种程度上因为她不是全科医生吧）。她当医生后不久就意识到，病人欣赏她能够做到除了是医生，还是可亲的人。比起米尔布鲁克医生，病人更愿意和芭芭拉医生打交道。不过，话说回来，我猜要让警察减少威严、重塑可亲的形象是不可能的。你不可能听到彼得警员或是蒂莫西督察这样的称呼——这种想法，让我不由得一阵窃喜，甚至胃都有些抽筋。过了几秒，窃笑的后遗症显现出来，不过被我用打嗝掩饰过去。两位警员似乎都没察觉。

他们又让我说一遍事情经过，然后集中盘问我此前为了叙述的简洁而略过的细节。第一个问题和房间里来源不明的烟味有关。他们问我之前有否留意到房间里有烟味。

"不，那是我抽烟留下的，"我澄清道，"我抽了一根烟——不，是一根半——在我发现他的尸体以后。"

"你不应该那样做，"警员某某责备我，"那里可能是一个犯罪现场。"

"噢。好吧，我那时候需要抽根烟。而且贝克不喜欢我在公寓里抽烟。"我看到两位警察相互瞥了一眼，于是补充道："并不是什么奇怪的控制欲。只是一段关系中你学会妥协的一件事，你懂的。我的意思是，我们家很和睦。"我把手放在贝克的腿上，朝他微笑，示意他给点支持。谁料他一脸"你在胡说什么"的表情。事后看来,这个表情还是事出有因的。我不晓得自己为什么变成了话痨,可能是因为房间里太挤、缺少空气吧。当然,我们的公寓不是按四个人的居住人数来设计的——住一个人都嫌小。此时的情况是,贝克和我坐在双人椅上,两位警察从餐桌那里拉来椅子坐着。想象一下,我们四个人各自坐在洗衣机的一角,这就是我们所处空间的大小。难道我和警察的对话不是更像一场审问吗?

"我们能从头开始说吗?"警员某某某问,"你到底在他的公寓里做什么?"

"西红柿,我想借罐西红柿。"我以为这一点我已经说得够清楚了。

警察缓缓点头。"我知道你为什么要去他公寓,但之后呢?为什么你走进他的公寓?什么事情让你感觉不对劲了吗?"

"没有,当然没有。"

"那你为什么进去?你提过门是关着的。"

"对啊,门是关着的。"

"他可没在等着你。"

"没。"

"你习惯不打招呼就进门拜访?"

"不是的。"我决定不提这是我第一次去西蒙的公寓,不提我其实对他了解甚少。现在这个状况已经够难解释的了。"我一时冲动试试推门,"我说,"并没想到门会开。我以为它是锁着的。"

"但门没锁,所以你进去了。"

"对。"

"这又是一时冲动？"

"对。差不多吧。我的意思是，电视很大声，所以我想可能他没听到我敲门。"

"真巧，"警员某某指出，"你今天刚好要去他家。"

"是啊，我也觉得真巧。"

我还能说什么呢？

我抿了一口酒，等着看是否还有别的问题。


"天哪，艾比，'我们家很和睦'？"

"听起来很奇怪吗？"

"对，奇怪得很！"

"哦。"

"你喝醉了吗？"

"没。"其实，喝了两杯酒后，我有点晕乎乎，但贝克不需要知道。这是两码事。"他们一直都在交换眼神，你肯定也注意到了。他们是为了让我紧张。"

"他们看对方是因为你说抽了一根烟——对不起，是一根半烟——你在一具尸体旁边抽烟。这绝对不是一个正常的举动。"

我耸了耸肩。今晚发生的事情有哪部分是正常的？

"我好奇发生了什么。"过了会儿，我继续说道。这个问题也不是第一次提了。喝完了一瓶酒，我们坐回双人椅上，又开了一瓶。

"天知道，"贝克回答，"话说回来，他多大了？四十？四十五？"

"嗯，差不多吧。反正没到要死的时候。"

这句话说出来真的非常荒谬，但是贝克似乎没注意到。他正用两根手指摩挲我的颈背。

"这大概不是自然死亡，"我说，"我的意思是，虽然看起来不像犯罪现场，但仍然……"

"嗯。"

"健康的人不会四十岁出头就突然去世的，对吧？这里面肯定有蹊跷——自杀，或者其他。虽然……好吧，你肯定也听过这些突如其来、意料之外的死因：血栓、大出血、动脉瘤，等等。"

贝克的手指跑到我的文胸肩带下，按摩我的左肩，而且似乎还在逐步下移。男人的脑子到底是什么构造？我至今还没发现能够转移他们对性爱的注意力的话题。我换了个姿势，往后靠，好改变他手的方向。不过我的小花招似乎被误读了。

"你知道，我现在并没有心情做爱。"我告诉他。

"噢。"贝克脸上的表情疑惑中带有失望还有一丝不满，就好像过去那一个小时我都在用眼神邀请他上床一样。"因为西蒙？"

"唔，是吧，他是一部分原因。"我撒谎了。

"你还好吧？"

我犹豫了，就那么一会儿。

"不，你当然不好受。你——"

"我很好，"我重申，"不是这个问题。"

是什么问题？我不知道。毕竟，性爱又不是多么古怪的想法。我们都喝了酒，况且，今天还是星期三。并不是说我们已经到了时间表上需要做爱的阶段，但也不再是纯粹的一时性起。星期三似乎是周间性爱的最佳时机。我想我俩已就不只在周末做爱达成默契。

"我有点搞不明白，"贝克承认道，"西蒙的死让你失去性致，却没有让你忘了拿他的西红柿？"

我默不作声。

贝克认真地看着我几秒钟，然后牵起我的手，说："瞧，如果这能让你感觉好点，我们开始前可以先默哀两分钟。"

我忍不住笑了——正中贝克心意。他尝试按我的意思去促成做爱这件事，不管我的心思多么令人困惑。

"或者做完后再默哀，也可以边做边默哀。你选吧。"

我翻了个白眼。"嗯，我们当然可以沉默地做爱。我们是英国人。"

"我允许你事后抽根烟，就在床上抽。我会压抑我所有奇怪的、充满控制欲的本能。"

我不得不承认，"抽烟许可证"在我同意做爱这件事上起了决定性作用。


这次做爱出乎意料地好，虽然有点奇怪。做爱过程本身并不奇怪——完全是老套路：十五分钟前戏，接着是五分钟男上女下的运动。更多地，是我对性的反应有点奇怪。起初，各种各样的想法在我脑子里到处飞。我在考虑明天要穿什么去采访米兰达·弗罗斯特，又在我脑子里的那面镜子前检查形象是否够酷、冷静和犀利。然后我想起了西蒙，想起我的食指触碰到的他肌肉时的感觉。就在这时我的想法又变了。我开始有种奇怪的感觉，觉得自己超脱了现实。我的灵魂出了窍，在我上方的某处飘浮着看床上发生的一切，似乎那是来自某部艺术片的某个镜头，然而事实上那只是一部色情片。

当我的思绪回归现实时，一切都不同了，虽然我完全不知道这是怎么回事。也许是因为我不知怎的喝下了分量刚刚好的酒——足够让我放松，但不至于让我麻木。也许是因为我的性欲在过去好几个月里一落千丈之后终于复活，甚至也许是因为我想起了西蒙。他的死让我在那一刻觉得活着真好，拥有温暖的、活动自如的身体真好。无论是因为什么，我很快达到高潮。过去那么长时间里我的性爱体验都是马马虎虎的，这次终于得到释放，尽管来得晚了点。

"很高兴你能说服我做爱。"事后我告诉贝克，把头靠在他的胸膛。他的手游移到我的后腰以及更往下的地方，却没有任何行动。当我试着再和他说说话时，他已经睡着了。

但我却非常非常清醒。

我翻身平躺着，抽了一根烟，接着又一根。然后我只能躺在黑暗中等着我的大脑活动停下来，别的什么都干不了。我越来越希望自己做爱前没有关掉床头灯，这样我至少还能读会儿书助眠。

我发现我们的卧室像夹层房。窗帘不够厚，挡不住街灯的光；双层玻璃也没密封好，挡不住伦敦交通的噪音。夏天房间里还会特别闷热。如果我有机会设计一个卧室，我会把它设计得既凉快又幽静，好像在海底一样。

时间已是凌晨 1 点 37 分，最终我承认自己入睡失败，起了床。我像小偷一样蹑手蹑脚地打开卧室的门，关上，然后打开客厅的灯，给自己倒了杯水。我想喝咖啡，但我这时还留有一丝睡意能在破晓前来袭的希望。

抛开一切不说，抛开我不到七小时以后就要精力充沛、衣着得体地去采访米兰达·弗罗斯特不说，深夜里一个人没有任何理由的清醒有着某种奇怪的乐趣。公寓变得陌生——像是过完圣诞节取下节庆装饰后的样子，或者外出享受长假后回家进门时看到的场景。我感觉此时身处的公寓和我出门去借西红柿前的完全不一样。西蒙的死好像打开了一个入口，让我进入一个细微改变了的现实中。我意识到，这时候我最想做的事是回到隔壁，静静地坐在那个空房子里就好。但当我偷偷溜出公寓，尝试推开隔壁家的门时，发现它已经被锁上了。

我只好打开我家客厅的窗，尽我所能地探出窗外，抽起了烟。楼下的街上空空荡荡，只有偶尔开过的出租车。对面的房子一片漆黑，就是一堆毫无特色的砖房，融为一体，分不清彼此。我把温暖的烟和夜里凉爽的空气一并吸进肺里，开始好奇：在伦敦有多少人在一个平常的周三晚上孤独地死去？这其中又有多少死亡来得突然、莫名所以？肯定有这么几桩，而且数量多到足够让西蒙的死仅仅是统计表中的一个数字而已，连在《标准晚报》上占据一个段落的报道资格都没有。当然，如果我不是住在伦敦，事情会大不一样。在英国其他地方，人不会多到像被关在层架式鸡笼里饲养的母鸡，而且人们会更容易为邻居的去世而悲伤。在世上其他地方，去隔壁借食物不会引人皱眉或侧目。但在伦敦，一个有着八百万人口的城市，我不可避免地觉得因为我去借西红柿才导致了西蒙那令人难以置信的死。就好像我打破了现代城市生活的基本准则，而西蒙的死是我不得不接受的惩罚一样。也许我应该告诉警员某某：我今天去西蒙家发现他的尸体不是巧合，而是一种因果的必然。

胡思乱想让我眩晕，我离开窗边，尝试读会儿书。可我无法集中精神阅读，所以我打开笔记本电脑开始查看电邮。我只收到了一封新邮件，姐姐发的。她想要确定我并没有取消出席月底家庭聚餐的计划。我回复她我还在筛选缺席的借口，接着开始浏览谷歌主页。今天的"每日格言"来自爱因斯坦："愚人和天才的区别在于天才是有极限的。"明日天气预报：阴天。阴天，又是阴天。我心血来潮，在搜索栏里输入"无感情，死亡"，接着花了十五分钟完成关于变态人格的测试，还阅读了一篇讲述一个男人对母亲死于车祸麻木不仁的论坛帖子。我点击了一个又一个链接，漫无目的地在网络世界里闲逛。

然后，我偶然看到了"猴圈理论"。

# 暴风雨

我从双人椅的扶手上重重摔落，然后醒了，发现自己的背疼得要命。我应该睡了不到两个小时，后腰的肌肉却紧绷得像钢琴的弦，脑袋里弥漫着厚重、令人麻木的雾气——在雾中穿梭的模糊人影，如幽灵一般：平躺在担架上的西蒙；交换着诡秘眼色的警察；正在海布里千篇一律房子中的一栋里等着我的米兰达·弗罗斯特。

见鬼。

我猛地坐起来，飞快扫了一眼时钟：7点48分。贝克为什么没叫我起床？我立刻打消了想要怪罪于他的念头，因为意识到一个令人不舒服却显而易见的事实：贝克总是睡得像具死尸，而且由于他早上出门前的准备时间短得离谱，他的闹钟不到8点是不会响的。可我的闹钟应该在6点45分响的。我手忙脚乱地找出手机。闹钟的确按时响了，可我的手机被调成了静音。

横穿伦敦市中心要多长时间？十分钟快步走到牧羊人布什市场地铁站，二十五分钟坐到国王十字车站，然后五分钟坐到海布里和伊斯灵顿站。还要加上至少十五分钟用来穿过隧道里拥挤的人群以及等车。再加上十五分钟去找到米兰达·弗罗斯特的房子。数字在我脑中翻来覆去，就像喝醉酒的杂技演员，直到我意识到大清早里我的脑子还没清醒到可以做数学题。就按照一个小时来算吧，如果我全力赶路的话，那只剩下不到十二分钟可以用来洗漱、更衣和冲出前门。

洗澡显然是没时间了，早餐也要放弃，咖啡也是——尽管我从没比现在更需要来杯咖啡提提神。冰柜底还有一点安非他命，但因为去年得过胃溃疡，我不想空腹服用兴奋剂。然而，在我说服自己放弃嗑药的念头前，我已经快走到厨房了。拿安非他命当早餐？芭芭拉医生肯定会非常生气。算了，二十毫克的抗抑郁药百忧解和前往地铁站路上的一支烟应该足够让我打起精神来。

穿衣、梳头、刷牙、化妆、上厕所，出门前要做的事情在我眼前自动按先后顺序排列，就像一排多米诺骨牌在倒下。幸运的是，几天前我就已经为采访选好了衣服。唯一要换的是鞋子，得把芭蕾平底鞋换成高跟鞋。我当然能驾驭多出来的几英寸鞋跟——我总是可以做到——但在缺少睡眠的大清早，穿着高跟鞋赶路相当于预约去急诊室。

考虑到自己醒来的方式如此粗鲁，我决定不让贝克优雅地醒来。我猛地推开卧室的房门——吓得他倏地笔直坐了起来——我从衣柜里抓起一把衣服，片刻之间便冲出卧室，奔向淋浴间。当我扭着身子成功把自己塞进紧身裤袜后，剩下的衣服便轻轻松松地穿上了。我先用半瓶碧缇丝头发干洗喷雾和一根束发带制造头发整齐干净的错觉，接着一边小便一边用漱口水漱口，就为了节省出宝贵的三十秒时间。我迅速地画上眼线、涂上睫毛膏，就像漫画家创作角色时那般灵巧。然后我开始想象和人见面时的场景，如果再戴上大黑框眼镜会好得多。贝克总说那副眼镜让我看起来性感、好学——而我希望米兰达·弗罗斯特至少能欣赏这两个特性中的其中一个。

我给自己喷了一圈身体喷雾，从淋浴间里跳着出来。贝克正在絮絮叨叨，声音穿过打开的卧室房门传到我的耳朵，感觉只是毫无意义的长篇大论。我等不及他结束发言了——我不得不迅速地概括当下的情况来打断他。

"亲爱的，我会迟到很严重。我睡过头了，在沙发上——别问我为什么！我很快就要出门了。拜托别起床或者尝试和我说话。你这样做只会减慢我的速度。"

"噢。好的。行吧。我希望……"

剩下的话我没听清，我正忙着抄起挎包、手机还有香烟。我飞快地往窗外瞥了一眼，外面下着毛毛细雨。可我已经没时间去找雨伞了。我一步三级台阶地跑下楼，走进了早高峰的雨中。

当到达牧羊人的布什市场那块拥挤地段时，我已经浑身湿透，连内衣也未能幸免。那该死的看不见的雨——我本以为只不过是早晨的雾气——竟慢慢浸润了我的衣服。这时候吸烟从逻辑上来说就是一场噩梦，而地铁站，不用说，已经成了意大利诗人但丁在《神曲》里描写的第五层地狱——留给犯下愤怒罪孽的人的那层地狱。我上了一节满员的车厢，在途经的十一个站里车厢变得越来越挤。那半个小时中，被紧身裤袜裹着的我冒着热气。

我在国王十字车站换乘。玛丽·马丁的广告无处不在——站台上，隧道里，扶手梯上。柔焦的黑白照片，乌黑的秀发，噘着的小嘴能融化男人的心——她看起来当然很迷人。更具体地说，某种神秘的摄影魔术让她看起来似乎散发出迷人的香味。也许是挂在她上唇的闪闪发光的小水珠挥动了魔法棒，也许只是因为我联想到了自己当下的窘况。我很确定那一刻我不好闻，那是廉价的身体喷雾混合湿透了的尼龙裤袜的气味。

玛丽·马丁：魅惑

阿比盖尔·威廉姆斯：湿热

我最大的心愿是我闻起来不会潮湿到令人不快的程度，就像亚马孙雨林那样。

我想发短信给姐姐出气，想发短信告诉父亲他是一个肤浅的蠢货。但我没空。

9 点 07 分，我从海布里和伊斯灵顿站出来，奔往米兰达·弗罗斯特的房子，一手拿着烟，一手拿着调出谷歌地图的手机。9 点 14 分，我跑到了目的地，饥饿引起的胃部抽痛已经被奔跑后肋部的剧痛盖过。


"啊，威廉姆斯小姐。" 米兰达·弗罗斯特夸张地看了看她手上不存在的手表，"我很高兴你赶到了。你是威廉姆斯小姐，对吧？"

"呃，是的。叫我艾比就好。您好。抱歉——我来的路上遇到了些麻烦。"我朝天空挥了挥手，想以天气来为自己开脱。我的脑子此时就像一艘正在下沉的船，无法思考。"我应该打电话和您打声招呼的，但是……嗯，我没有您的电话号码。"

"我没有给你我的号码。"

"没有。"

"所以是我的错喽？"

永远别打退堂鼓，一旦你决心把借口坚持到底。

"是的，毫无疑问。"

米兰达·弗罗斯特没有笑。"嗯，你最好还是进来。我们可没有一上午的时间用来交谈。我打算10点以前结束采访。请脱鞋。"

严格说来，这是一间公寓，但和我那如同鞋盒一般大小、被我称作家的公寓完全不同。它占据了一栋可以俯瞰海布里广场、具有乔治王朝时期风格的排房的底部两层。它有独立的后花园和比我家厨房地板面积还大的窗户。相应地，米兰达·弗罗斯特的厨房比我家整套公寓还要大。实际上，将我俩的住所归于同一个领域显然是荒谬的。说米兰达·弗罗斯特和我都住在公寓里，就像把约翰·列侬<sup>①</sup>和林戈·斯塔尔<sup>②</sup>都称为作曲家一样。

"很棒的房子。"我斗胆搭话。

"这不是我家，威廉姆斯小姐。这房子是我一个朋友的。我来伦敦的时候在这儿住，虽然我在伦

①英国摇滚乐队披头士的主唱，乐队解散后也创作了《想象》( Imagine ) 等经典歌曲。
②披头士的鼓手。

敦的时间不多。我买不起这样的房子。我是一个诗人，不是大律师。"

"噢。"一阵沉默。"那您的朋友呢？她是做什么的？"

"她是一名大律师。"

"啊，对。"

我翻找挎包让自己忙起来，掩盖尴尬。

"您介意我录下我们的对话吗？这能节省时间。"

"你觉得怎么高效怎么来。"

我往挎包的侧口袋深处探去，将里面接近一半的东西——香烟、唇膏、卫生棉——撒在厨房的桌上。"见鬼！对不起，我睡眠不足，今早我的协调性不太好。"

"显而易见。或许这也是来这路上遇到的麻烦之一？"

"是的。"事情都已经这样了，否认似乎毫无意义。"但这不完全是我的错。"我补了一句。

米兰达·弗罗斯特耸了耸肩。"我不是要质疑你的专业素养。你很年轻，无疑你过着很棒的生活。也许我给你冲杯浓咖啡会有帮助？"

我决定把这当作一个真诚的提议，尽管她脸上的表情充分说明我想错了。"好的。谢谢您。您人真好。"

她看着我，几秒钟没说话，然后我好像看到了一丝微笑一闪而过，但更可能只是我的幻觉。"很好。我不想上午的时间被完全浪费掉。"

当她拿着咖啡壶回来的时候，我已经在脑子里打起了草稿。

我们坐在位于海布里一栋排房的厨房里，天花板很高，通风良好。米兰达·弗罗斯特，52 岁（有待核实），穿着羊绒开衫和百褶裙。她说话时的嗓音带有她的诗作闻名于世的特质：干脆、精确。她冲了杯糟糕透顶的咖啡，表现得比你能想象出的妹子还要坏。

"嗯，咖啡因。谢谢你，米兰达。我可以叫你米兰达吗？"

"现在你只有三十三分钟可以做采访了，威廉姆斯小姐。要怎么分配时间是你的自由，但我建议我们免去客套话，赶紧开始。"

我咬牙切齿地挤出一个微笑。"好的。我们开始吧。再给我一秒钟时间。"

雨水渗透了我挎包的外层，浸湿了笔记本的封底。那上面本来写着采访问题，但现在已经成了一片看不清方向的蓝色墨水海洋。我决定先拖延时间，然后再即兴提几个问题。"请见谅。您介意我从几个稍微偏离正题的问题开始吗？"

她抿了口咖啡。"我以为你会偏离得更多。"

"好吧……嗯，众所周知，您是一个孤僻的人。"

"这是疑问句还是陈述句？"

"陈述句。"

"还用了矛盾修辞法。"

"是的。也许吧。但这种修辞手法也有一席之地。"

"在莎士比亚的文学作品里有一席之地，但在专业的新闻里不会有，威廉姆斯小姐。"

"好吧。嗯，我想我并没有离题十万八千里。您很少接受采访。最近一次，我想，是在 2010 年接受《文化秀》①的采访。"

"是的。"

"那么，呃，我猜我要问的是——其实只是个人好奇——为什么现在愿意接受采访？事实上，我想问的不是为什么现在接受采访，而是为什么接受我的采访？我的意思是，我又不是《文化秀》。"

尽管我的提问磕磕巴巴，前言不搭后语，但我的发言似乎第一次让米兰达·弗罗斯特满意。我在她脸上又看到了那抹微笑。

"因为你的名字，阿比盖尔。这就是唯一的原因。你的名字让我发笑，所以我没有删掉你的电邮。我猜，你肯定也意识到了你的名字的文学根源？萨勒姆？《炼狱》②里那个人尽可夫的女主角。"

"噢，对。是的。我大概十四岁的时候就已经意识到了。我们在学校读过那部戏。您对名字有很好的记忆力。"

"一般来说，只对小说里的名字这样。"

"很多人读过就忘了。"

"我猜，你的父母肯定读过就忘了。"

"对。我的意思是，我妈妈读过点儿书，但没有广泛涉猎。而我爸爸鄙视一切文化形式：他是做广告的。我难以想象他带我妈去过剧院。"

"啊，'去过'。过去时。他们分居了？"

"离婚了。"我当然意识到米兰达·弗罗斯特设法在采访中反客为主了，现在是她在问问题。但至少她开始兴奋起来了。我觉得这样我也没有任何损失，所以就继续这个话题。"我爸爸为了他的秘书抛弃了我们。这真是最令人吃惊的老套剧情。现在他和一个法国香水模特勾搭上了，那个模特只比我大四岁。"

"香水模特？模特要怎么表现香水？"

"一个拍摄香水广告的模特。玛丽·马丁。魅惑香水。她的广告在地铁站里随处可见，如果您有留意的话。"

"除非你用枪指着我的头，否则我是不会坐地铁的。你父亲离开的时候你多大？"

"十四岁。"

"你母亲呢？"

"四十五岁。"

"啊。致命的年龄。我丈夫离开我的时候我四十四岁。我三十四岁的时候，他还给我背诵叶芝[①]的诗呢。你读过叶芝吧？"

"当然读过。"

"多少人爱过你昙花一现的身影／爱过你的美貌，以虚伪或真情／唯独一人曾爱你那朝圣者的心／爱你哀戚的脸上岁月的留痕……"

"全是在撒谎。"

"叶芝？"

"我的前夫。不过的确——叶芝也是在撒谎，我确信。你知道男人的德性，或者你还需要更多时间去发现。他们都是用小弟弟思考的，只是程度轻重不同而已。"

"嗯，小弟弟？"

米兰达·弗罗斯特耸了耸肩。"最近我比较喜欢用这个词。男人可以称呼它为雄鸡、棒棒、堡垒、爱肌，或者任何他们选的可笑比喻，但我们不需要去附和。男人太看重他们的小弟弟了。"

我点头。这段分析太艰涩了，我无法辩驳。

"天啊，就像那些信奉正统派基督教的人要我们相信的那样，女同性恋不只是简单的生活方式的选择，而是将会导致人类灭种。"

"您介意我现在问您几个问题吗？您懂的，关于您的诗的问题？"

"好的，我想你也应该开始问这方面的问题了。"

"太好了。"我呷了口咖啡，然后清了清嗓子，"您最近出版的诗作备受好评。您写诗这么多年了，对外界的评论还在意吗？"

"在意。"

我等着接下来的具体阐述。

米兰达·弗罗斯特给了我一个能让一整瓶向日葵都枯萎掉的表情。"什么？你还要更多的回答？"

"那当然更好。"

米兰达·弗罗斯特盯着我看了得有一分钟。"人们称赞你的作品，那感觉很棒；他们批评你的作品，那感觉糟糕。还有什么要补充？你可以拿类似的问题去问小学生，得到的回答也是一样的。"

"好吧……那么，呃，写作还像三十年前一样让您兴奋吗？"

"告诉我，威廉姆斯小姐，你所有的问题都是这么老套吗？这些问题我已经回答过十几遍了，网上都能找到我的答案，我肯定。你不觉得你的读者想读点不一样的内容吗？"

"抱歉。我准备了一些好问题的，但是，"我给她看了我的笔记本，"它们都化掉了。"

"我知道了。不过，你在几分钟前做得够好的了。我们的对话相当令人兴奋。我肯定你可以把它写成几千字。"

"我在给《观察家报》供稿，是篇独家专访，"我指出，"不是在写一篇探讨男人和他们小弟弟的散文。"

"非常好。那就问我一些有趣的问题。问一些我想不到的问题。"

"好。"我又看了一眼我那湿透了的笔记本，把它放在了桌上。我想了一会儿。"您对邻居有多了解？"我问道。米兰达·弗罗斯特叹了口气，充满无限的鄙夷。

"您会在意，比方说，他们其中一个死了吗？"

"我没有邻居，威廉姆斯小姐。我住在一个方圆几里什么都没有的农舍里。我觉得'与世隔绝'这个词很适合我。"

"我的邻居昨晚死了，"我脱口而出，"我发现了尸体。"

"你说什么？"

"我的邻居死了。是我发现了他的尸体。"

现在我看到的毫无疑问是微笑。这是我到达后米兰达·弗罗斯特第一次明确地表现出兴趣。

"继续讲。"她说。

# 来点不一样的

　　回到家后，我给自己新煮了一壶咖啡，开始听录音，重温我对米兰达·弗罗斯特灾难性的专访。目前为止我找不到可以挽救的地方。一处都没有。我应不应该发封电邮要求补充采访？可是即使成功约上，补充采访看似也是毫无意义。谁在意那个说出这些话的巫婆？那些话才是关键。我知道无论怎样我都要写出点东西交给编辑。在我看来，这是一篇可以赚大钱的报道。我不能让这个赚钱的机会溜走。

　　我在笔记本电脑上埋头苦干了三个小时，尝试找出一个巧妙的、后现代主义的角度。解构米兰达：和一个讨厌采访的女人的一次不算采访的采访。我挤出来的每一句废话都让这个糟糕的主意变得更加糟糕，就像一只吸饱了血的蚊子的肚皮要爆炸那样惨不忍睹。

我换了个方向。漫谈弗罗斯特：从精神分析角度看那些诗人没告诉我们的事。

这个主意自然更是糟糕透顶。

我给《观察家报》的杰斯发了封电邮，告诉她专访快要完稿了，但可能需要晚交几天——因为我一个很亲近的人去世了。在键盘上打这些算不上谎言的字时，我也不知道自己心里应该是什么滋味。一方面，这个说辞既狡诈，又占据了情感上的制高点；另一方面，它只是一种创造性思维，那种我需要用来把对米兰达·弗罗斯特的采访变成可以见报的稿件的创造性思维。

已经到了傍晚时分，今天轮到我做晚饭，于是我去了趟商店，买了鸡蛋、面包和一袋沙拉——这些食材注定要变成煎糊了的蛋卷和配菜。我抽了两根烟，吃了一排巧克力，当作姗姗来迟的午餐。然后我又回到了笔记本电脑前，重新打起精神写稿子。可我睡着了，梦里我在金丝雀码头塔 101 层面试一份公关工作。由于对洗衣时间预计不足，我不得不向姐姐借了套不合身的西服。因为一些说不清的理由，西服里面我什么都没穿，就和新生婴儿一样赤身裸体。

我醒了，离贝克下班到家还有二十分钟。此时的我感觉迟钝又愚笨。

我端上晚餐，配上一瓶西班牙里奥哈产的葡萄酒以及一个蹩脚的道歉。这顿晚餐准备得实在不怎么样，需要红酒和道歉来挽救一下。贝克摆出英勇就义的表情开始吃，但我知道如果这顿饭能长时间留在他的记忆里，那肯定也是不好的记忆。九个小时的办公室工作外加两趟肮脏的地铁之旅，他值得一顿更好的晚饭，真的。尽管他总是强调他喜欢自己的工作，还觉得我比地铁更难忍受。

贝克在伦敦南岸的一家数字咨询公司工作，离滑铁卢车站很近。那是家很酷的科技公司，以谷歌为模版创建的。他们的招聘广告里包含类似"我们努力工作，尽情玩耍"这样的字句。

办公室里有个游戏房，里面可以打桌球和乒乓球，还有懒人沙发和装满啤酒的冰箱——不成文的规定是晚上六点前不能打开冰箱（除非是周五或者夏天）。而且，根据我目前得到的信息判断，办公室里几乎没有内墙。公司宗旨里解释这种设计是希望形成一种有助于激发创造力，促进同事合作和交流经验的工作氛围。但如果你想给自己留点隐私，我想你只能去厕所或者把它放进文具柜里了——据我所知厕所不是开放式的。即使如此，在办公室里深入地思考人生——无论在什么办公室——都让我感到深深的恐惧。从二十一岁到二十四岁，我做遍了伦敦市中心的临时工，现在仍然觉得自己的创伤后遗症没有痊愈。

"所以她人怎么样？"贝克问道，继续和我交流各自一天里的重要经历。他已经吃完了那份让人没有食欲的煎蛋卷，沙拉也吃到只剩一点汁水在袋子里，还往杯里又倒了些葡萄酒。客厅里弥漫着浓浓的油烟味。每次我们家公寓开伙煎炸东西时，油烟味总是久久无法散去。

我已经和他说过地狱般的通勤体验，现在我们的话

①英国作家查尔斯·狄更斯的小说《远大前程》里的人物，是个富有的老处女，由于早年的婚姻不幸而变得行为怪异、内心阴暗。
②美国作家托马斯·哈里斯的小说《红龙》里的人物，表面上是优雅的精神科医生，实际上是食人魔连环杀人犯。
③美国电影、舞台剧女演员，1931 年拍摄了电影处女作《坏女孩》，此后在大银幕上活跃六十年，多次获奖，有"电影第一夫人"的美誉。

题来到位于目的地的那个女人身上。我用了几句刻薄的描述把这个女人说得活灵活现："想象一下，郝维辛小姐①和汉尼拔·莱科特②的私生子，"我总结道，"由宿醉中的贝蒂·戴维斯③扮演。"

"精辟。我喜欢这个描述。除了汉尼拔·莱科特做爱的画面。没人乐意在脑海里想象这一画面。"

"我是在尤斯顿广场站和大波特兰街站之间的路上想到这个描述的。我还有很多想法，这只是其中一个，但我觉得这些想法都不能写进稿子里。"

"当然——显然不行。"

"我必须生编硬造。说实话，你应该听听录音。我好像要从一堆列车残骸中找出点可写的东西一样。"

"嗯。其实听起来还挺有趣的。"

"是很有趣。可能比我最后写出来的废话有趣。但这不是重点。录音里的对话还是没法用。"

"也许听听旁观者的意见会有帮助？"

我想了一下，还是立即拒绝了这个提议。我真的不想让贝克听到这段录音里的一些内容。我转移了话题：

"嘿，你有没有听说过'猴圈理论'？"

贝克看着我，好像我说了某种宗教拜神仪式中不为人知的语言。

"'卡伯恩数字'呢？他们本质上是同一件事，只不过其中一个名字更容易让人记住罢了。这是一个科学理论。"

"没听说过。"贝克证实了我的判断。

"嗯。唔，基本上这是关于灵长类动物社群的理论。卡伯恩教授是名进化论心理学家。他花了很长时间去研究猴子的脑袋，发现猴脑的大小和猴子的社交圈大小之间存在相关性。所以狒狒往往形成包含三十个同伴的圈子，黑猩猩是五十个，以此类推。目前为止你能听明白吧？"

"听懂了，也就是说猴子越聪明，朋友就越多。这能得出什么有趣的推论吗？"

"能，耐心点。"我喝了一大口酒，"所以卡伯恩数字是一个理论上的极限，限制了一只猴子根据它的脑袋大小所能处理的社会关系的数量。换句话说，一个社群在变得不稳定、分崩离析之前，可以一起生活在里面的猴子数量是有上限的。"

贝克看了我几秒钟。"我有点困惑，这和米兰达·弗罗斯特有什么关系？"

"没有，这是一个新话题，至少我们的交谈已经偏离正题了。我应该明确告诉你的。不管怎样，让我说完。卡伯恩数字也可以应用在人类身上。事实上，我认为它是专门针对人的，对猴子的研究只是背景。你看，卡伯恩教授画了个示意图，一条坐标轴上是不同的灵长类动物的脑袋大小，另一条坐标轴上是它们各自社群的大小。由此，他可以推算人类的社群在崩塌之前可以容纳的最多人数，大概是一百五十人。人类可以同时维持一百五十个有意义的社会关系，再多就不行了。如果超过这个数量，我也不知道会发生什么。我们的脑袋会过热或者出现其他反应。它们还没进化到可以应对大规模的人群。"

"我们的脑袋会过热？"

"我只是在转述我读到的。但相信我，这是一个可靠的科学理论，有充足的证据支持。比方说，猜猜原始狩猎社会中一个部落的平均大小是多少人？"

"嗯，一百五十人？"

"答对了！工业化前的村落也是这样的。猜猜如果阿米什人①的社群扩大到一百五十人以上，他们会做什么？"

"他们会开始互相掐脖子？"

"这倒不至于。此时他们的社群会一分为二——这是不变的定律。因为阿米什人想明白了只要不超过一百五十人，社群基本上就是稳定的、可以自我调节的。成员之间能够相互了解，并建立起情感上的连接，因此自然有动力合作、互惠互信，等等。事情只会在人口超过卡伯恩数字的时候才开始恶化。这时人们觉得在圈子里更容易隐身，没有那么相互依赖。道德水平会稍微下降，但这个变化还是可以察觉的。总的来说，人们会失去和同伴相互关心的能力，社会关系的黏性也就失效了。"

"好吧，这个理论还是很有趣的……你为什么突然对进化论心理学感兴趣了？"

我耸耸肩。"我昨晚失眠的时候读了相关的内容。我偶尔在网上看到的，但奇怪的是它似乎和我

①美国和加拿大安大略省的一群基督新教再洗礼派门诺会信徒，通常被认为拒绝使用现代科技。

思考的事情很相关。因为西蒙，你知道的。"

"西蒙？"贝克把这个名字晾在半空中，一时半会儿没说话，"这个理论和西蒙有关？"

"是的。因为我们对西蒙一无所知。对我们来说，他并非任何真正意义上的人——只是我们偶尔在楼梯上碰见的一张脸。我们住的地方只相隔几码<sup>①</sup>，但从来没有互动过，而他的死在我们的生活里只是一个短暂的突发事件，并没有带来任何情绪上的波动。"

贝克做了个鬼脸，就是人们在听到不能接受的事实时会出现的表情。他的鬼脸逗笑了我。

"西蒙不在我们的'猴圈'里。"我总结道。

那晚我再次失眠了。

午夜十二点三十分，我又独自回到电脑前听米兰达·弗罗斯特的采访录音，听得我直把头往砖墙上撞，撞得砰砰作响。我感到无从下手。所有和专访文章稍微相关的信息加起来都写不了几句话；相反，任何我觉得有趣的信息——值得写的东西——都难登大雅之堂，毕竟这是一篇要刊登在大报上的访谈。

我怀疑是不是因为我的注意力不够集中。有那么好几秒，我的脑子无法抓取任何信息。我的思维一直在跳跃，就像有划痕的唱片播放时会不停跳针。而且从头到尾都只能隐约听到米兰达和我在唧唧喳喳，声音微弱而尖细。我们说的话有着奇怪的逻辑，

① 1 码约等于 0.9 米。

你来我往，节奏和网球比赛一样，但不具备广泛的意义，甚至和现实世界脱节。

我又想起了冰箱里的安非他命，但还是决定不吃。兴奋剂也许可以帮助我集中精神，但也很可能让我整晚盯着墙磨牙，直到天亮。于是我喝了一品脱水，把窗户开到最大，然后点上一支烟。

起风了。风声加上淅沥的雨声，听起来就像收音机调台时会发出的"白噪声"。我靠在窗台边，头伸出窗外，让肮脏的城市空气拍打我的脸。然后，我回到电脑前，继续听写录音，不去多想稿子要写什么内容。

我把录音从头开始播一遍，按顺序逐句听写下来，一个字都不改，一个字都不删；随着字越打越多，我的思路似乎变得清晰了。

经过几个小时的努力，我写了差不多两千字，只剩下我讲述发现西蒙尸体过程的内容了。这时，我重新看了一遍采访对话，零星地加上几处注释。然后回到文档的顶部，添上一个冗长但令我满意的标题：来点不一样的：米兰达·弗罗斯特采访阿比盖尔·威廉姆斯——小说里的荡妇（漫谈阿比盖尔·威廉姆斯，米兰达·弗罗斯特的咒骂）。

在凌晨差一刻四点的时候，我开始写配文。

"西蒙的公寓是我们家的镜像……"我的脑子此时无比清醒，像玻璃碎片一样锐利。

# 事实和臆想参半

收件人：jessica.pearle@observer.co.uk
发件人：abbywilliams1847@hotmail.co.uk
发送时间：2013 年 5 月 10 日，06:48，星期五
主题：米兰达·弗罗斯特专访

杰斯：

你好！

首先请允许我道歉。我之前和你提到的去世了的"很亲近的人"是我的邻居。从地理位置上讲，他住得离我很近，但除此之外，我们没有任何交集。我担心你会被我半真半假的话误导。我之所以没说实话是因为之前我对和米兰达·弗罗斯特的采访感到不安，采访完全没有按照计划进行。你读完附件里的稿件后就会明白我的心情。

我还附了篇我觉得不得不写的配文。它的内容紧接着那篇所谓的采访，请依次阅读，不然你会觉得讲不通。

当然，我也意识到我提交的文章和之前向你承诺的不一样，也很确定这两篇文章和你期待看到的大相径庭。尽管如此，我依然希望你能找到合适的地方刊出。

你觉得稿子怎么样？能见报吗？

期待你的回复；另外，再一次，请原谅我对你小小的欺骗。

艾比

收件人：j.b.caborn@ox.ac.uk

发件人：abbywilliams1847@hotmail.co.uk

发送时间：2013 年 5 月 10 日，07:01，星期五

主题：一起午餐?

尊敬的卡伯恩教授：

　　我叫阿比盖尔·威廉姆斯，是名自由记者。出于某些有点儿奇怪的原因——太奇怪了以致无法在此详细说明——我最近偶然读到了您有关灵长类动物社会认知极限的研究。我非常想和您见面，探讨"卡伯恩数字"，希望能就此话题写篇文章。

　　如果您能抽出一个小时，我想来牛津请教您。也许我可以请您吃顿午餐?

　　期待您的回信。

真诚的

艾比·威廉姆斯

收件人：abbywilliams1847@hotmail.co.uk

发件人：jessica.pearle@observer.co.uk

发送时间：2013 年 5 月 10 日，12:03，星期五

主题：RE：米兰达·弗罗斯特专访

艾比：

你好。

没问题，你发来的文章可以见报。（天哪，你竟然还问我是否能见报？我读完第一段就停不下来了！）不过你确定想我刊登它？你懂的，我是站在朋友而不是编辑的立场提出这个问题的。这可是篇充满煽动性的文章。

有几个问题困扰着我，需要你解答。

（1）文章的内容都是真实的吗？虽然听起来确有其事，但我需要一个肯定的答案——尤其是对米兰达·弗罗斯特的采访。那篇文章的内容并不讨好，我需要确定没有任何诽谤！你说文章是对采访录音的转写：这是事实吗？（不是某种奇怪的事实和臆想参半的新闻报道实验？）

（2）我不想重复同样的话，但还是想知道你考虑清楚了吗？两篇文章里都有一些非常私密的细节，可能会让一些人不高兴。（比如你的父亲，你的男朋友。他们能接受吗？）毫无保留的坦诚能造就好文章，但我怀疑这会影响你的人际关系。你确定不想做任何改动？

请先仔细考虑这些问题，如果可以，我再进行下一步工作。

杰斯

收件人：jessica.pearle@observer.co.uk
发件人：abbywilliams1847@hotmail.co.uk
发送时间：2013 年 5 月 10 日，13:15，星期五
主题：RE: RE: 米兰达·弗罗斯特专访

杰斯：

（1）附件是采访录音的音频。你会听到我一个字都没改。其他像是"她给我冲了杯糟糕透顶的咖啡"这样的句子显然是我的个人观点（解读）。文章没有任何诽谤的内容。

（2）谢谢你对我的关心，但这两篇文章要一起刊出，要不都不登。既然我对米兰达·弗罗斯特的记述完全诚实，那我也不能删掉有损自己形象的内容。私密性正是这两篇文章吸引人阅读的地方，我肯定你也同意这个说法。要营造私密感，我必须对读者百分白坦诚。贝克会原谅我的（实际上也没写多么可怕的事情），而我父亲已经懒得假装读过我的文章了。

请进行下一步工作吧！

艾比

收件人：abbywilliams1847@hotmail.co.uk
发件人：jessica.pearle@observer.co.uk
发送时间：2013 年 5 月 10 日，16:22，星期五
主题：RE: RE: RE: 米兰达·弗罗斯特专访

艾比：

　　我可以按之前商定的米兰达·弗罗斯特专访的稿酬支付你五百英镑，另外再给你五百英镑作为配文的稿酬。两篇文章都会刊登在我们的周刊上——米兰达·弗罗斯特的专访下周刊出，西蒙那篇安排在再下一周。你应该也看出了为什么会有时间差：如果两篇文章一起刊登，读起来会感觉太长了，而且米兰达·弗罗斯特专访的结尾正好为下一篇留了悬念。

　　告诉我你是否满意这个安排。

杰斯

收件人：jessica.pearle@observer.co.uk
发件人：abbywilliams1847@hotmail.co.uk
发送时间：2013 年 5 月 10 日，16:42，星期五
主题：RE: RE: RE: RE: 米兰达·弗罗斯特专访

.

　　棒极了——如果我所有的工作都能得到如此丰厚的报酬，我的收入就不会让我父亲觉得丢脸了。

艾比

收件人：abbywilliams1847@hotmail.co.uk
发件人：j.b.caborn@ox.ac.uk
发送时间：2013 年 5 月 13 日，11:08，星期一
主题：RE: 一起午餐?


亲爱的阿比盖尔：

　　我必须承认对你如何"有点儿奇怪"地读到我的理论感到好奇，但我恐怕还是要拒绝你的采访邀请。我最近做研究忙得不可开交，估计未来一段时间还会继续这种忙碌的状态。几年前我接受过一些采访，发现采访会占用我太多时间。

　　很抱歉我不能帮上你的忙。

　　致以最诚挚的祝福（带着歉意的）。

约瑟夫·卡伯恩

收件人：j.b.caborn@ox.ac.uk
发件人：abbywilliams1847@hotmail.co.uk
发送时间：2013 年 5 月 13 日，11:59，星期一
主题：午餐包括饭后甜点


尊敬的卡伯恩教授：

　　我理解您的工作非常忙，而且劳神费力。不过科学家肯定还是要吃饭的吧？我只需要一个小时的会面时间。请再考虑一下！

　　致以最诚挚的祝福，带着恳求的。

艾比·威廉姆斯

收件人：abbywilliams1847@hotmail.co.uk

发件人：j.b.caborn@ox.ac.uk

发送时间：2013 年 5 月 13 日，13:44，星期一

主题：天底下没有免费的午餐

亲爱的艾比：

我对你的坚持不懈表示赞赏，但我的答复还是一样。这样做也许会伤害你，但从我的经验来看，记者对"小时"的概念很少会和科学家一致。

致以诚挚的祝福，固执己见的。

约瑟夫·卡伯恩

# 芭芭拉医生

"……我就在那时候醒来。我总是在那个瞬间醒来——在面试官问我脱掉外套是否会舒服点的时候。我不晓得他是因为知道我外套里面什么都没穿，所以故意戏弄我，还是出于真的关心才问我这个问题，毕竟是个大热天。不过我猜他究竟是怎么想的并不重要，我从来没时间去搞明白。梦总是在这时候戛然而止。我醒来，卧室里闷热极了，而我头脑完全清醒，还想撒尿。这时通常是凌晨四点钟左右，我无法重新入睡，只好起床看书。有时候情况完全相反：我辗转反侧到凌晨还是睡不着，就直接放弃了。不得不休息时，我会看书、写作，直到筋疲力尽，然后成功睡上三四个小时。从积极的方面来讲，失眠让我读完了很多书。我用两个半晚上就读完了《荒凉山庄》[①]。"

① 英国作家查尔斯·狄更斯最长的小说。

芭芭拉医生若有所思地点点头。"失眠绝对是我们应该密切关注的问题。"

"好的。那个梦呢？"

"那个梦说明你的想象力没有问题。"

"弗洛伊德会说这是一个典型的表达焦虑的梦。"

芭芭拉医生微笑着摇了摇头，幅度不大但很坚决。像往常一样，她没兴趣玩解析梦境的游戏。她很乐意听我倾诉——听任何我想和她说的话——但她不会纵容我过界。

"我们什么都可以聊，没有任何限制，"她曾经这么对我说，就在我们第一次心理咨询面谈后没多久，"我们可以聊所有你认为重要的事情——任何事情。但这是对话，不是独白。所以有时候我们聊你想聊的，有时候我们也要聊我想聊的。有来有往的对话才是有价值的。"

弗洛伊德是芭芭拉医生不想聊的话题之一。她告诉我大部分心理学家和精神病医生，但凡有点常识，都只会把弗洛伊德看作历史上的奇人，仅此而已。浪费时间（她的时间）和金钱（我父亲的金钱）去探讨弗洛伊德是没有意义的。

不过今天我比较固执。"你根本都没读过他的书，"我指出，"你不能否定你从来没尝试过的事情。"

"当然可以！"芭芭拉医生反驳道，"占星，脉轮①，数字占卜。我对这些的认识足够让我判断

① 梵文词语 chakras，在印度瑜伽中用来描述人体能量的系统，认为人体有七个能量中心，即七轮。

它们毫无现实根据，正如我知道弗洛伊德和这个房间里进行着的心理咨询面谈无关。"

"我想你没有抓住重点，"我说，"我不在意弗洛伊德是否正确。他有趣，而且文笔好，对我来说这就足够好了。我宁愿读写得好的废话，也不愿读写得糟糕的事实。难道你不会做出相同的选择吗？"

芭芭拉医生脸上依旧挂着浅浅的微笑。"好吧，那我问你一个问题：你觉得你做的梦有什么含义呢？"

"很明显，"我答道，"非常明显。我担心自己迟早要长大，找一份我瞧不起的正经、稳定的工作——像我姐姐那样。最近我过得没那么糟，但大部分时间都只是在原地踏步。没有贝克的薪水，我们会过得没有安全感，而我讨厌……依赖别人的感觉。可是，如果我只是为了赚钱而去做我讨厌的工作，我会觉得自己是个骗子。我甚至不确定是否有自己能胜任的固定工作。这就是为什么我在姐姐的裤装西服里面没穿衣服。"

芭芭拉医生耐心地听我说完，然后又点了点头。"好的。如果你都已经知道了，那么解析你的梦又有什么意义呢？"

"对，你说得很有道理。是没有意义。只是多了一个更有趣的角度看问题。"

"这是一个更晦涩难懂的角度。如果你感到焦虑，我们应该直接聊你的焦虑。我们没必要把梦境等等扯进来，把问题搞复杂。为什么要在你可以直面问题的时候绕圈子？"

我不知道这是一个开放式问题还是有所指的暗示。

也许两者都是。不管怎么说，芭芭拉医生都是对的。没有理由把弗洛伊德牵扯进来，把事情搞复杂。

我的第二个治疗师是弗洛伊德的持牌信徒（名副其实的"持牌"，他的卡片上写着：布莱斯医生，运用弗洛伊德精神分析法的精神病医师）。我是在《伦敦书评》杂志的封底上看到他的广告的。他是个完完全全的灾难。他盛气凌人、傲慢自大，而且远没有他自以为的机智。他让我想起了上大学第一年约会过的医科学生，一个自命不凡的白痴，只读过《柳叶刀》①，还真的以为乔治·艾略特②是男的。那段恋爱只持续了三个星期，而我在面谈开始后不到一个小时便走出了布莱斯医生的办公室。

至于我的第一个治疗师，也没好到哪里去。她是一名国民医疗保健系统的心理医生，四十岁出头，每周有三天在地方诊所开诊。她办公室的色调是暗淡的蓝色，墙上到处都是她的孩子在不同年龄阶段的画作，充分展示了他们在画画方面的不擅长。整整五周了，我发现她毫无用处。接着，在第六周的时候，她开始详细讲解并极力主张我在进行心理咨询的同时"也"该用药。考虑到我服药后的副作用，她说不一定要服用锂盐，但也许可以尝试副作用少一点的情绪稳定剂类新药。我曾经服用过锂盐，服用后我人生中第一次感到自己变圆了——又胖，又矮，又笨。当她劝说我用药的时候，我意识到她和我的全科医生串通一气，便头也不回地走了。

和之前种种的经历相比，芭芭拉医生真是天赐

① 1823 年开始发行的英国医学期刊。
② 英国女作家，原名玛丽·安·伊万斯，19 世纪英语文学最有影响力的小说家之一。

的礼物。她既不傲慢自大，也不优柔寡断，而且从来不隐瞒她的治疗计划。她在药物治疗方面可能会同意我那无能的治疗师的观点——她曾经说过情绪稳定剂也许会帮到我，因为它能准确发挥该有的功效：稳定我的情绪。但这不是重点。如果我觉得服药带来的副作用比原本的病更难受，她会尊重我拒绝服药的权利。或许有一天，药物副作用和病痛的天平会改变，但那也是由我来评估的事情。

芭芭拉医生目光敏锐、伶牙俐齿，比我母亲小几岁。她有着一头钢灰色的头发，办公室坐落在富人区南肯辛顿区，装潢充满优雅的书卷气。墙上没贴孩子们的画作：芭芭拉医生在她十五岁的时候就意识到自己不想要孩子，这一点也让我十分尊敬。她的书桌由贵气的桃花心木制成，上面摆着一株龙血树和一个牛顿摆装置——小球来回碰撞的趣味性被后面墙上贴着的镶框的博士学位证书抵消了不少。然而，芭芭拉医生很少坐在书桌前。她更喜欢在两张皮质扶手椅上和病人交谈。两张椅子相对而立，背景是众多橡木书柜中的一个。

总而言之，芭芭拉医生办公室的装潢在增加好感度上发挥了重要作用。我喜欢那个环境。就诊的整个过程都是令人舒服的：扶手椅，不急不忙地穿过富足的伦敦市中心，马路对面尼禄咖啡店的不加糖和奶的黑咖啡。两周一次的约见持续了七个月，我甚至对不得不依赖父亲来支付诊费这件事都不再感到痛苦。因为，说实话，这是他欠我的钱。这笔钱不像过去他因为内疚甩给我的钞票那样令我难受；这更像是小额索赔法庭里一位仁慈、睿智的法官判给我的补偿金。我觉得这是我应得的补偿，我知道弗洛伊德也会同意我的想法的。

"我读了你写的文章，"芭芭拉医生告诉我，"那篇访谈。"这周只刊出专访，西蒙那篇下周日才能见报。

"你觉得怎么样？"我问。

"非常引人入胜。当然，文笔也很好。不过你不需要我来告诉你这些。"

"谢谢你。"

"你发现了一具尸体？"

"是的，我邻居的尸体。"

"你想和我聊聊这事吗？"

我没有多想。"实际上，芭芭拉，我不想。我宁愿你下周日去看我的文章。可以吗？"

"可以，当然可以，这是你的选择。但是……"芭芭拉医生十指紧扣，舌头顶着嘴巴的左上角。每次她思考下一句要说什么的时候，就会做出这个动作，"但我还是想你告诉我一些事，有关这两篇文章的。"

"尽管问吧。"

芭芭拉医生喝了口咖啡。"我想知道为什么你宁愿让我通过文章去了解发生什么事，而不是亲口告诉我。这好像绕了个圈子。"

第一个问题很好回答。"这不是在绕圈子，"我说，"这是为了让我的表述更清晰。我写的准确表达了我想说的内容。完美的表达。任何我现在告诉你的内容都没有我写的准确、真实。"

"好吧，我想我能接受你的论点。但这也让我有了第二个问题。我完全赞成坦诚——在这个房间里，坦诚是不可或缺的——但你选择了一个非常公开的平台去谈一些非常私人的话题。"

"关于我父亲的？"

"你的父亲，你的想法，你的感受。媒体是最好的宣泄出口吗？"

"我父亲不会看我写的东西。至于我的想法和感受，嗯，我其实并没有计划要写我自己。只是事情就这样发生了。我成了采访谈论的对象。"

"你可以选择公开哪些内容。"

"的确是这样，但我觉得这似乎是一件释放自我的事情。能讲出不掺水分的事实，这让我感觉很好。假如我尝试从另一个角度去写这篇访谈，文章就没有事实根据了。我认为写假话没有意义。"

"诚实地写作和不带自我审查地写作之间是有区别的。每个人无时无刻不在自我审查。"

我耸耸肩。"正如我说过的，不带自我审查地写作给人自由、释放自己的感觉。再说，我不觉得米兰达·弗罗斯特有自我审查，或者说审查得不多。所以这篇访谈的写作形式还是讲得通的。"

"那么后续的配文呢？继续把你的个人生活公开让大众仔细观察有意义吗？"

"你听起来就像是贝克。只不过他说的是我把自己的生活戏剧化。"

"你对他的评论有何感想？"

"我觉得他有点不公平。我不是在戏剧化生活。我是在写发生在生活里的戏剧化的事情。两者有区别。"

"只是细微的区别，有人会这么认为。"

"区别很大！我的意思是，米兰达·弗罗斯特的专访基本上是采访的笔录，是最纯粹意义上的客观新闻。"

"那后续的配文呢？"

"嗯，不——那是一篇个人陈述。因此它不得不是主观的：这样读起来才有趣。但是主观并不意味着我在戏剧化。我的意思是，对，遣词造句和文章结构上也许有戏剧性的元素，但那只是因为我想让读者感同身受。我想传达真实的情感。"

芭芭拉医生沉默了几秒钟，掂量着我的论点。

很显然我没有完全清楚地表达出我的意思，于是我又试了一把："这么说吧：我们在谈论自己的生活时都会用上一两个戏剧化表达的技巧。比方说你上班迟到了——你错过了公交，车堵在路上了，或者是其他原因。如果不强调一些细节，你是很难将迟到的经过说清楚的：你的沮丧，不停看表的动作，站在你前面只顾着玩手机结果没意识到交通灯已经红变绿的蠢货。你想把事情发生时的感受原原本本地表达出来。这很正常，并不是戏剧化。这只是在描绘你所处的境况中本来就有的戏剧性情节。"

这些话我早就排练好了，为了应对贝克读到配文时的反应——我也让他等到下周日文章刊出后再读。不过根据这次试验的情况来看，我想这番解释还需要微调——芭芭拉医生听完后依旧满腹狐疑。

"我要读完文章后再作判断。"她说。

外面天色开始变黑。五十分钟前，当我走进芭芭拉医生的办公室时，晴空中只有一朵飘得高高的云。但现在天色已经昏暗到芭芭拉医生必须把两盏落地灯都打开。在她去开灯的时候，我无所事事地想着今天的交谈没有预期的好。的确，我习惯了芭芭拉医生在大部分话题上质疑我的想法，但今天有些不对劲。我一直在为自己辩护，还觉得有点被误解，就好像我说的话没有达到预期的效果一样。正是因为想到这一点，我决定告诉芭芭拉医生我的性欲好像回来了。我想给她一些毋庸置疑的好消息，一些不管发生了什么——和贝克的争论、焦虑的梦、西蒙的尸体——我整体上还是感觉变好了的证据。但即使听了这个好消息，芭芭拉医生依然对此有所保留。

"我认为这是我们需要关注的另一个问题。"她告诉我。

"这是一件好事，"我向她保证道，"我的意思是，我竟然又想做爱了。我享受性——真的在享受——过去几个月里头一次有这样的感受。过去两周我高潮了三次。我想这非常清楚地表明我的情绪在变好。"

芭芭拉医生坐回她的椅子上，微微皱眉，但没有脸红。几个月前我就发现让芭芭拉医生脸红是件不可能的事。她当然知道，当我情绪低落的时候，最先消失的就是性欲。我圣诞节之前就告诉她了，这个规律和潮汐一样可以预测。她的回应是我应该把注意力从生理愉悦转移到做爱可以带来的亲密情感上。这个说法差点没让我脸红，但肯定让我觉得难为情了，以致芭芭拉医生不得不怀疑我可能"害怕亲密关系"（说起来有点矛盾，她同时认为我过于依赖恋爱关系，因为自从十五岁起我就在不停地谈恋爱，空窗期从没超过两周）。不过，我觉得唯一需要商榷的是芭芭拉医生的用词。我不觉得医生应该用类似"做爱"这样的词汇。老实说，我不觉得"做爱"这个词有适用之处，除了二十世纪五十年代以前的文学作品，那时候这个词的含义不同，也不是这么腻人的委婉语。

相反，我认为我对性高潮认真地记录才是芭芭拉医生皱眉的原因，说明我如此看重性爱带来的生理愉悦——虽然事实上，你难以读懂芭芭拉医生的皱眉。她做出这个表情也有可能是对我情绪上的突然高涨表示担忧。她有这种想法当然也是可以理解的，但我还是难以接受。被约束的感觉令人沮丧。我所有的情绪——包括积极的情绪——都被视作潜在的病症。

"面谈结束之前你还有什么想聊的吗？"芭芭拉医生问道。

在这关键时刻我有点生气，但同时我依然想在面谈结束之前赢回芭芭拉医生的赞许。于是我开始告诉她有关安非他命的事——过去两周内我几次想要服用兴奋剂，但都忍住了。这勉强称得上是一个成就，虽然我说到一半的时候就意识到我不可能得到多大的称赞。芭芭拉医生的脸色越来越难看，微蹙的眉头变为紧锁，之前的暧昧不明一丝不留。回想起来，我期待在讨论服用药物时能看到芭芭拉医生其他的表情本身就是一个愚蠢的奢望。我俩在这个话题上从来不会达成一致，甚至连术语用法都有争议。我称之为消遣和释放压力的途径；她称之为会引起并发症的临时自我药疗。

听我讲完后，她板着脸沉默地坐了一会儿，然后说："好吧，这是一个我们真的需要好好关注的问题。"

所以现在已经有三个问题需要我们关注了：性爱、药物和失眠症。我们两个人只有四只眼睛，很快就要关注不过来了。

"我想你没有抓住重点，"我冷静地等了几秒钟，然后告诉芭芭拉医生，"即使我当时精疲力竭，压力大到无法思考，我依然决定不服用兴奋剂。换作几个月以前，我会毫不犹像吸一口。但这一次，我考虑到时间尚早和总体情况，决定从长远来看不服用药物对自己比较好。你不觉得这是一个进步？"

我用开玩笑的语气说出最后一个问句，试图让芭芭拉医生放松那因为忧虑而噘起的嘴唇。不过，这个问句并不是一个笑话，我是真的想让她看到情况有好转，好让她给点同意我观点的暗示，即使只是同意其中很小的一部分。

但是她没有。

"艾比，这是极其愚蠢的行为。正如我一再告诉你的那样，除非你完全戒掉药物，安非他命也好，摇头丸也好，通通戒掉，否则我是不会高兴的。每服用一次药物，你的健康状况都会倒退一大步。"

"我没有服用啊。"我特意指出，因为感觉自己说的重点被忽略了。

"很好，所以为什么不再进一步，直接戒掉它？拿走那些诱惑。"

"我和你说过的，安非他命能让我情绪稳定，有时候它是唯一的办法。再说，服用安非他命对我来说总比酗酒好，这是我的经验所得。"我指指右手掌心的伤疤，白色的、完美的圆盘形状，和一颗镇痛药布洛芬片的大小差不多。"安非他命和迷幻药从来不会让我有伤害自己的冲动。"

芭芭拉医生敷衍地点点头，表示认可这一点。但我觉得她还是无法认可我说的重点。

我带着一丝失望离开了芭芭拉医生的办公室。

# 爸爸

我想杀了我姐姐。

她在家庭聚餐的前一天打电话给我——就在前一天——告诉我她临时被指派了工作，当天晚上就要飞去纽约，这个差她推不掉。

"你这个坏女人！彻头彻尾的坏女人！"

电话那头沉默了好久。"听着，艾比。我知道这很痛苦。我会补偿你的，我保证。"

"过去两个星期你不停劝我参加聚餐。现在我答应来了，你自己却跑了。你怎么能这样？"

"这是工作，我别无选择。不是我想临阵脱逃的。爸爸为家庭聚餐做了很多准备，预订了一家非常好的餐厅。我本来也很期待去那里吃饭的。"

"很好。那要不换成你去和爸爸吃饭，我飞去纽约，和一群白痴吃着开胃小菜，喝着酒，然后签下你要签的合同，不管是多么愚蠢、该死的交易？"

我的声音越来越尖厉，我很清楚地意识到这一点，但我控制不了自己。相反，弗朗西斯卡开始用电话腔和我讲话——发音如此清晰，会让你觉得她在淑女学堂里受过专门的训练。实际上，我认为她是在某个愚蠢的职场自信心培训课程上学来的。每次我俩要吵起来了，她就会悄悄换成这个语调，总是让我觉得又回到了她十五岁而我只有十一岁的时候。无法改变的年龄差让我和姐姐比起来总是显得没那么成熟。

我越想越确信四岁的年龄差正是造成我和姐姐所有区别的主要原因。年龄差导致我和姐姐对父亲持有不同的态度。父亲离开我们的时候，姐姐十八岁，已经去剑桥上大学了。比起垂死挣扎的家庭关系，她有更重要的事情要操心。我那时只有十四岁，独自疑惑：为什么选择现在离婚？我只能想到一个答案：姐姐是此前把父母粘在一起的神秘胶水。姐姐和父亲的关系并没有因父母离婚而受损。十二年过去了，她依然喊他"爹地"，好像她是住在比弗利山庄的一个富家女，对着爸爸撒娇要坐他的车去参加毕业舞会。我叫父亲"爹地"的时候，则是把自己当作西尔维娅·普拉斯[①]。

"艾比，你在这个问题上很不讲理。"姐姐继续说道。

"我不讲理？我又不是那个花两周时间不停强

①美国女诗人，自白派的代表。她创作的诗歌《爹爹》中流露出对父亲爱恨交加、依赖和埋怨相间的复杂感情，在诗歌结尾以死相抗，表明自己抗争父权的努力。

调这可怕的家庭聚会有多重要的人。我又不是那个一接
到工作任务就取消所有其他约定的人。"

"噢，拜托，这一点儿都不公平。我们俩的工作性
质很不一样。你的更……"

"更什么？更无关痛痒？更可有可无？实际上，比
起工作更像爱好？"

"更灵活。你不用应付那些最后一秒钟才甩到你面
前的任务，你可以按照自己的日程安排工作时间。你应
该为此庆幸。"

"天哪！你知道自己听起来多么不可一世吗？"电
话那头一声疲惫的叹息说明她不知道，"够了——我也
不会去聚餐！"

"别傻了，你一定要去。爸爸已经给餐厅打过电话
换了张桌子。好在餐厅的人通情达理。而且你要知道在
那家餐厅订张桌子有多难，常常提前几个月就订满了。"

"哦，是的。我肯定要让他们同意把一张六人桌的
预订换成一张五人桌是几乎不可能的事。"

"四个人。"

"什么？"

"换成四人桌。"

"真该死！亚当也不来？"

"不来，当然不来。我不来，他为什么要来？那会
很奇怪。如果你不参加家庭聚餐，你也不会让贝克代你
出席吧？"

"会，我他妈的一定会！我会让他去做笔记，回头
向我汇报这场聚餐从头到尾有多糟糕。"

"哈哈。"

"我不是在开玩笑。"

我听到电话那头又是一次深呼吸。"嘿。你上次见爸爸是什么时候？"

"不要尝试让我内疚。你没有资格这么做。"

"是什么时候？"

"算是最近吧。"

"什么时候？"

"圣诞节前后吧。"

"那不叫最近。"

"我没说是最近。我说的是算是最近。"

"他很担心你。每次我和他聊天，他都会一直问我你过得怎么样。"姐姐说的也许不是真的。但是我内心的某一部分又希望她说的是真的。而我对自己的这部分深恶痛绝。

我觉得心被掏空了，感觉快要哭出来。

我没有哭。相反，我告诉姐姐她今年不会收到我给的生日礼物了。"你不值得我送礼物，而且我也买不起。"

然后我挂了电话。


我当然在撒谎。不是我不会让贝克在我缺席的情况下去参加我的家庭聚餐，而是我此时没办法让他去。他还没原谅我关于第二篇见报文章的事。

就我所知，他的不满主要有以下几点：1. 我戏剧化了我的生活——我们的生活——不管我如何粉饰。2. 我写了我们之间的私密对话，而且透露了太多个人信息。

3. 我顺带提及了我们的性生活——尽管我没说一点坏话。（无可否认，这一点可以归进第二点里，但他的语气告诉我这个牢骚需要单列出来。）4. 我哗众取宠。5. 我俩都没能给读者留下好印象。

然而，老实说，这五点在我眼里似乎都在抱怨同一件事，啰啰唆唆，抱怨的内容大部分还不合理。每一点都可以归到一个主题下：我不该在一份全国性报纸里写我的私生活。

"你想成为谁？"贝克问我，"那个低俗的凯蒂·普莱斯①吗？"

这个指责极其不公平。

我不想成为谁。我只是在做我自己，写一些开放、坦诚的文章。我并没有站在桌子上炫耀自己的奶头。

"这正是你在做的事情。"贝克告诉我。

我在炫耀自己的文学奶头。

文章刊出后的第六天，我们搭乘出租车穿过苏活区狭窄的街道时再次争论起来，结果陷入了冰冷的僵局。我俩心照不宣地同意暂时休战，连普通的交流也中断了。再吵下去也不会有结果。

我们不得不打车去餐厅是因为步行对我来说是天方夜谭，即使只是走到公交车站或者地铁站。我穿着五英寸的高跟鞋，好缩小我和玛丽·马丁的身高差（假设她没有穿五英寸的高跟鞋。我想她不会的，因为那样的话她就会比我父亲高三英寸了，父亲是那么虚荣的人，会不高兴的）。我花了至少几

① 英国模特，别名乔丹，靠隆胸后丰满的胸部成名。她的私生活经常被登在英国小报和杂志上。

个小时打扮去赴这场荒唐的家庭聚餐，而我知道大部分的准备都是为了应付这个女人。

然而这番精心准备并没有让我感觉良好。当我们在餐厅门口下车的时候，我的情绪甚至越发低落了。我立马看出自己讨厌这个地方。餐厅采用时髦的玻璃外墙，里面摆满极简派家具和抽象派艺术品。我扫了一眼离入口最近的那桌客人，确认了这餐厅里一个圆形的碟子都没有。餐具都是四边形的——大部分是正方形和长方形，但我发誓在某处我还瞥到了一个菱形的。

父亲和玛丽·马丁在酒吧区等我们。不用说，她看起来美得令人难以置信。她穿着黑色的系颈露肩礼服，紧贴着臀部的曲线，合身得就像她的第二层肌肤。她的妆容看起来出自专业化妆师之手，侧分的鬈发犹如瀑布般垂落在一肩，每个波浪都经过精心设计。她看起来完美无瑕，容光焕发得像用喷枪修饰过，好像直接从广告海报里走出来的一样。我唯一感到安慰的是她的胸没我的大，可能只是小一点，但这取决于她在文胸里塞了多厚的胸垫。但绝对没有 B 罩杯。

我不知道为什么这一点对我很重要，但的确是这样。

我和父亲来了个僵硬、笨拙的拥抱，虽然过去十二年我们一直在努力抱得更好——你可以想象德国总理安格拉·默克尔和意大利前总理西尔维奥·贝卢斯科尼在摄影机前做做样子的拥抱，然后回到后台讨论财政紧缩政策来应对欧债危机。我和父亲的拥抱就是这种拥抱，除了我无法和默克尔相提并论以外。

玛丽插进来想给我一个法式脸颊吻，但我以为她乐意并且准备好接受我粗鲁的英式握手。她盯着我伸出的左手看了几秒钟，脸上浮现被逗乐的微笑，接着回以一个无可挑剔的屈膝礼。这当然让我无路可走。我点头承认她赢了，然后用上我所有的风度，收回了我的手。

与此同时，我的父亲正过于热情地拍打着贝克的手臂，这让贝克错过了或者假装错过了我和父亲的情人之间那场尴尬的角力。也许我应该给玛丽·马丁的手臂也来几下友好的拍打。那会是对愚蠢的屈膝礼的更好的回应。但我已经错过时机了。她正在亲吻贝克的双颊，一个他无法拒绝的花招。虽然酒吧区过于昏暗的蓝紫色和蓝绿色的灯光让我看不清贝克的表情，但我想他有点脸红，不过我认为可以原谅。至少我过后能问他那个女人闻起来怎么样。

在我们被带到用餐的桌子之前，我点了杯双份伏特加兑可乐。


我们的桌子看起来就在房间正中央，这让我觉得自己四周没有遮挡，容易被攻击。而且，玛丽不可避免地吸引了众人的目光，使得我们这桌成了房间的焦点。一些人明显在想她是谁，为什么看起来那么面熟。另外的人就只是注视着她，用注视梵蒂冈西斯廷教堂屋顶的眼神，惊叹世上竟有这样光彩夺目的存在。但她好像完全没有注意到自己获得的关注。她正和斟酒服务员说着法语，听起来有点像在调情，不过法语听起来就是这般浪漫。我猜她肯定已经习惯受人瞩目了，可能还会认为是理所当然的。可是，这事放在父亲身上就完全不同了。我知道他不可能察觉不到旁人的目光。那些注视就像十几根手指同时按摩、刺激着他那颗自负的心。不过，他肯定也会觉得有点不自在。相当一部分旁观者正尝试搞明白我们这桌上奇怪的氛围从何而来，虽然他们肯定找不到答案。一个显而易见的假设是父亲带着三个年龄相仿的孩子聚餐——除了不会有女儿会像玛丽和我这样盛装打扮去讨好父亲这点以外。当然，我们两个看起来也不像是同一个妈生的。

我瞪着浮夸的菜单看，而父亲则尝试和我寒暄。过得怎么样？我们最近在做什么？断断续续地闲聊了不到五分钟之后，他把话题转到了工作和金钱上，两个他从来不会忘的主题。

"如果你过得吃力，阿比盖尔，我总是可以给你找到写作的活儿，只要你开口。我们公司一直在招作家。"

"我们的生活过得去。"

"是的，我肯定你应付得了。但你的日子可以过得比勉强度日好得多。你知道的，你替广告公司写文案的收入会是你给报纸写稿的两倍。至少两倍。这是一个值得考虑的提议。"

贝克点点头。他只是稍微点了点头，客客气气，没有流露太多感情，但仍然惹恼了我。

"我考虑过，"我说，"但我没兴趣。"

父亲扳了扳指关节，然后喝了一小口酒。"我只是觉得可惜，仅此而已。你写作很有一套——这是个有销路的技能。能找到合适的措辞、合适的短语去抓住大家的眼球，这是宝贵的天赋。你不应该浪费掉。"

"我怎么浪费了？就因为我写了自己真正感兴趣、关心的事情？"

"我不是这个意思。你当然可以写你感兴趣、关心的事情，然后把写广告文案当作副业，多一个收入的来源，这有什么问题？"

"爸爸，我不想写我不相信的、没有意义的垃圾文字，去推销我不相信的、没有意义的垃圾产品。"

父亲一脸无法理解的表情，都可以做成表情符号了。

"我只是想你过得舒服点、开心点。"他总结道。

多赚点，就会更开心点。在父亲看来，这是一个非常简单、可以实现的条件。但我不想为此争论了。我大口喝下第二份剩下的伏特加，告诉他我要去抽根烟。

"如果我不在场的时候你要点餐，"我戳了戳菜单，"帮我点份炖羊脊肉配胡萝卜酱汁。"

鬼才知道胡萝卜酱汁是什么。

我打错算盘了——错得离谱，错得愚蠢。我本以为可以在等待上菜的时间里策略性地安排至少三到四次抽烟的机会，好让我在这顿折磨人的饭局中喘口气。我同意来吃这顿饭的时候就是指望着这些抽烟时间：这是少有的我把"室内不许吸烟"当作祝福而不是诅咒的场合之一。不管我在餐厅里多么心烦意乱，我依然有少量的时间可以在平静的绿洲中放松自己，重新振作。

但是，玛丽·马丁是个模特，还是法国人，当然也有吸烟的习惯。我无法相信自己是有多愚钝才没想到这一点。当我看到她走出餐厅，来到街上和我一起抽烟的时候，我不得不接受现实。她拿出一盒"吉卜赛女郎"香烟，浓烈得和双份特浓咖啡一样提神。尽管勉强，我还是递上了我的打火机。她摆出"谢谢你"的微笑，我回了个"不用客气"的耸肩。我俩都没有说话，沉默了一阵。这时，一个穿着紧身牛仔裤和皮夹克的男人从我们中间经过，走了大约六步后，他回头看玛丽，一不留神就撞到了垃圾箱。

我用香烟示意："我猜你肯定经常遇到刚才发生的事吧。"

"不好意思，你说什么？"

"让男人神魂颠倒地撞到垃圾箱、路灯柱，或者走出马路。类似的事。"

她谦虚地点点头。"有时候会遇到。"

"这是美貌会带来的危险之一。"

"我努力忽视这些事。"她深深吸了一口烟，云雾从她鼻孔里缓缓飘出，"别人总是关注我的外表，以貌取人，你知道，我其实并不好受。"

我哼了一声。"那你可能选错职业了。"

"是的，可能吧。我很年轻的时候就开始当模特了。十六岁。在那个年纪来说，模特是个令人兴奋的工作。但是模特和足球运动员都是吃'青春饭'的。过了三十岁，你的职业生涯也就到头了。如果你能撑到三十五岁，那就是非常幸运了。"

她看了我一会儿，认真得像是在研究餐厅里的抽象派画作一样。"我读了你的文章，"她告诉我，"两篇都读了。"

"哦。"

我不该感到惊讶。我的文章在网上能看到。她也许在谷歌搜索引擎里把自己的名字，或者其他信息，设成了关键字，以便第一时间收到相关资讯。

"你觉得文章怎么样？"我问道。

"它们……很有趣。我很喜欢叶芝的诗。诗很美，让我觉得温暖，同时又感到悲伤。"很好。所以她能欣赏叶芝。她很显然能读懂叶芝（虽然她把诗人名字念成了"艺芝"，和奶头还有另外一名诗人济慈的姓氏押韵），可这都没什么大不了。"如果你喜欢叶芝，我怀疑你和我父亲能否合得来。"我告诉她，"他不是个感性的人。"

玛丽又吸了口烟，没说话。沉默漫长得就像无声的指责，长得让我想打破它。

"他对叶芝的诗怎么看？"我问，"我父亲怎么看？"

玛丽摇摇头。"他没读过。"

"什么，他拒绝读吗？"

"我没给他看。我觉得逼他看我喜欢的东西不好。"

太棒了。父亲的三十岁小女友在教我如何待人友善。我不知道此时应该尖叫、大笑还是大哭，不过第二种反应似乎没那么令人不快。

"你笑起来很漂亮。"玛丽对我说。

"嗯。不过没有漂亮到让人撞到垃圾箱。"

"是没那么漂亮，"她承认，"就是好看。"不知怎的，她的声音居然透出奇怪的羡慕。

我觉得她肯定是在装装样子，一种心理战术。

"和你聊得很开心。"她对我说，然后把手里的"吉卜赛女郎"名牌香烟丢到地上，用她两英寸的高跟鞋踩灭了烟头，回到餐厅里。

我又点了一根低劣的万宝路。我在西蒙那里尝到了它们的味道。

我决定享受五分钟独处的平静。

当我回到餐桌前，贝克、父亲和玛丽看起来有说有笑。我想如果我不回来，气氛一定会很好。所有人都可以继续享受愉快的时光。


"哟，你和爸爸看起来相处得很好。"我在等出租车回家的时候对贝克说。我完全没有要掩饰声音里的谴责之意。

"哦，天哪，艾比！"

"怎么了？我们中有一个能吃得开心也是件好事。"

"有时候我真搞不懂你，你真的希望我出现在你的家庭聚餐上，然后全程对你的家人摆臭脸吗？"

他让这种假设听起来如此不合情理。

"我只是想要一点支持，这个要求很过分吗？我不是一定要你恶狠狠地对我父亲，但你也别对他每一次愚蠢的发言都点头表示认同。你这样让我很没有面子。"

"我让你没有面子？是你让我没有面子吧——我掏出钱包的时候，你让我把它拿开，说我'可笑'。你要知道，主动要求分摊费用很正常，也是一个礼貌的举动。"

"天哪，别做这样的人！这样就是很可笑。我们怎么可能有钱分摊这么贵的一顿饭？而且，爸爸已经说得很清楚他来买单。你知道他的收入是我俩加起来的四五倍吗？"

"别夸张，他税后挣的没那么多。"

我笑了，发自内心地大笑。"真的，贝克，你太天真了。爸爸不交税。交税是为数不多的他会在道义上强烈反对的事情。相反，他会付钱给会计帮他逃税。他离岸账户里的钱比我俩当中的任何一个未来几年赚的都要多。"

贝克的脸沉了下来。"好吧。下次我根本就不会来。你可以自己坐那儿当个可怜虫。"

当然，糟糕的是，我知道自己现在往贝克身上撒气是多么可笑，多么不公平。我表现得就是一个彻头彻尾的贱女人。然而不知为何，我没法让自己停下来，只能眼睁睁地看着自己内心最差劲的一面被我父亲激发出来。

我知道我应该向贝克道歉。我知道我应该告诉他，我感激他能陪我出席家庭聚会，他能在场对我来说很重要，尽管我表现出来的和心里想的南辕北辙。可是我觉得一旦我向他道歉或者道谢，我就会崩溃大哭，然后我们就不得不再一次深入探讨我的情绪问题。我此刻没有心情来进行这样的对话。我喝了太多伏特加，酒精让我头脑混沌、心情沮丧。再加上想到马上要坐出租车回家，让我感觉更糟了。我们的公寓并不是吵架的好地方，也承受不了沉重的冷战。它就像一个高压锅，你气得跺脚也无处可逃，找不到地方冷静下来。

我需要在外面呆会儿。更具体地说，我需要进入一种特别的清醒状态，需要感受到绝对的宁静。只有迷幻药能让我进入这种状态。这是我能想到的解决眼前僵局的最好方法。这是我俩和解的捷径，无需言语，无需妥协，无需处理所有那些原始、危险的情感。

然而贝克十分反对我嗑药——尽管他肯定和我一样也对争吵感到厌倦。

"我不认为这是个好主意，"他对我说，"现在不行。"

"这是个很棒的主意。我们需要放松，忘记过去一周的烦恼。我无法面对现在就要回家这个事实，尤其是在这样的状态下回家。"

"我们还是要回家，"贝克说，"我们还是要先回家拿那样东西。"

"不用，我的包里就有。"我告诉他。我们用"那样东西"指代迷幻药，因为我们还站在街上聊天，身边不时有人经过。其实我不认为别人会在意我们在聊什么，再加上"那样东西"也并不是难以破解的恩尼格码[①]。

"你包里就有？"贝克稍稍犹豫了一下，重复我的话。

"嗯，你知道的……和爸爸吃饭，我需要抱着最好的希望，也要做好最坏的打算。我觉得吃完饭后我们会需要那样东西。"

贝克看起来仍然将信将疑。

"听着，"我说，"我们找个地方喝一杯怎么样？来点不含酒精的饮料——我意识到自己酒已经喝得够多了。"

最后一句其实不言而喻，但我还是说了出来，希望能平息贝克的怒气。这句话几乎就相当于我的

[①] 经过机器加密的信息，在 20 世纪 20 年代早期开始被用于商业。第二次世界大战时纳粹德国广泛使用恩尼格码密码机，把波兰、法国、英国等国家卷入了密码战。

道歉了。

"就喝一杯？"贝克问。

"是的，就喝一杯。如果喝完你还是想回家，我们就回家。"虽然我不觉得只喝一杯就能尽兴，"无所谓，我只是觉得喝一杯对我们有好处。"

贝克认真地考虑了一会儿我的提议。我仿佛能听到时间的齿轮在转动。比起气鼓鼓地回家，喝一杯显然是更有吸引力的提议，但我还是需要小心翼翼地找到软硬兼施的平衡点。我把手搭在贝克的手臂上，摆出温柔的、试探性的微笑。这微笑带有些许的命令性，但又同时表示不介意对方的任何决定。

"喝一杯，好吗？我只是需要放松一下。今晚对我来说很煎熬。"

街角终于出现了一辆没有载客的出租车。贝克看了看那辆空车，放下了他的手，由它呼啸而过。

"只喝一杯。"他说。


我们找到了一家播放经典迷幻舞曲到天亮的夜总会，一直待到早上六点关门了才回家。一个小时后，我们回到了公寓，各自又嗑了片药，然后在地板上一边听着金发女郎乐队[1]的精选辑，一边做爱。这次性爱是慵懒的，酥软得让人融化。

做爱做到一半，我想起玛丽·马丁，咯咯笑了起来。

"怎么了？"贝克问。

"玛丽·马丁觉得我笑起来很漂亮。"

[1] 成立于1974年，美国新浪潮朋克的代表，是70年代末、80年代初纽约最具影响力的乐队之一。

"你的确很漂亮。"

"比她还漂亮？"

"是的。比她漂亮得多。"

"谢谢。"

"这是实话。"

"我可不觉得大部分男人会认同这点。"

"不会，我肯定他们不会认同。但没有关系，你的美面向小众市场——那些喜欢肤色深点、古怪点的女人的男人。"

"很好。我就想做个小众美人。"

"你就是，你的美再小众不过了。"贝克的手穿过我的头发。黛比·哈里[1]正在唱《周日女孩》。

"和黛比·哈里比呢？ 1977 年的黛比·哈里。我比她还漂亮么？"

"当然。她和你没法比。"

我能感到泪水在眼眶里打转。我把腿紧紧缠在贝克的腰上，把脸靠在他的肩上。

"我爱你，"我说，"我他妈的太高兴了。"

[1]金发女郎乐队的主唱，被誉为 20 世纪 70 年代末最拉风的性感女人。她的形象总是令人回忆起性感女星玛丽莲·梦露。

# 洗衣服

嗑药的坏处自然是药效太强了。

到了周一早上，迷幻药终于开始失效。我九点钟的时候醒过来，发现贝克已经悄悄出门了。前一天晚上我一直到凌晨三点半左右才睡着。嗑药后我兴奋得睡不着，到了那时候终于困乏得产生了幻觉。在我最后的记忆里，我躺在黑暗中，双手张开，手指相对，五道铁蓝色的火光嗞嗞地从指尖窜出，仿佛我在操控着一个隐形的特斯拉闪电球[1]。我对着这绚丽的场景足足看了好几个小时，尽管躺在身旁的贝克早已入睡。我插上耳机把球体乐队[2]的专辑《极端世界之外的冒险》里的曲子听了个遍，指尖上的"闪电"也随着音乐起舞。

然而我醒来后看到的世界是那么无聊，原本拥

[1] 美国物理学家尼古拉·特斯拉发明的等离子球，利用静电在玻璃球内制造出闪电的效果。
[2] 组成于 1989 年的英国电子乐组合，音乐结构恢宏大气，赋予了机械的电子乐可听性。《极端世界之外的冒险》（The Orb's Adventures Beyond the Ultraworld）是该乐队的第一张录音室专辑。

有的趣味在现实生活的冲刷下褪色。我并不是很想起床。我想躲在羽绒被下直到夜幕重新降临。但是我知道这是最糟糕的一种度日方式。而且，我隐约觉得如果我能仅凭五个小时多点的睡眠熬过一天，也许就能重置我的生物钟，让我在接下来的夜晚安然入睡，不会半夜醒来。

于是，我起床了。

贝克在咖啡机上留了张纸条，上面写着："你比玛丽·马丁和 1977 年的黛比·哈里混合体都要漂亮一千倍。今天要对自己好点。"

贝克的举动很贴心，却没能让我感觉更好些。我清楚自己没有那么好。我把纸条折成邮票大小，放进钱包里。

客厅里，我的裙子和高跟鞋被摆在地板中央，像用来练习素描的静物一般。两只鞋子并排站立，如同在商店橱窗里一样，而裙子却皱巴巴地团坐在鞋子后面。这种视觉效果富有戏剧性，看起来仿如衣服的主人凭空消失了般，就像村上春树[①]笔下那头离奇失踪的大象。人消失了，鞋子留在了原地，裙子则在主人消失的那一瞬间充满艺术美感地垂落到地上。我没动它们。我坐在沙发上，抽了根烟，开始想今天要做什么事。思考要做什么看起来是个极其重要的任务。

听起来很疯狂，但最终我不得不把自己想象成一只宠物——一只柔弱的、需要我在接下来十个小时内精心呵护的小动物。这让我列出了简单的待办

① 日本小说家，代表作《挪威的森林》。他著有短篇小说《象的失踪》，书里一头大象从象栏里离奇失踪。

事项：

（1）喂小动物。

（2）给它洗澡。

（3）带它出去散步。

（4）打扫它的笼子。

（5）犒劳它。

我知道第三点尤其重要，因为我懒得只想穿着睡袍整天待在公寓里。至于其他几点，嗯，自从昨晚餐厅的那顿饭后我就再也没吃过一口食物，而且我也没洗澡。我暂时还不清楚要拿什么犒劳自己，但我觉得必须为完成了清单上的其他事项而奖赏自己。贝克说我应该对自己好点。

吃东西是第一位的，否则我很可能会在淋浴时昏倒。我需要补充糖分、蛋白质和碳水化合物，所以我给自己准备了一碗穆兹利①，并在里面加了酸奶和蜂蜜。然后我拿起洗衣篮往浴室走去，把里面的脏衣服扔进洗衣机里。

我们的洗衣机住在浴室里。这不是我们的主意：我们搬进来的时候它就住那儿了。浴室是不规则的L形，放不下浴缸，但是洗衣机恰好能放进其中一个角落。而且，由于厨房里也放不下洗衣机，所以把它放在浴室里也不是一个那么愚蠢的安排，虽然挤得让人坐在马桶上时会感觉幽闭恐惧症随时要发作。洗衣机的位置带来的唯一的好处是，你在浴室里脱完衣服就可以直接扔进洗衣机的圆筒里，因此我们只需要一个非常小的洗衣篮。

①瑞士传统食品，是欧洲人常吃的一种早餐，混合了燕麦片、果仁和干果。

我喜欢用很烫的水洗澡，感觉热水能像化学脱皮那样把身上的泥垢冲走。但是今天的水压似乎有点问题。从软管里滴出的细流勉强称得上温热。洗完澡后我并没有觉得比洗之前干净多少。

一旦开始收拾屋子我就会停不下来。我干劲十足，像 20 世纪 50 年代的家庭主妇一样。我脑子里想的是，如果我能把所有地方都打扫得一尘不染，就能像重置时钟一样赋予这周接下来的时间一个新开始。而且贝克会很高兴，因为当他回到家时会看见我并没有浪费时间坐在沙发里哭上一整天。

我打扫的时候需要用音乐来填满空荡的房间。舞曲、摇滚、流行，打开唱片柜后看到的音乐流派太多了——贝克和我收藏的唱片在我俩一块儿搬进公寓后混在一起，显得杂乱无章，仿佛它们的主人有着多重人格。今天，我的目光不由自主地被那些拥有较为黑暗、抑郁"人格"的唱片吸引——平克·弗洛伊德乐队的《迷墙》，电台司令乐队的《A 小子》，治疗乐队，莫里西，尼克·凯夫——但我抵住了沉迷于坏情绪之中的诱惑。但同时，我也没有精力听过于积极向上或是充满活力的音乐，假装兴致高涨反而会让我觉得痛苦。我选择折中，挑出了一堆介于欢快和悲伤之间的唱片：波莉·简·哈维的《城的故事，海的故事》，莫比的《18》，以及感染蘑菇的《致命美味》。

我拖了地，用吸尘器把家里各处清理了一番，然后把厨房的台面擦了一遍，清洗了炉具上的搁架，倒干净垃圾桶和烟灰缸，晾好洗完的衣服，用力刷洗淋浴器，然后点上几根香熏蜡烛，让公寓里充满香气。

午饭之前我已经把显而易见的地方都打扫干净，于是开始清理脏得没那么明显的角落。我擦亮镜子，给烧水壶除水垢，擦去橱柜上面的积尘。然后我决定把我们的床上用品都洗一遍——羽绒被、枕头、床垫的保护罩，全部。这个想法很完美，因为我没办法在公寓里清洗这些床上用品。我需要走到马路那头的自动洗衣店，这样能让我外出呼吸一下新鲜空气。我的计划是把床上用品搬到洗衣店，将它们塞进机器里，接着去合作社买些农家干酪——为了补充色氨酸——然后回到公寓带上我的笔记本电脑，回到洗衣店里把洗衣机里的枕头被套搬进烘干机，接下来去咖啡厅点一杯意大利特浓咖啡和一块蛋糕（我给自己的礼物），坐下来观察别人一小时，查收电子邮件，直到烘干机完成它的任务。然后我只需再消磨几个小时，贝克就会回家了，这一天也就过去了。

有人在跟踪我。我走了不到五十米就感觉到了。被人盯着、跟踪的感觉如此强烈。可问题是我无法确定我的直觉，没有确凿的证据可以让别人相信有人跟踪我。我正双手熊抱着塞满羽绒被和枕头的黑色垃圾袋，我的周边视觉差得可怜，转身也不够快，没法把跟踪者抓个现行。我能看到的只有偶尔余光瞥到的一个灰色身影。我甚至看不清那个人是男是女。

我能想到的最好的办法是假装自己没有注意到跟踪者，表现得什么事情都没发生。等我到了洗衣店把袋子放在机器上后，就立马冲出门，在人来人往的街道上安全地和跟踪者当面对峙。

这是我的计划。

然而当我冲出洗衣店，却看不到跟踪者，甚至找不到有一丁点儿异常举动的行人。我只看到了一个推着婴儿车的母亲、车站里排队等公交的路人、普通的购物者和吃午饭的上班族。

我觉得自己荒谬可笑。

我回到洗衣店，开始把枕套、被套放进机器里。

没想到查收电子邮件会令我这么紧张不安。在垃圾邮件箱——里面通常都是些推销伟哥和阴茎拉长术的广告和带有钓鱼网站链接的诈骗邮件——我看到了一封来自米兰达·弗罗斯特的邮件，还有一封来自《观察家报》的杰斯。我带着些许惶恐点开了前一封。

⌄
⌄
⌄

收件人：abbywilliams1847@hotmail.co.uk
发件人：miranda@mirandafrostpoetry.co.uk
发送时间：2013 年 6 月 2 日，11:03，星期日
主题：（无主题）

干得漂亮，威廉姆斯小姐！我的编辑告诉我，我现在是亚马逊畅销诗人排行榜的第一名（我肯定你会欣赏这个矛盾修辞法）。我们的收入很有可能达到五位数。我想我可能小瞧你了。看来老话说得没错：任何宣传都是好宣传。谁能想到你的文章会有这样的效果呢。

我相信你的职业生涯也同样因为这次报道而前景一片大好。

米兰达·弗罗斯特

附：你喜欢猫吗？

我盯着这封邮件看了大概十分钟，仿佛在看填字游戏的提示一样，然后点击回复键。

收件人：miranda@mirandafrostpoetry.co.uk
发件人：abbywilliams1847@hotmail.co.uk
发送时间：2013 年 6 月 3 日，14:40，星期一
主题：RE:（无主题）

我非常喜欢猫。它们比人容易相处多了。

阿比盖尔·威廉姆斯

我花了很长时间才写完这封回信，因为我的脑子里像灌满了糖浆一样。不过反复读过回信三遍之后，我至少对自己写了两个连贯的句子而感到满意。

杰斯的邮件回复起来则更为复杂。

收件人：abbywilliams1847@hotmail.co.uk
发件人：jessica.pearle@observer.co.uk
发送时间：2013 年 6 月 3 日，10:13，星期一
主题：请为我们写更多文章！

艾比：

我就直奔主题了。你看了网上对你文章的评论吗？我们收到了几百条评论，而且数量还在不断增加。如果你还没看，请当心：相当一部分是恶评。不过我肯定你会从大局考虑：你的文章拥有了很多读者。

所以，给我们写个续篇怎么样？你有什么好主意吗？你能写篇相关主题的文章是最好的，但也不用限制你的创意。在选题方面，我们给你充分的自由：生命，死亡，性爱，广泛的文化评论——你来决定。我们也非常期待你撰写其他的题材。我们甚至可以为你开辟一个定期专栏。

告诉我你的想法。

杰斯

我猜这封邮件传达的是个好消息。很难判断这是好是坏，因为我现在很不在状态。人们总是谈论黑色、阴暗的情绪。但是抑郁不算黑色的情绪。它是灰白色的，或者是浅褐色的。

杰斯的邮件里有太多信息要处理了。我没有立刻回复，而是打开了新窗口，搜索出我写西蒙的文章，开始阅读文章下面的一些评论。

TheodoraEdison: 文章的内容是真的吗？读起来像小说。作者又是一个想当作家却受挫的人吧?

EastofJava: 我讨厌这篇文章。讨厌它。世界会变成什么样?

0100011101000101: @ EastofJava: 完全同意。这篇文章读起来太可恨了，以致我不得不读两遍才把它看完。难以置信。

JamesWoliphaunt: **该条评论因不符合讨论区留言标准而被移除。**

Doctoroctopussy: 有人和我一样，觉得她抽死人的烟有点儿性感吗?

ExistentialSam: 这篇文章的意义是什么?

我没再继续读下去。至少网友 Doctoroctopussy 从我的作品中找到了优点。他明显是个离经叛道的人，但是，好吧，我愿意接受任何赞美。

我又打开了邮箱，努力集中精力给杰斯回信。

收件人：jessica.pearle@observer.co.uk
发件人：abbywilliams1847@hotmail.co.uk
发送时间：2013 年 6 月 3 日，14:58，星期一
主题：RE: 请为我们写更多文章！

杰斯：

你好，我也许能写个续篇，有关猴子的。事实上，猴子的话题是我偶然发现的。文章将会探讨为何人类生来并不适合在城市生活。给我几天时间。

艾比

这似乎是个合理的回复。

虽然食之无味，我还是把蛋糕吃完，然后回到合作社买了更多的农家干酪。

回家的路上，我再一次感到有人跟踪我。我明白这只是妄想症在发作，我的大脑事实上没在正常运作。但明白这一点并没有带来任何改变。我依然觉得自己被跟踪。

我戴上耳机，打开 iPod，听着多莉·艾莫丝①的歌曲，尝试把自己与外部世界隔离。

不奏效。

当我走回公寓楼时，已经紧张得像根绷紧的弓弦。回家的路上我没去洗衣房：我想先回家放下笔记本电脑，好减轻身上的负担。

我刚踏进公寓楼就意识到了有点儿不对劲。楼梯井里吹来一股风，夹杂着窸窣的人声，但我听不清对话的内容。我拔出耳机，犹豫了一会儿，蹑手蹑脚地往楼上走去。

西蒙公寓的门开着。我看到两个男人和一个女人正站在他家昏暗的门厅里。

"……你来这边看看，我们有一个现代、开放式的客厅。保养费很低，最适合……"

说话的男人停下来，看着我。我正站在门外盯着他们。尽管今天天气闷热而潮湿，男人依旧穿了一身西装。门厅里另外那对男女则是一身休闲打扮，男人穿着 T 恤和短裤，女人穿着短裙和背心。

"你好。"我打了声招呼。这是我今天第二次开口说话。我的声音像煎饼一样扁平。

"你好？"西装男回了一句，听起来更像是一

①美国另类摇滚女歌手，以标志性的红发、钢琴和神经质而近似呻吟的唱腔著称，和比约克、波莉·简·哈维并称为乐坛三大女权主义者。

个疑问句。

我看着女人，说道："你们要搬进来？"

"呃，还在看。你住在这儿？"

"是的，隔壁。"

"噢，太好了。我们也许会成为邻居。"她咯咯笑起来，略带紧张。

"是的。"我想不到其他回答。

一阵沉默。

房产中介清了清嗓子："嗯，你有什么事吗？"

"没事。我只是看到门开着，而且……"我在想该怎么结束这句话，房产中介盯着我，"我想我有点吓到了。毕竟是我发现了尸体。"

"尸……体？"另一个男人开口了。我注意到女人抓住了他的手。

我不是很想继续这个对话，但没有别的选择。

"西蒙，"我开始解释，"他以前住在这里。他死了。"我往房产中介站着的房间门口指了指，"死在那里面。"

"这真是……"男人看着他的妻子。我猜那是他的妻子。她看起来已经嫁做人妇，"事实上，我不知道该怎么说。"

"没关系，我也不知道该怎么形容。"

房产中介朝我投来了我看不懂的目光。

"我最好还是先告辞了，"我说，"我要去取洗好的衣服。"

我回到自己的公寓，放下笔记本电脑，然后把耳朵贴在前门上，等着他们离开。听到他们下楼的脚步声后我又等了五分钟，确定他们已经离开了，才出门回到洗衣房。

当我最后一次折返回公寓时，我看到门缝里塞了一张纸条。

你需要帮助。

我反复读了好几遍，把纸条折叠好，放进我的钱包，挨着贝克上午留给我的纸条。

然后，我点了支烟，坐在了一尘不染的客厅里。我一边单曲循环地听着约翰尼·卡什①翻唱的《伤痛》，一边阅读更多网上对我的恶评。这首歌我听了得有六七遍。我知道自己这是在找抽，但我停不下来。我想停下来，打电话给芭芭拉医生。这才是我应该做的事。但我就是没法再和人说话。

我又抽了一根烟，闭上双眼，等着夜幕降临。

① 美国乡村音乐创作歌手，以低沉的歌声著称。他的晚期作品多是有关悲伤、精神忧患和救赎的主题。《伤痛》（Hurt）是他 2003 年去世前翻唱的美国工业摇滚乐队九寸钉（Nine Inch Nails）的歌曲。

# SKYPE

那天晚上弗兰用 Skype 给我打网络电话。如果家里只有我的话，我是不会听的。贝克一回家，我就把手机调成了静音模式，而且我没有欲望要和任何人讲话。此时要我表现得正常都已经很困难了。但我在贝克回家前就决定不需要让他知道我的心情有多糟糕。毕竟，这很大程度上是我的错——我一手造成了现在的情况——而且我和贝克都无法让事情好转。我知道，自己阴沉的情绪只是化学反应，如果我多吃点农家干酪，就能渡过低潮。当然，贝克也意识到我没有进入百分百的状态，但我努力向他暗示这主要是因为我太累了。如果我看起来冷淡，原因是我太累了。

水压恢复了，于是我享受了一个悠长的、滚烫的热水澡，我以为这能帮我打起精神。

然而并没有。

我正在卧室里擦头发，贝克进来告诉我弗兰想和我谈谈。如果我反应够快的话，我可以拒绝——就说我准备睡了或者抛出其他借口。但是我被打了个措手不及，于是傻乎乎地等着贝克把笔记本电脑搬进房。

弗朗西斯卡正在她家的厨房里，这是我根据画面的背景判断的。但我懒得去问她是不是在厨房，或者为什么她在厨房。也许这是她在工作中学到的又一个花招，那就是树立强烈的自我形象或者类似这样的哄骗。你可以肯定弗兰所处行业里的人都习惯了随时准备打 Skype 电话。

"我刚在查收电子邮件，然后看见你在线。"她告诉我。

"我没在线，"我回她，"我只是忘了关电脑。"

我的声音依然没有感情，但我觉得弗兰会把这平淡的声音解读为带有敌意。

"你在忙？"

"不忙。"我撒不了谎，我现在没有脑力来构思谎言，"只是我现在真的无法处理这样的对话。"

"处理什么？艾比，你是在和姐姐聊天，又不是在打仗。"

我耸了耸肩，试图表示我看不出两者之间有何不同。

"你能调整一下你的屏幕吗？我只能看见你的半张脸。"

我不懂为什么弗兰觉得这很重要——只是一个非常琐碎的细节而已——可我不想小题大做，我斜过屏幕。"好点了吗？"

"好多了。现在听我说：我想道歉。"弗兰是我认识的人里唯一一个能把道歉说得像指责的人。"我们需要开诚布公地谈谈，消除隔阂。"

"好。"

"好？你指……"

"我接受你的道歉。"

我认为这是结束这场谈话最快的方式，但弗兰还是盯着我看，告诉我事情没那么容易。

"怎么了？"我问。

"我对之前发生的事情感到很抱歉，相信我。"

"我相信你。"

"时间太不巧了。"

"是的，我知道。时间很不巧，不是你的错。"

"艾比，别这样。"

"别怎么样？"

"你又开始耍看似被动、实则攻击的套路了。让我们跳过这个步骤吧。"

"我已经接受了你的道歉。你还想我怎样？"

"我想你和我聊聊，或者朝我大吼大叫，做什么都行。你不能只说你接受我的道歉了，这毫无意义。"

这是弗兰的典型做法。她总是想定下某些条件，让我能够接受她的道歉——那些允许我对她生气的条件。

"我不需要大吼大叫，"我告诉她，"我很好，我已经不在意那件事了。"

"天哪，拜托！你明显不好。你还在为发生的事情生气。"

"我没有生气，我只是……"

"什么？"

只是感到空虚，筋疲力尽。

"什么？"

"没事，我没事。"

"艾比，拜托，我们能不能像大人一样解决这个问题？"

我不知道怎么回答。弗兰开始说别的事情了，然而我并没有在听。我的脑海里闪现了一个念头。

"你和爸爸聊过了吗？"我问。

弗兰犹豫了片刻，我想这应该和我打断她的话无关吧。

"爸爸？没聊过。我想先和你谈谈。"

"你一点儿没有和他聊过？"

"嗯，我们有互相发信息，但，没有，我们没有真正意义上的聊天。"

"哦。"

"哦？怎么了？"

"哦。只是哦。"

"听着，我知道你在想什么，但是爸爸和我也会聊很多其他的话题——"

我意识到继续这样的对话毫无意义。但是同样地，我不知道要说什么才能让弗兰住口。

我直接挂断了视频通话。

然后我关了电脑，把它放在了床边的地板上。

几分钟过去了，我在床上以完美的姿势躺平，闭着双眼，等着看座机是否会响起，思考着万一它响了我该怎么办。不过，谢天谢地，它没响。我能听到的只有楼下嘈杂的车流声，听起来像人们看了一场三流戏剧后离场时的吐槽声。

我尝试弄明白弗兰说得对不对，我是不是还在生她的气。我想我的气还没有全消，还有一丝怒火深藏于心底。不过，那丝怒火现在已经微弱得看不出颜色和形状。而且弗兰过去几天的行为完全在我意料之中。她有自己的生活——成功人士忙碌的生活——而我在她的生活里微不足道，这就是事实。她的道歉不过是事后想起的补救方法，真的。所以我为什么要为她放我鸽子而感到失望？

虽然现在听起来难以置信，好像我的记忆出错了一样，然而我知道弗兰和我以前确实很亲密。在我十三岁、她十七岁的时候，她满足了我对姐姐的所有幻想。她是我的初恋导师；她教我化妆的正确方法，那时候我班上其他女生的化妆技巧糟糕得让她们的脸像被炮轰过；她在我沮丧的时候照顾我——总是愿意花时间听我倾诉。

父母离婚后的那个暑假，她要离家去上大学，我记得她告诉我事情不会有什么不同。她说，我只要打电话就能找到她；而且，有必要的话，她会跳上火车，一个小时内赶回伦敦陪我。

我只动用过一次她赋予我的第二项权利。在我十五岁那年，我打电话给她，痛哭流涕地告诉她我在朋友家的派对上喝得烂醉，失去了处女之身。打完电话的那个下午，她带着避孕药出现在我面前。这件事是我俩之间的秘密，直到今天父母都不知情。弗兰没有对我说教，她只是带我去摄政公园走了好久，让我保证不能再做这么傻的事。

可惜从那以后，我一直为难以守住这个承诺而苦苦挣扎。我想，这是我俩关系变差的很大一部分原因。在我十八九岁的时候，我的姐姐比起现在更能容忍我性格中的种种缺陷：鲁莽、不负责任、迷失方向、情绪波动大、对和父亲聊天的绝对抗拒。对，这些可能都是因为我自私、自恋、太想吸引别人的关注——但我那时候正在青春期，有这些表现并不奇怪，其他少男少女也会这样。

过了几年，当我已经二十岁出头了却还表现出和年龄不符的幼稚，弗兰和我之间的感情裂缝变成了鸿沟。她不再有时间去处理我情感上永不落幕的闹剧。她无法理解为什么大多数时候我还是表现得更像一个孩子而不是成年人，为什么我一份工作永远只能干几个月，为什么我一直在负债，为什么我总是陷入糟糕的恋爱关系。她认为我的行为显然是在自我毁灭。即便我被诊断出患上情感障碍，她还是难以接受我无法控制自己情绪的事实。她认为我应该马上振作起来；有一次她甚至告诉我，我这样捣乱自己的生活是不公平的，因为世界上有太多人生活在贫穷之中，他们会为了拥有我与生俱来的机遇而全力拼搏。当她说出这样的话后，弗兰就不再是那个可以理解情绪失常的小妹妹的姐姐了。就心理健康而言，她从来没得过感冒。事实上，她的身体也一直很健康。我非常肯定她没请过病假。

因此，我不打算向她解释我现在的感受。那会像对一个天生的色盲解释颜色一样。对于弗兰我现在能给出的最好评价是：和五年前不同，她现在至少能接受我会有在她的情感范围之外她体会不到的感受。偶尔，她甚至会努力识别我的这些情绪，就像看不懂乐谱的人第一次阅读音符那样煞费苦心。不过今天她显然没有这个耐心。她想当然地认为我是在消极攻击，而我现在没有精力，也没有欲望向她解释事情不是这样的。随她怎么想吧，反正这种方式让我觉得更轻松。

# 斯劳

直到星期四早上，我的情绪才恢复正常。事实上，它反弹得有点超出了正常范围，但我想这都是相对的。经过两天多的"冬眠"，醒来后发现自己的大脑明显已经整理好此前凌乱的想法，如同重新摆好了书架上东倒西歪的书一样，这让我大松一口气。光是这个对比就能让我的感觉好极了。

那天凌晨三点我就醒了，大脑已经开始飞速运转筹划着一个计划。

卡伯恩教授已经不回我的邮件了。无论是午餐、布丁、波尔图葡萄酒、芝士还是雪茄——这个男人都不为所动，我没法贿赂他。我意识到要说服他接受邮件采访完全不可能。电子邮件太容易被忽视了，要让他同意接受采访，我必须和他面谈。我有百分百的自信，如果我能和他见面——他能和我见面的话——我就能够让他相信接受我的采访是有价值的。只要我想，我就可以魅力无边。

唯一的问题就是怎样跟他碰上一面。

不过这也根本不是问题，我在星期四早上想明白了这一点。

有什么可以阻止我出现在他位于牛津的实验室，然后邀请他共进午餐呢？他为什么要拒绝？我当天就可以出发。坐火车只需一个小时左右就能从伦敦抵达牛津。即使发生了最坏的情况，我也不过是浪费了几个小时而已。而且，能够离开伦敦几个小时，这已经值回票价了。我可以在牛津欣赏美妙的建筑，然后到J.R.R.托尔金[①]和C.S.刘易斯[②]去过的酒馆喝上一杯。

如此美好的一天在我眼前铺开，就像一张放满丰盛野餐的地毯。我感觉豁然开朗、精力充沛，准备好随时出发。当然，我还不能出发。严格来说，现在还是半夜——虽然清晨的阳光已经透过窗帘缝钻进屋里。六月的英国很疯狂，每天太阳下山的时间只有短短几个小时。谁能整夜安睡，不被过早升起的太阳打扰？我想这是现代生活和自然规律相悖的又一例证。我们的祖先在赤道地区进化，那里终年昼夜等长，人类因此没能让自己的生物钟进化到能够适应荒唐的季节变化。我默默记下这个问题，准备待会儿见到卡伯恩教授后向他请教。

贝克还在熟睡中，就像被麻醉了一样。我起床

[①]英国作家，牛津大学教授，古英语专家，以创作经典严肃奇幻作品《霍比特人》和《魔戒》而闻名于世，被誉为"现代奇幻文学之父"。
[②]英国作家，代表作是《纳尼亚传奇》童话系列。他先后在牛津大学和剑桥大学执教，研究中世纪和文艺复兴时期的英国文学的造诣尤深，和J.R.R.托尔金是好友。

走到客厅，穿着内衣就开始查火车时刻表。最早的一班火车5点14分出发，6点20分抵达牛津，但要赶这趟早班车明显太疯狂了。虽然我喜欢清晨时分在牛津漫步：那些古老的建筑在人少的时候的确比较令人印象深刻，让我可以想象自己身处16世纪——但这意味着我要等上六个小时才能带卡伯恩教授去吃午餐。或者我在他上班的路上拦截他，然后带他去吃早餐？不，这个策略有点冒险：他可能在家吃完早餐再出门。加上贝克如果醒来发现我消失了，他会担心的，即使我留了纸条也一样。

想到这点，我决定不和贝克透露我的计划。我知道——隐约觉得——他理解不了这个计划的逻辑。等我采访完，得到令人满意的结果后，我再告诉他会比较好。这意味着我不得不等他出门上班以后再出发，所以我能赶上的最早一趟车应该是10点22分从帕丁顿开出的列车。这个出发时间刚刚好。我会在11点18分抵达牛津，然后有充足的时间探好路，找到卡伯恩教授所在的位置，然后带他去吃午餐。

通常来说，我会用阅读来打发凌晨的失眠时刻，但现在我读不进去书，做什么事都无法长时间集中注意力。因为我已经迫不及待地想开始这一天的计划。

我冲了杯咖啡，洗了个澡，套上运动裤和连帽衫，打算晚点再换上外出的衣服——我可不想穿着家居服去见卡伯恩教授——然后，我下楼抽了根烟。天已经亮了，夜晚的寒气渐渐散去，取而代之的是早晨的暖意。这是个遛狗或者晨跑的好天气——我特别想出去走走——但我不相信我的肺活量能支撑我完成比爬楼梯更大的运动量，而且我在伦敦西部也不认识什么养狗的朋友能把宠物借给我。于是我决定走去厄士桥路上的尼萨（Nisa）24小时便利店，买些培根、鸡蛋和烟。买完东西后，我抄小路回家，穿过空无一人的后街。

回到公寓时还不到六点钟，我又看了会儿牛津地图，研究了卡伯恩教授任教的心理系的建筑布局，然后查看电子邮箱，确认了卡伯恩教授在过去十二个小时里没有回信。和往常一样，我的收件箱总是塞满了垃圾邮件：看来有人确信阿比盖尔·威廉姆斯是个男人——一个生殖器天生短得可怜，还有慢性勃起功能障碍的男人。不过，在这堆垃圾邮件里，我又看到了一封来自米兰达·弗罗斯特的邮件。

⌄

⌄

⌄

收件人：abbywilliams1847@hotmail.co.uk
发件人：miranda@mirandafrostpoetry.co.uk
发送时间：2013年6月5日，21:00，星期三
主题：一个小小的提议

威廉姆斯小姐：

我有个提议。我同意在秋天去美国"教"诗歌写作，虽然我有点后悔做了这个决定。我肯定你能明白，这个决定完全出于经济考虑。

废话少说，我正在找能住进我的房子、照顾我两只猫的人。也许你能帮我的忙？

为什么我想到你？好问题。事实上，我猜是因为找你做这件事的想法逗乐了我。不过这个安排也是有可能互惠互利的。

我的房子非常棒。它有花园，风景好，而且安静的环境非常适合写作。如果你想逃离现代城市生活一段时间，我肯定它会适合你。（你可以拥有一些不受打扰的时间，去写你那部直白得令人难堪的半自传体小说。毫无疑问，你的这部小说被出版商遗忘在了某个抽屉里。）

这个管家职位的工作时间是连续十五周，而且没有报酬。

考虑一下吧。

米兰达·弗罗斯特

我快速读完这封邮件，消化了内容，发送了一行回复：
我会考虑的。

如果我选择把藏在她话背后那些对我进行消极攻击的讥讽解读成以真作假的双重诡计——我确实是这么解读的——那么米兰达·弗罗斯特似乎突然对我的写作产生了过分的兴趣，对我的生活也是如此。她好像以奇怪的女施主自居。或者她可能只是喜欢我？这个念头有点让人不安。一个

斯芳　105

反社会的人对你有好感，这算是对你的称赞吗？不算吧，虽然我已经决定把这个念头搁在一边，抓紧时间准备早餐。

我干活时会像某种自动驾驶仪，思绪不停地在好几样更重要的事情上来回跳跃，宛如草原上一只活蹦乱跳的兔子。因此，等我意识到自己把十二片培根都放在烤盘上时已经太晚了，它们已被烤得吱吱作响。事后我不得不佩服自己竟然可以把整整十二片培根都放进那不大的烤盘里：一片紧挨着另一片，形成了完美的长方形，就像完成好的拼图一样。然而，当贝克从门厅那边走来，看着我为他准备的丰盛早餐时，眼神里带有  丝怀疑。

"呃，这是什么？"他还没完全睡醒，所以我愿意原谅这个愚蠢的问题，况且，他睡眼惺忪的懵懂样子有点可爱。

"早餐，"我说，"我睡不着，这又是个美好的早晨，所以我去了趟商店，给你一个惊喜！"

"嗯，的确是个惊喜……"他揉了揉眼睛，"你睡不着所以决定做早餐？"

"是的。培根加鸡蛋。"我用空出来的手指了指碟子，"实际上，主要是培根。商店里培根买一送一。你吃得下七片吗？我觉得自己最多吃五片。"

"呃，好吧，吃得下。我的意思是，一个周四的上午要消化掉这么多肉是项艰巨的任务，不过我会试试的。"

"就是这种精神。我相当确定大英帝国正是建立在培根加鸡蛋的早餐之上。"

"噢，我以为它建立在征服别国和无情剥削原住民和他们的资源之上。"

①詹姆斯·库克的别名。他是英国皇家海军军官、航海家和探险家，带领船员成为首批登陆澳洲东岸和夏威夷群岛的欧洲人，也创下首次有欧洲船只环绕新西兰航行的纪录。

②英国历史上著名的探险家和海盗。他是第二位在葡萄牙人斐迪南·麦哲伦之后完成环球航海的探险家，也是第一位完成这项壮举的英国海员。

③18世纪后半叶至19世纪初英国海军中将，被誉为"英国皇家海军之魂"。

我笑了，那是非常少女的笑声。"是的，你的想法也是对的。不过你饿着肚子是没法征服世界的。库克船长①，弗朗西斯·德雷克②，纳尔逊勋爵③，"——我随意说了几个名字——"他们都是爱吃培根加鸡蛋的男人。特别是在周四的时候。这是历史事实。"

"我决定相信你的话。"贝克指了指碟子，"但比起早餐，这更像是食品艺术。"

我耸了耸肩。我把食物摆成了一个大车轮：炒蛋放在中央；车轮的辐条则是培根片，它们对称地展开，形成一个巨大的圆形。轮轴上放了一片欧芹叶子作为点缀，七滴番茄酱勾勒出车轮的圆周，看起来好像一幅未完成的连线画。

"我只是无法把七片培根堆成一座肉塔，"我解释道，"那样看起来会很滑稽。你想喝咖啡吗？我刚煮了一壶。咖啡能加速新陈代谢，帮你消化这顿丰盛的早餐。"

我在9点54分的时候到达帕丁顿车站，买了去牛津的往返一等座。天气太热了，我无法忍受二等座——这么热的天不是我该担心钱的时候。我已经厌倦了精打细算。不管怎么说，我推断这趟旅行不仅能收回成本，还会带来好几倍的收益。再加上我可能需要免费Wi-Fi和桌子，还有大量咖啡来维持思维敏锐的状态。你永远不能指望普通车厢里的火车餐车提供你想要的伙食。等着看餐车里有什么吃的总让人感觉像在玩乐透抽奖，而且你的运气还糟透了。在很多方面，一等座都值回票价。而且，这趟是出差，我申报应纳税收入时可以把买票花的65英镑排除在外，这是鼓励我买一等座的又一诱因。父亲会为我在税务方面这样精明感到骄傲。

和许多其他建于维多利亚时代的宏伟老车站一样，帕丁顿站在很多方面都有点糟糕。脱落的油漆；发黑的玻璃和砖头；脏兮兮，又布满灰尘；除了漏风，还蒸汽缭绕；没有吸烟区。我已经有好几年没在地上的帕丁顿站走过了，但它还是我记忆中的样子。基本上，这就是一个称呼好听点的巨大车库，只有半圆形的尽头才有日光和空地。老实说，我不知道伊桑巴德·金德姆·布鲁内尔[1]设计帕丁顿站时在想什么。我迫不及待想坐车离开，但还没到上车的时间。于是我去找帕丁顿熊铜像，可惜怎么也找不着。最后，我放弃了，决定到一等座休息室上个厕所。一流的如厕体验已经值回票价了：洗手间里备有两种润手霜，镜子周围还像剧院后台的化妆镜那样装了一圈灯泡。我补了补口红，整理好在地铁隧道里被吹散的几缕发丝，然后对着镜子噘了噘嘴。镜子里的女孩也回以一个嘟嘴，让我感觉好极了。她穿着紫红色的背心，搭配海绿色的A字裙——裙子轻盈，下摆刚好落在膝盖上方。这个颜色搭配很大胆，却是一个不错的选择，而且明显是她的肤色能驾驭的最鲜艳的颜色。她的发夹上那朵淡粉色的大花充满夏天的感觉，而眼镜则为女孩增添了恰

[1] 19世纪英国工程师，主要贡献包括主持修建大西部铁路、系列蒸汽轮船和众多桥梁，革命性地推动了公共交通、现代工程等领域。帕丁顿站自1838年起就是大西部铁路在伦敦的终点站。大西部铁路主线上的许多车站都是伊桑巴德·金德姆·布鲁内尔设计的。

到好处的怪趣书呆子气质。从镜子里看不出女孩穿了什么鞋，但我猜她穿了一双绿松石色的高跟凉鞋。鞋跟不会太高，既能在视觉上拉伸女孩腿的长度，又能让女孩在一位上了年纪的进化科学教授的注视下显得谦卑得体。她的耳环和手镯也是绿松石色的。

我对自己的装扮很满意，但当我提起水池旁边的电脑包时，意识到它是黑色的——这有点遗憾，白色会和我的衣服更搭。我提起包，离开休息室去找我要乘坐的火车。

坐上火车后的头十五分钟过得相当顺利。我喝了杯咖啡，列车员马上又为我续了杯。我在网上订购了两个新的电脑包，一个白色，一个灰褐色。伯克郡的联排别墅在窗外飞驰而过，我和对面的女士闲聊起来。当我说她看起来有点像英国女王时，她开心大笑。我享受着完美的和谐之旅，直到火车在斯劳停靠，三个男人进了我们的车厢，坐在过道对面的桌子旁边。

我立刻就判断出这是三个蠢货。他们穿着西装，热出一身汗，大声谈论肉类批发价、上一季度的纯利润、他们开的宝马车还有某位刚从学校毕业的行政官员——很显然，其中一位叽里呱啦地就像嘉年华上的鼓声那样嘈杂。我翻了个白眼，朝女王大人那边小声地啧啧表示不满，女王大人正盯着《每日电讯报》，努力想忽略那三个男人的存在。我决定像她那样转移注意力，于是打算在电脑上写个专题，关于电影或文学作品中出现的前十大火车站。现在是六月份，旅游特稿一定卖得出去。MSN英国网也许会抢着要。

（1）纽约中央车站——《西北偏北》。（2）国王十字车站——《哈利·波特》。（3）电影《相见恨晚》里的那个车站叫什么？（4）我是帕丁顿熊的超级粉丝，但是我真的不能让帕丁顿站上榜，无论一等座旅客休息室的洗手间有多豪华。（5）为什么这群男人就是不能闭嘴，让我集中精神写点东西？今天天气这么好，本来是非常适合火车旅行的，但是这群男人破坏了车厢里其他所有乘客的火车之旅。（6）巴黎蒙帕纳斯火车站——《雨果》。

这时，检票员出现了，我竖起耳朵听她和那群男人之间的对话。有那么一瞬间，我觉得自己要得救了。

"你说车票无效是什么意思？"

"非常抱歉，"检票员把话又重复了一遍，"但这些是预售票，只能乘坐规定的车次。现在这班车是10点36分的车次。"

"嗯，我知道这是10点36分的车次，亲爱的。我们到达车站的时间比预期早，所以我们才上了早一班的车。"和检票员对话的是那群做肉类生意的男人中体格最壮、汗出得最多的那位。他说话很慢，听起来一副屈尊俯就的样子。这样的语音语调通常都是和小孩子、老人或者外国人聊天时用的。"不管怎么说，斯劳站信息咨询台的工作人员告诉我们这些火车票在这趟列车上绝对有效。如果票是无效的，那是他的错，不是我们的错。"

检票员朝车厢那头张望，看起来像在寻求支援。与此同时，男人沾沾自喜地朝他那两位汗涔涔的同事眨了眨眼。我对检票员投去支持的目光：站稳立场，戳穿他是个撒谎的混蛋，呼叫铁路警察。

"很抱歉，但我的同事不可能和你说这样的话。也许您听错了？"她太过彬彬有礼了，"事情很简单，你们没有这趟车的有效车票，你们三个都没有，你们需要补票。"

"要我们花钱补票？因为别人的失职？你肯定在开玩笑！"

"如果您希望提交正式投诉，您需要以书面形式把投诉内容发到公司总部。他们会决定是否退还票款。"

"投诉有他妈的什么用？你们斯劳站的工作人员肯定会否认自己说过那些话的。"男人拿出钱包，啪的一声拍在桌上，脸上的愤慨只有那些假装受到了侮辱的人才能摆出来。"嗯，多少钱？"

检票员按了按手上的机器。"三张去赫里福德的单程一等座，总共是 262 镑 50 便士。"

"多少？"

"你也可以选择转到普通车厢。那么票价只需112镑。"

"112 镑！花这么多就坐在下等客舱？这简直是拦路抢劫！"

糟糕的比喻和老套、低劣的用词混在一起就像一团乱麻，成了压倒我沉默的最后一根稻草。

"哦，看在上帝的分上！"四双眼睛猛地转向我这边，"拦路打劫是在高速公路上，下等客舱是航海用语，而这是一列火车，你就是个蠢货！"

我的表述中不含敌意，只是列出不证自明的事实；我还借用了姐姐讲电话时优雅的语调。尽管如此，那位做肉类买卖的男人的脸还是涨红得像煮熟的龙虾。"这和你无关，亲爱的。"他想表现出大哥的风范，但听起来却更像一个愠怒的男孩，"你的意见留着自己用，别多嘴。"

"哈！"我发自内心地大笑出来，笑得可能都有点歇斯底里了，但我就是控制不住。这个男人说的话多么可笑。我转过头，看着检票员，献上我最温暖的笑容。"你知道吗，我看见他对同伴使眼色了——就在他说完那堆关于车站工作人员误导他的废话后。你想要的话，我可以给你写个书面证明。故意逃票要罚款多少来着？"检票员看着男人，挑了挑眉。男人的脸色就像睾丸被人踢了一脚那样难看。"或许他更倾向于买张有效票——去坐下等客舱 然后闭上嘴巴安静地度过接下来的旅程？"如果生活是部电影，这就是车厢内爆发出雷鸣般掌声的时刻。如果它是部美国片，除了掌声，还会有欢呼，说不定还有人会喊出"女孩，好样的"。但生活不是电影，而我身处英国——社交障碍的发源地——无论是掌声还是欢呼，我都没得到。大部分旅客早就已经把目光从这场发生在公共场合的不体面的冲突上转移开了。坐在我对面的女王人人一脸尴尬。检票员清了清嗓子，尝试让车厢的气氛恢复表面上的正常。

"呃，对。我想这位年轻女士说的也许是对的。"

做肉类买卖的男人瞪了我一眼，用眼神威胁我"这事没完"。我回瞪了他一眼，用眼神告诉他我要在牛津下车，根本不打算去赫里福德，更别说斯劳了。无论如何，他的同行者已经起身把行李架上的箱子拿了下来。我冲他狡黠一笑，接着继续写我的十大车站排行榜。

# 卡伯恩教授

　　我在牛津站抽了支烟，然后开始查找牛津大学实验心理学系的电话。我计划从接线员那里套出卡伯恩教授所处的具体位置。我会说我是他的老同事。这就是我计划的全部内容了。没有详细的规划，但我有绝对的自信，我的临场反应能让对话尽在掌控之中。

　　电话响了几声才接通。

　　"您好，我是心理系的莎拉。"

　　"噢，你好，莎拉。我叫朱莉娅。我想找约瑟夫·卡伯恩。我是他的老同事，从利物浦过来的。"（上帝保佑你，维基百科！）

　　"约瑟夫·卡伯恩？"

　　"对。"

　　"我想他在办公室。稍等一下，我帮你转接电话。"

"不！不用转接，谢谢你，莎拉。不过，嗯，我其实更希望他不知道我会来找他。我们很久以前共事过。实际上，我曾经是他的博士生，那是四年前，啊不，五年前的事了。我很久没有见过他了。我刚从乌干达回来，所以非常想给他一个惊喜。"

"噢。"电话那头稍作停顿，"您刚说您的名字是？"

"朱莉娅。朱莉娅博士。"我在给自己搜索一个可能的姓氏——"沃尔特斯。"

"朱莉娅·沃尔特斯？朱莉·沃尔特斯[①]？"

见鬼。"噢，对。哈哈！我和朱莉·沃尔特斯没有关系。"我适应了自己的新身份。"抱歉，我常常会被问到这个问题。打电话介绍自己的姓名总让我头疼。"

"嗯，可以想象。"

"感谢上帝，我不姓罗伯茨[②]。"

莎拉笑了。很好，尽管开头有点不稳，但她已经开始放松警惕了。魅力和自信——新闻学院的老师教不会你这些。

"莎拉，我现在人在牛津，我想你也已经猜到了。我有几个小时的空闲时间，所以想来个突然拜访，看看约瑟夫是否想和我一起吃点东西。我现在正在来的路上。方便吗？"

"唔，嗯…… 如果您是教授的朋友，我想是没问题的。"

"噢，是的。我们曾经非常要好。"这个表述太

①英国女演员，代表作有《丽塔的教育》《比利·艾略特》和《哈利·波特》系列。

②美国女演员，凭借爱情喜剧《风月俏佳人》红遍全球，2001 年凭借《永不妥协》获得奥斯卡影后。

有暗示性了，我可不想让她以为我和教授之间发生过什么特别的事。"事实上，比起朋友，一直以来约瑟夫更多地担当着我的导师这个角色。几乎所有我对灵长类动物学的了解都来自他的传授。"我对自己能想出这句台词感到非常自豪。这不仅是对上一句台词失误的绝佳补救，同时，严格来说，它的内容也是真实的。"不过，你不会告诉他我正在来的路上吧？正如我之前说过的那样，我很想给他一个惊喜。"

"呃，不会，我会守口如瓶。他应该至少会在办公室里待到中午。"

"谢谢你，莎拉。一会儿见。"我们互道再见，然后我挂断了电话。

我跟着 GPS 的指示，穿过牛津市中心，一边欣赏着梦幻的尖塔，一边丰富朱莉娅·沃尔特斯博士这个角色。刚刚的通话非常顺利，但我知道待会儿和莎拉面对面交流时需要更加灵敏。我要完美变身为女博士。我承受不了因为失误而忍不住飙脏话的后果。

所以我对朱莉娅的了解有多少呢？她五年前在卡伯恩教授的指导下攻读博士学位，所以她现在是三十多岁——以我的年纪来说，模仿起来很容易。我决定她毕业于利物浦，虽然也有可能是在剑桥大学读的本科，毕竟剑桥和利物浦离得不远。

还有什么呢？很明显，她研究灵长类动物学，穿着时髦——也许太时髦以致人们难以相信她是科学家。嗯，好吧，现在我也没法换衣服了。她一定是难得的科学尤物，能够出演 BBC 第四频道的纪录片。不难想象她涉猎电视节目，也许那正是她在乌干达做的事情？

嗯，现在我得想想怎么填我给自己挖的坑——乌干达。一方面，这个谎撒得特别漂亮——乌干达有很多猴子——另一方面，这个谎又是很有问题的。朱莉娅怎么他妈的一点儿没晒黑？我有那么一瞬间考虑过冲进一家美容院给自己的皮肤快速喷色，但是时间不够。我已经告诉莎拉我在路上了。沃尔特斯博士不能被晒或许更好解释。她必须涂抹防晒指数 50 的防晒霜，否则她会像吸血鬼一样被阳光烧成灰。可能她和布莱恩·考克斯教授[1]一样，只是飞去充满异国风情的地方，录一段三十分钟的解说，然后坐上飞机回来。

当我走了 1 英里[2]来到心理系大楼时，我已经在心里为朱莉娅·沃尔特斯拟好一份详尽到可以写成圣诞节畅销书的人物档案。她是保罗·沃尔特斯和安妮特·沃尔特斯夫妇的第二个女儿。她的父亲是名外科医生，母亲是位人权律师。她喜欢吃泰国菜，和她的制片人有着说不清、道不明的关系。当然这些信息不可能在闲聊中出现。但是熟谙这些捏造的人物信息很有用。这意味着当我走到接待处时，我就是朱莉娅·沃尔特斯。

桌子后只坐着一个女人，这为我扫清了执行计划中的第一个潜在障碍。我微笑着伸出手。"莎拉？你好。我是朱莉娅·沃尔特斯。很高兴见到你。天气这么好，却要待在这张桌子后头上班，真不是件令人愉快的事情。"

结果证明朱莉娅还是个话匣子。

莎拉回我一个微笑，握住了我的手。她对自己

①曼彻斯特大学教授，粒子物理学家。对公众而言，他最知名的身份是 BBC 第二频道广受欢迎的纪录片《太阳系的奇迹》和《观星指南》的科学主持人。
②1 英里约等于 1609 米。

接待的是一个年轻、白皙、穿着紫红色衣服的灵长类动物学博士没有表现出一丝惊讶。我想我的自我介绍是如此自信、沉着，以致她不得不被我的弥天大谎牵着鼻子走。

我们闲聊了几分钟。我大笑，开着玩笑，打着手势，随意点评了几句我刚刚在曼彻斯特找到的工作。（"北方和我的肤色相配！"）

很遗憾，乌干达完全没出现在我俩的对话中。

上楼，左转两次，右转，再左转。实验心理系的办公楼原来和迷宫差不多。如果没有莎拉如此简单清晰的指引，我永远都不可能找到卡伯恩教授的办公室。她说本来可以亲自带我去的，但是因为接待处只有她一个人值班，她不能离开岗位。这让我松了一口气。我感觉两次简短的对话后，我跟莎拉已经建立起亲密的关系，实在不想被她揭穿我的谎言。

走廊上站着一些人。我自信地迈着步子，沉着地和他们做眼神接触，脸上挂着礼貌、专业的微笑。高跟鞋和地板接触时发出的清脆声响在墙上回荡，为我打气。

我路过一个洗手间，决定进去花几分钟时间梳洗，同时完成角色转换。我检查了一下自己在镜子中的形象——依然光彩照人——又往手腕脉搏处拍些冷水，然后去小便。沃尔特斯博士这个角色被留在了洗手间里，像被人遗忘了的雨伞一样。当我离开洗手间，走向卡伯恩教授的办公室时，我又重新做回阿比盖尔了。这条不起眼的长廊只有两盏日光灯照明。走廊上有六间办公室，卡伯恩教授的是第一间。门上写着他的名字，简单的黑色字体，名字下方是一个狭窄的长方形玻璃窗。其实不用看名字我也能认出他：透过小窗，我从他的后脑勺就能推断这是我在卡伯恩教授网页上的图片里看到的那个人。他的头发是珠白色的，只有两鬓还留有一丝炭灰色。他的衬衫袖子被卷到手肘的位置。他坐在旋转座椅上，全神贯注地看着电脑屏幕。我盯着他看了一会儿，然后看了看手表：11点58分，时间刚刚好。我挺直腰板，轻快地敲了敲门。

"请进。"卡伯恩教授说完才把他的椅子转过来。可还没等他转到一半，我已经进门了，并用我最亲切的微笑和他打起了招呼。

"卡伯恩教授。"我伸出手，往前走三步，这样他就不用站起来和我握手。"见到您真高兴。请原谅我的冒昧打扰。"

"呃……没关系。我只是在整理收件箱。"他透过椭圆形的镜片瞥了一眼我们紧握的双手，额头皱了起来。他微微张嘴，小胡子修剪得十分整洁。"嗯，有什么可以帮你的吗？"

"嗯，我非常希望您能帮忙。我叫阿比盖尔。"

"噢，是的，阿比盖尔……"卡伯恩教授收回了他的手。他的表情看起来就像在电影播了一半后才走进放映厅，现在正努力地想要看懂剧情一样。我保持微笑，让他安心。他也回了一个微笑，然后非常优雅地清了清嗓子。"抱歉，我觉得我应该认识你，但我想不起来了。我可能有点脸盲。"

我笑了。"没关系。我们没见过面。您觉得见过我，是因为您看过我的头像。我给您写过几次邮件。阿比盖尔·威廉姆斯。我是来请您吃午饭的。"

"噢。这……有点奇怪。"

我耸耸肩。"您饿了吗？"

"嗯，也许有点。我也不是很清楚。这真的是……阿比盖尔，你能先坐会儿吗？"他指向办公室里的另一张椅子。椅子在墙边，夹在一个装得满满的书柜和一堆摇摇欲坠的学术期刊中间。

"好的，谢谢。您人真好。我刚从火车站走过来，正好可以歇歇。"

"你是从哪里过来的呢？"

"伦敦。"

"只是为了来见我？"

"只是一个小时的车程。不是太远。"

"话虽如此，但这还是……"他的声音越来越轻。

"很奇怪？"

"是的，很奇怪。"

这场对话短时间内也不会有结果，我决定摊牌。"卡伯恩教授，我今天凌晨三点钟的时候醒来，决定要搏一把。我来这里是希望您能抽出一点时间和我聊聊。但是您要拒绝的话也没关系。我已经准备好要跳上下一趟开回伦敦的火车了，而且我保证，只要您开口，我不会再打扰您。"

卡伯恩教授没说话。他看起来就像在诠释他正在理解的那些坚硬的现代艺术品——由三原色和晦涩难懂的几何图形组成的艺术品。我把他的沉默当作对我继续说下去的许可。

"很好，看得出您至少感兴趣。"

他把一只手放在下巴上，目光转向别处，停留了几秒钟，似乎在琢磨我的结论是否正确。

我耐心地等待。又过了一会儿，他终于开口说话了。

"咖啡。"他说。

"咖啡？"

"我想我能抽出时间和你喝咖啡。"

"太棒了！"我从椅子里起身，"走吧，我们去喝咖啡。也许再点份蛋糕？"

卡伯恩教授点了点头，动作很慢，仿佛还没回过神来。

我摊开手掌往门那边示意："您准备好出门了吗？"

"呃，是的。我想我准备好了。"他关好电脑显示屏，站起来，把旋转座椅推进电脑桌下放好。

"噢，还有一件事，"我说，"我们会经过接待处吗？"

"会。"

"我能请您帮个小忙吗？有关接待员莎拉的。嗯，我不是在自吹自擂，但我想她不会随便同意让人进来见您，所以我告诉她我和您是老同事，而且说自己是从利物浦来的。"

卡伯恩教授消化着新的信息。"我觉得这又是一件奇怪的事情，不过和已经发生的一切相比……"他耸了耸肩，"好吧。所以我们是老同事。我还需要注意什么事吗？"

"是的，我还告诉她我是朱莉娅·沃尔特斯博士。"

"朱莉娅·沃尔特斯博士？"

"嗯。我是个灵长类动物学专家，您是我的博士生导师，这也是为什么我和您会认识。请别反驳我。她看起来人很好，我不想让她尴尬。"

卡伯恩教授深深地叹了口气。"告诉我，阿比盖尔，这对你来说是寻常的一天吗？因为这对我来说不是，我只是想让你知道这点。"

我当然能够理解他的反应。现在细细想来，那天早上我的一些举动确实有点古怪。不过他有给我其他选择吗？我试过用传统方法来约他见面，然而失败了。所以我才决定发挥创造力。这只是新闻采访的标准做法而已。

"对我来说，今天不算完全不正常的一天。"我告诉卡伯恩教授。

然后我们就去咖啡馆了。

"我猜你一定很需要它？"卡伯恩教授指向我的双份意式特浓咖啡，他紧张的食指感觉都有点痉挛了。"你说过你凌晨三点就醒了，除非你很早就上床睡觉了，否则我不觉得你睡够了。"

我心算了一下睡眠时长。"三小时十分钟，也许有点误差，但我想自己肯定进入了熟睡状态。我醒来后精神饱满，这种情况不常见，但在夏天里还是时有发生的。我想可能和光线有关。这其实也是我想请教您的问题。我有个理论——一个假说——希望您能帮我证实。"

我微微一笑。我说得有点多了，但我有信心我说的话里总有一些内容会引起他的兴趣。而且这是个和科学相关的话题。我们已经聊完基本的客套话：牛津，美丽的天气，同样美丽的那片围绕实验心理系大楼的绿地。但是卡伯恩教授看起来对我还是有点警惕。我想也许聊聊科学的话题能够帮他放松下来。而我的失眠症似乎是个相对温和的切入点。我不想直接跳到深刻的话题去探讨西蒙的死亡。

"是这样的，我的卧室窗户朝东，"我继续失眠症的话题，"而我的窗帘又非常劣质，所以夏天一直是个大问题。房间从大概凌晨三点开始就会变亮，到了四点钟，你会觉得还不如去日光浴室里试试看能否入睡。"

卡伯恩教授考虑了一下这个比喻，点点头示意我继续。

"我最近一直在思考进化论，"我接着说道，"主要是因为读了您的研究，它让我好奇我们的大脑是如何进化——或者为何没有进化——去应对夏天里延长的白昼时间。我的意思是，我们人类刚离开非洲不久，所以大概我们还没能适应这些较大的季节变化？思考这个问题后，我很确定一直以来我在夏天都有失眠的困扰，在冬天却能做只真正的睡鼠[1]。也许我应该冬眠？"

卡伯恩教授没有立刻回答我的问题。也许他的思考异常深刻，在规划好答案的每一个细节之前他是不会开口的。又或者是因为我太着急了。不管怎样，他的回答好像耗费了很多不必要的时间。我的手指依次敲打起桌子来。终于，他开口了："告诉我，你有多了解昼夜节律？"

我马上回答："听说过。但是，从现在起，您最好假定我的科学知识超级有限。我能明白烤面包机的工作原理，但搞不明白微波炉的。您就想象自己是在和一个聪明的十二岁小孩聊科学吧。"

"哦。"卡伯恩教授想了会儿。"嗯。微波炉是靠搅动水分子里的氢原子来加热食物的。食物含

[1] 常见于欧洲，一年中有大约 9 个月的时间都处于冬眠状态。

有水分，微波晃动这些水分里的氢原子，从而使食物升温。至于昼夜节律，指的是动植物的生理机能以二十四小时左右为周期的变化。正常的睡眠——清醒周期是其中一个例子。睡眠——清醒周期受光线影响，因为光线是提示我们生物钟运作的一个信号。不过，因为季节变化很缓慢，我们有充足的时间去适应，所以很少有人会像你这样受到负面影响。当然，可能你对光线异常敏感，也可能是其他因素让你醒来，而早上的阳光又让你无法重新入睡。无论是哪种情况，你也许都应该安装厚点的窗帘。"

我专注地听着，不时点头。几年前贝克和我搬到一起住时，我就应该挂起厚点的窗帘。但我一直只把我们的公寓当作临时住所，一间在通往未来要住的好房子的路上用来中途歇脚的小客栈。更换窗帘意味着承认我们要在公寓长期居住。即使到了现在，我还是不确定自己准备好当公寓的长期住客了。

"你知道吗，"卡伯恩教授说，"我的一位同事，一位真正的同事，"他扑哧一笑——这是件好事，这表示他正在接受我促成这次聊天的非正统手段——"这位同事曾经研究过光线对睡眠模式的影响。总的说来，这个实验把数十位志愿者长期隔离开来。他们被关在一个完全封闭的环境里：没有时钟，没有日光，没有任何可以提示时间流逝的外部条件。这么做的目的是想看看能否迫使这些人适应建立在一天只有十八个小时基础上的睡眠——清醒周期。他们所处的环境里有六个小时是黑暗的，另外十二个小时有强光照射，如此循环往复。这样的时间分配有一定的道理，因为大部分人会把三分之一的时间花在睡眠上。"

卡伯恩教授好像走了会儿神，陷入沉思中。最后我不得不提醒他："所以后来怎么样了？您的同事成功了吗？"

"啊，没有，当然没有成功。实验最后成了一场灾难。以二十四小时为周期的生物钟是如此难以改变——这点得到了重申。实验开始后一周内，超过一半的志愿者出现了幻觉。其中三人出现了严重的精神错乱。一直到实验结束，情况都是一团糟。当然，这是 20 世纪 70 年代的事情了，和斯坦福监狱实验[①]等类似的心理学实验发生在同一个时代。那时候，健康啊，安全啊，还没有得到应有的重视。不过，第八天我的同事决定适可而止，终止了实验。"卡伯恩教授深深地叹了口气，接着好像突然记起自己想要表达什么，"你肯定知道我想说的是，对待睡眠不能太随意，否则你会尝到苦果。"

"嗯。"虽然这段题外话很有趣，可我决定是时候进入主题了。"卡伯恩教授，我想告诉您我是怎么发现您的研究的。和我的失眠症有关，虽然关系不大。我的睡眠障碍大概从一个月前开始，在我发现了邻居的尸体以后……"

于是，我又完整叙述了一遍当晚在西蒙公寓里发生的一切。这已经是过去几周内我讲的第四遍了。卡伯恩教授一言不发。在我滔滔不绝的时候，他只是默默地听着，皱着眉头，时不时喝口咖啡。现在

① 1971 年，美国社会心理学家、斯坦福大学教授菲利普·津巴多主持了"斯坦福监狱实验"，探讨情境对个人行为的影响，研究结果让全球心理学界重新审视以往对于人性的天真看法。实验招募了 24 名身体健康、情绪稳定的大学生，随机分成狱警和囚犯两组，接着把他们关进在大学地下室搭建的模拟监狱环境。实验刚开始，受试者便强烈感受到角色规范的影响，努力去扮演既定的角色。没多久，扮演狱警的大学生出现暴力倾向，扮演囚犯的大学生开始心理崩溃，原定两周的实验不得不在第六天终止。

我讲这个故事已经非常熟练。事实上，听起来就像我在讲别人的故事一样，正如卡伯恩教授可以说出同事的睡眠实验里的许多细节。我在叙述里编排了一定程度的紧张气氛和戏剧性情节，可奇怪的是，我依然对自己回忆的事情无动于衷。

当我说完的时候，卡伯恩教授的嘴唇因为听得入神而噘起。"看看我理解得对不对，"过了一会儿，他开口说话了，"你发现了邻居的尸体。这是很不寻常的一件事，但却没有引起你多大的情绪波动。那天晚上你无法入睡。你偶尔读到了我的一些研究和理论，然后现在你身处牛津是因为……老实说，我还是没有完全搞明白这一点。你来这里是为了……想弄懂自己为什么发现尸体后会是这样的反应？"

我想了几秒钟。西蒙的死和我身处牛津这两件事之间的关联在我看来再明显不过了，但这不意味着把两者的联系解释给别人听是件容易的事。"我不确定自己是不是在尝试弄明白为什么会有这样的反应——不完全是。我来牛津更多是因为觉得您的理论很有趣，有必要继续研究。您也看到了，这真的不是我擅长的领域。我不是科学家。"我摆弄着自己的绿松石色手镯，让它们发出声响，仿佛在证明自己所言不假。"我写的文章通常都跟书籍和诗歌相关，还写点轻松的文化分析。如果你的邻居去世了——任何人去世了的话——而且尸体就在你的面前，这个情境还是有点特别的。按理说，它会引起你情绪上的波动。然而我的反应却是这样……这样……我不知道。我的反应也许都没有一个对应的名词可形容。"

"认知失调？"卡伯恩教授说道，"你了解这个术语吗？"

"不，但我知道它字面上的意思。看起来相当适合形容我遇到的情况。"

"嗯。"卡伯恩教授杯里的咖啡早已喝完，他用茶匙敲了敲杯子的边缘，接着说，"认知失调是一个心理学名词，用来描述因为在同一时间有着两种互相矛盾的想法或情绪而产生的不适和紧张。"

"就像矛盾心理？"

"不，它比矛盾心理更强烈。它更像同时抓住两种相互排斥的有关世界的信念或感受。就你的情况而言，比方说，你深信生命有或者应该有一定的价值，但接着你陷入了看起来和你的信念相悖的情境。结果就是两个相反的观点在打架，这就是认知失调。如果你平时认为自己是一个道德高尚、非常敏感的人，失调的感觉会更强烈。"

"唔……我不确定对自己的评价有这么高。"

"或者只是一个普通意义上的好人？"

"是的，也许吧，善多于恶。"至少今天，这看起来是个合理的推断。"认知失调。"我大声念着这个术语，想看看它听起来怎么样。"您觉得认知失调是……在发现邻居尸体时的一个正常反应吗？"

卡伯恩教授想了会儿。"不，也许不。我的意思是，从某种意义上来说，认知失调总是不正常的反应——仅是个人观点。不过我不会为此过分担心。建议你集中精力在提高睡眠质量上，好好睡一觉吧。"

我盯着自己的杯子，里面的浓咖啡已被喝完。这看来是个好建议。

# 午后之死

　　从牛津返回伦敦的火车之旅风平浪静，令人愉悦。我享受着充足的咖啡和宽敞的伸腿空间，周围没有做肉类买卖的男人破坏气氛。我把卡伯恩教授和我的聊天内容从头到尾回顾了一遍，依然不知道我的文章具体要写什么。但我一点都不担心，因为我闭上双眼后，能看到一百种可能性像宝矿里的钻石般在闪耀。我只需要从中挑选一部分，然后把它们打造成璀璨夺目的项链。想到这里，我不禁微笑起来，决定先不想工作了，等到晚上再说。我闭着双眼，把脸转向窗户，感受午后温暖的阳光。窗外，阳光透过树木和绿篱洒下来，随着火车飞驰而过，形成一道道耀眼、迷人的金色闪电。

　　到了帕丁顿站后，我在一等座旅客休息室里给芭芭拉医生打了个电话，因为我觉得需要及时告诉她今天发生的事情，趁着我还记得清。电话转到了语音信箱，意料之中。现在是上班时间，她应该正在和病人面谈，但给她留言也可以。

"芭芭拉医生，我是艾比。你听说过认知失调吗？我想你听过。我刚刚见了一位进化心理学专家，是他告诉我的。他说认知失调很罕见，但我觉得自己一周至少会有两三次。我们下次见面时应该聊聊这个话题——对此我非常期待。回见。"

我想芭芭拉医生听到后会开心的：这段留言措辞如此工整，内容如此有趣。而且我能够在遇到危机之外的情况下给她打电话，真是件令人高兴的事。

今天从一开始就是极大的成功，而且现在还不到下午四点钟！当我离开休息室时，我决定以后只坐一等车厢出行。出行的规格差任何一点，都会像在浪费时间。

我们家通常不会有材料可以调制一杯辨识度高的鸡尾酒，不过我有先见之明，在回家的路上去了一家持有准许外卖酒类执照的店铺。我一边浏览架子上的烈酒，一边在谷歌上搜索，找到了大约两百种鸡尾酒的配方。我先挑了自己喜欢的鸡尾酒名字，然后把那些配方太复杂的、太单调的、需要用到生鸡蛋的都去掉，最后决定调一杯"午后之死"——一小杯纯苦艾酒加上冰镇香槟。这是海明威①发明的鸡尾酒。虽然我不是他作品的粉丝，但我绝对欣赏他愿意挑战酒精的极限。可惜的是，店铺里只有

①美国小说家、诺贝尔文学奖获得者，代表作有《老人与海》。《午后之死》是他在1932年创作的短篇小说，讲述了西班牙的斗牛文化，展现了这项运动的残忍和斗牛士震撼人心的勇气。西班牙的斗牛表演一般安排在下午，这是小说名字的来源。书里描写了一种由苦艾酒和冰镇香槟调制的鸡尾酒。这种鸡尾酒因此得名"午后之死"。

卡瓦酒①。不过，混合苦艾酒和卡瓦酒与维基百科上描述的混合苦艾酒和香槟酒的效果非常相似：先是起泡，然后乳化，接着几秒钟内就会变成乳白色。

贝克进门的时候，我像尽职的家庭主妇那样，在厨房里等着他。他拿着我塞进他手里的酒杯，陷入了漫长的沉思，然后问："嗯，这是什么？"

"'午后之死'，"我解释说，"我可不会告诉你配方，你来猜一猜。"

"不，我不是问这个，"他澄清道，"我们在庆祝什么吗？"

我大笑着拍了拍他的手臂。"可能吧，我也不知道。我采访完卡伯恩教授了。我去牛津见他了。所以我的下一篇文章有着落了。"

"卡伯恩教授……那个研究猴子的人？"

"是的，那个研究猴子的人。"

"噢，那真是……太好了。他之前不是一直忽略你的采访邀请吗？是什么让他改变了主意？"

"他没改变主意，所以我不得不想个新法子。"我用双手示意贝克看我的装束，从肩膀一直往下到裙摆。"我让自己难以被忽视。"

这时候，我开始了对自己一天经历的叙述，错综复杂而又引人入胜。我没有告诉贝克一等座的事，因为他会为我的奢侈不高兴。不过，除了这部分，所有的细节我都告诉他了。我感觉自己在讲一个充满有趣好玩的剧情转折的故事，然而当我讲完之后，贝克只是点点头，脸上是深思熟虑的表情，这有点奇怪。他喝了一小口杯里的酒——这是他尝的第一口——马上恶心作呕。"天哪！这是法国的潘诺茴香酒加香槟吗？"

"不，是苦艾酒加卡瓦酒。店里没有香槟卖。别这样看着我，这可是广受认可的鸡尾酒，海明威发明的，因此得名'午后之死'。"

贝克把酒放回桌上。"艾比，听着。你今天感觉怎么样？"他说这话的时候一副有不祥预感的样子，看得我想笑。

"我很好。不只是好，是棒极了。"

"好吧。但是这一切……我是指，香槟、心血来潮的牛津之行——这一切有点——"

我双手捧起他的脸颊，给了他一个吻，这看起来是让他闭嘴的最有效的方式。"我很好，"我又说了一遍，"这是卡瓦酒，不是香槟。而且这也不是一次心血来潮的出差。我为了促成这次采访已经忙活了一个月。传统的方法没有用，所以我赌了一把，并且成功了。杰斯已经告诉我她会买这篇稿子——她甚至还提到为我开辟专栏的可能性。我感觉很好，而且我完全有理由感觉这么好。"

"是，不过……"贝克不自觉地拿起了酒杯，举到嘴边，鼻子一皱，又把它放回了桌上，"我只是不想你劳累过度。过去的一个月不好过，你需要慢下来，至少在接下来的几天里你要休息，努力睡个安稳觉。"

我翻了个大大的白眼。他说这话有点居高临下、让我领情的意思了，但我不想和他争论，以免破坏我这一天的好心情。"好，"我说，"我会慢下来。我会保证自己睡眠充足。作为交换，我想你放松一下，喝掉这杯鸡尾酒。相信我，你需要努力去习惯这个味道，但绝对值得一试。"

贝克看着酒杯，再次皱眉。他看起来并没被我说服。

当然了，虽然我表态要努力睡个好觉，但这不是一个我按下某个开关就能马上实现的目标。贝克刚进入梦乡，我就起床了，这时大概是晚上十二点。虽然在黑暗中蹑手蹑脚地爬下床让我感觉自己有点滑稽，但没关系。要让贝克理解我深夜不睡觉的习惯太难了。半夜失眠不是个问题，除非你自己把它看得太严重。如果我只睡三四个小时，但都是能让我恢复体力的深度睡眠，那我睡这么久肯定足够了吧？看起来是这样的。假如我浪费时间在床上担心自己睡不着，只会继续受到失眠的困扰。熬夜直到我真正觉得累了才是更明智的做法。也许我活动完身子后有可能一觉睡到天亮。

事实证明我的逻辑无懈可击。我工作到凌晨 3 点 30 分，在太阳升起的时候上床睡觉，在早上 8 点 32 分醒来，然后开始拆窗帘。贝克已经出门了——他可能不想叫醒我——所以没有理由不直接动手。我的睡眠健康需要来次彻底检修，特别是我已经决定重质不重量。而且，卡伯恩教授是对的：改变显然应该从窗帘开始。我忍受它们超过两年了，现在它们气数已尽。我用力把窗帘拽下来，塞进一个大垃圾袋，然后打了个三重结。把自己从破窗帘中解放出来的感觉太好了，就像毫无眷恋地结束一段失败的恋情，不想和对方再有任何联系。

一个小时以后，我已经梳洗、更衣完毕，走在去商店的路上了。我把窗帘扔进了公寓楼的轮式垃圾桶里，没有半点犹豫和后悔。鉴于它们已经无法发挥窗帘应有的作用，我甚至都没想过要把它们拿到慈善商店——送到那里去是一个极其不负责任的举动，就像传递电影《七夜怨灵》里那盘被诅咒了的录像带一样。

我早就想好了替代品长什么样，在脑里勾勒出的理想窗帘的形象是如此清晰、生动，仿佛我伸出手就能触碰到它们。基本上，那是简·爱①小时候住所里的那种窗帘：厚重的天鹅绒质地，像瀑布一样下垂，颜色是血液凝固后的红色，密不透光，感觉它们都能挡子弹了。可当我来到牧羊人的布什市场时，我发现卖室内装饰品的店铺里并没有这样的料子。此外，摊贩完全帮不上我的忙。

"要找到这样的窗帘不该这么难，"我和他说，"我想要挂在112厘米乘130厘米的窗户上，深红色天鹅绒窗帘。在伦敦的某个地方应该能买到。"

摊贩哼了一声。"去骑士桥②找找看。"

他这样回答当然是想表现得粗鲁无礼，但实际上，这好像也不是一个多荒唐的建议。我能想到的最佳方案是逛遍韦斯特菲尔德购物中心的家居用品店。可是今天又是一个明媚的夏日，要被困在一个购物中心里，让我只想仰天长啸。

于是，几站地铁过后，依靠谷歌的搜索功能，我来到罗兰爱思家居店，买到了心仪的窗帘：天鹅绒质地，褶子很深，褐红色，能够完美地遮挡阳光。这套窗帘售价 229 英镑。考虑到我以前没买过窗帘，而且假设好的窗帘可以用一辈子，这似乎是个合理的价格。我选择五点过后送货到家——既然现在来到了伦敦市中心，我打算在这里逛上一天。如果来到骑士桥却没有逛几家服装店的话，是一种犯罪。

不过，开始逛街之前我还是先给姐姐发了条短信，问她想不想一起吃个午饭。自从星期一以来，我已经忽略了她发给我的三条短信和一个语音留言，我觉得她的耐性已经到了极限。我所处的位置离她工作的地方不是很远，而且今天似乎是个适宜重新开始的日子。再加上我不想一个人吃午饭。用短信快速地和我商量后，她同意下午一点见面。然后我就直奔高档百货公司哈维·尼克斯。

与其说我发现了心仪的裙子，不如说是裙子找到了我。那条裙子在离我还很远的时候就抓住了我的目光：钻蓝色，缎面，细肩带；裙摆正好落在膝盖之上，能够很好地修饰我的腿形；领口开得很低，但我只要穿对了文胸，就能驾驭。

穿上这条裙子后，我就知道自己没办法脱下来——不单是指我买定了，我还想直接穿回家。唯一的问题是今天我没有穿对文胸：我需要穿无肩带的，多加点胸垫也无妨。不过这不是克服不了的难题，甚至要解决起来一点都不难。一位店员护送我去内衣区，在那里我买到了能够完美搭配这条裙子的文胸。这款文胸能让我的罩杯升两级，而且多方位聚拢托起我的胸部，穿上它能够突显裙子的迷人之处。十分钟后我离开哈维·尼克斯的时候，我的信用卡可借余额又少了640英镑，但同时我也有了立马赚回这些钱的计划。在我的脑海里已经有两篇新稿在成型，肯定都很好卖。

（1）"你适合哪种蓝色？"（600字）

我知道最适合自己的两种蓝色：淡蓝色和钴蓝色。前者和我的瞳孔颜色相配，后者和我的肤色很搭。不过蓝色可以有如此多的变化，总有一个色度能搭你能想到的任何发色、瞳孔颜色、肤色和场合。我现在立马就能想到十几种蓝色：海军蓝、蔚蓝、洋蓝、纯蓝、皇家蓝、牛津蓝、浅灰蓝、矢车菊蓝、午夜蓝、冰蓝、天蓝、太平洋蓝。把这些蓝色排成一列后，有些蓝色可能难以辨别，但是蓝色是百搭的这一论点依然成立。只要细心挑选，小蓝裙没理由不能像小黑裙那样成为每一个女人衣橱里的必备单品。小蓝裙既有小黑裙的百搭性，又比小黑裙大胆、摩登。

（2）"盛装星期五。"（至少800字。）

这基本上是一篇对我现在进行着的时尚实验的评述：把晚礼服当作便服来穿。毕竟，为什么要自我限制呢？在合适的日子里，鸡尾酒会礼服同样可以是逛公园，甚至是逛超市的理想装束。穿着如此令人兴奋、引人注目的裙子走在街上，不为出席任何特别的场合，这让我感觉好极了。我觉得自己让这一天变得更美好了。不只我自己，所有和我擦肩而过的路人都能受益。我为他们平淡无奇的周五午饭时间带来了一片鲜艳的色彩。

所以，两篇文章加起来最少1400字，算上因为税率差带来的收益后——因为我买的东西现在和工作相关——我已经赚钱了。只要稍微发挥想象力，我也许还能找到办法让窗帘也为自己买单。"文学启发的当代家居装饰"，或者其他顺着这个标题往下想的内容。这也许不能成为史上最畅销的新闻稿，但我有信心会有媒体对它感兴趣。

我和姐姐约在离莱斯特广场不远的一家高档比萨店见面。店里有个巨大的、浮夸的木制烤炉，隔着玻璃门就能看到。两位健壮的男士正用雪铲把比萨送进炉中。我只是迟到了几分钟——最多十分钟——但弗朗西斯卡已经坐在店里，脸上开始出现不耐烦的表情，好像我耽误了她非常重要的正事一样。毫无疑问，的确是这样。

我笑着朝她挥手，她做出夸张的表情表示自己一时没反应过来，然后从下往上打量我。"噢，艾比，你穿的是什么？"

我亲了一下她的脸颊，接着往后退几步，转了一小圈。"你觉得好看吗？"

"这衣服看起来很贵。"

我笑容满面。"弗朗西斯卡，它确实很贵。"

"我以为你最近手头紧？"

"不，没那么紧张了。我要写每周专栏了——也许。"

"也许？"

"几乎确定了。"

我的姐姐会心地点点头。"嗯。所以你还没签合同？你还没真正拿到稿酬？"

　　"我有很多选题可以写。"

　　"这条裙子还是有点过火了，你不觉得吗？"

　　她把话题又拉回到裙子上来，快速地扫了一眼在我臀部那里开始往外展开的裙摆和让人想入非非的乳沟。我耸耸肩，指了指她身上那件朴素的白衬衣和底下那条乏味的灰西裤：即使温度已经接近 27 摄氏度了，弗朗西斯卡还是拒绝露出腿部，她认为那会降低自己在办公室的地位。"我想确保我们不会撞衫。"我对她说。

　　"我想可以这么说，在伦敦没有人会在这个时候穿成你这样，"她反驳道，"你知道吗，街上很多人都在看你。"

　　"很好。这是一个社会实验。我在研究如果我穿晚礼服而不是便服，大家对待我是不是会不一样。比如说，在地铁上是不是会比较容易被让座。"

　　"我的天！你不是要穿成这样去坐地铁吧？"

　　"我已经试过了，感觉非常好。"

　　"好吧，但如果裙子破了怎么办？"

　　"裙子怎么会破？"

　　"我不知道——被门夹住或是其他原因。"

　　我不禁笑出声来。"弗兰，你真是保守得可爱。你就像那些不愿意揭掉新家具上塑料膜的女士一样。"我伸出手拍了拍桌子那头她的手，她的脸色沉了下来。"放轻松。我们点些酒吧。我发现了最棒的鸡尾酒，叫'午后之死'，由苦艾酒加香槟调制而成。我来买单。"

弗朗西斯卡的眉头皱得更紧了。"艾比，那不算是鸡尾酒，是你编造出来的。哪个正常人会喝那样的东西？"

"海明威。上谷歌查查。"

"我不需要上谷歌查。我不喝酒。我俩当中有人还要上班。"

"噢，别活得这么累。我也是要工作的人。事实上，我现在就在工作。"我用拇指勾起其中一条肩带，发出了令人满意的一声"砰"，"只是我的工作比你的有趣多了。"

"是的，嗯，你的结论太主观了。我刚好很喜欢自己的工作。它充满挑战又令人兴奋，而且还有很多上升空间——"

"天啊！你听起来像在念招聘广告。"

弗朗西斯卡朝我大吼："你都不知道我的工作是什么——根本不了解。"

"那是因为每次你解释给我听，我都会听到睡着。"

"艾比，这一切都是为了什么？你还在为上周末的事情生气吗？"

"不，绝对没有，早就忘光了。"

"真的吗？因为看起来你约我吃午饭只是为了侮辱我。"

"我当然没有这样想。别太敏感了。"

"那我们为什么要坐在这里？"

"一定要说出个理由吗？我刚好在这附近，想和我姐姐吃顿饭。这有什么奇怪的？"

弗朗西斯卡抬起一边眉毛，但没有说话。

"好吧，"我继续说，"让我们重新开始。我们不聊工作，我也不会逼你喝任何和有趣沾边的东西。听起来怎么样？"

她盯着我看了很久，好像想说点什么但又在怀疑说出来是否明智。然后她只是叹了口气，点点头。"好吧。你可以帮我要杯毕雷矿泉水。天哪，我们赶紧开始点菜吧。我一个小时后要回办公室。"

还没坐够十分钟，我也开始纳闷自己之前为什么会觉得约姐姐吃午饭是个好主意。我又忘了，弗朗西斯卡和我已经再也无法进行友好的对话，不管我们聊天的主题是什么。令人悲伤的是，她曾经也是个有趣的人，曾经。二十二岁的弗朗西斯卡不会瞧不起苦艾酒加香槟，仿佛这种喝法是某种糟糕透顶的失礼之举。想到她在八年的时间里变成了坐在我对面的这个打扮中性、只喝毕雷矿泉水、毫无幽默感的职业女性，我感到沮丧。老实说，她真的在破坏我一大的好心情。

尽管如此，我还是努力让我们俩的对话——虽然越来越像是我的独白——保持轻松愉快。我和她详细讲述了我的牛津之旅，还有我怀疑自己是个认知失调的慢性患者。但她好像完全不能明白我在说什么。她好几次打断我，提出最不相关的问题——为什么我没有受到邀请却径自出现在卡伯恩教授的办公室？为什么我突然对猴子这么感兴趣——好像我之前没有和她解释过一样！她明显没有认真听我说，所以我决定放弃这段叙述，另择话题。我和她聊起那天跟爸爸的聚餐，告诉她我觉得玛丽会是很棒的后妈。她用眼神告诉我，我聚餐时的表现极其不成熟。我反驳她，说她过于宽容了，一直都是。我想这也是可以理解的。因为她的生活受到父亲失职的影响比我少得多。我俩最后陷入了带刺的沉默中。对我来说，我已经厌倦一个人在那不停地说，而弗朗西斯卡好像也决心要保持冷漠，审视我的一言一行——比平时还要厉害。她不停地朝我投来警惕的目光，搜索我身上奇怪的地方，眯着眼睛扫视我漂亮的蓝裙子，眼里尽是不认同。我估计她是在嫉妒我，她的内心肯定也有一部分希望能穿得光彩照人去上班。

离开餐厅时，我感觉自己像中了滚烫怒火的飞镖一样，就连酒精都无法让我平息。尽管如此，我还是不想让弗朗西斯卡毁掉我美好的一天。下午才刚开始，我还能再逛差不多三小时才回家。我决定去文身。

我的逻辑是这样的：我今天已经用信用卡刷了差不多 900 英镑，不妨凑个整数。而且因为我已经放纵了一把——姐姐会说我过度放纵了——我真的应该给贝克买份礼物。文身不仅是件美好的事情，它还能在贝克抱怨我对自己的纵容之前先发制人，如果能打消他抱怨的念头更好。

我的身上已经有了一处文身，一个小小的部落龙图腾，刺在右脚踝上，并不显眼。我的新文身，在某种意义上，会更隐蔽。它会刺在我的胸上——在我的左胸靠近右手的一侧，准确来说，是心脏的位置。我想要的图案已经鲜明地刻在我的头脑里：一只蝴蝶，不超过面值 50 便士的硬币大小，樱桃红色的翅膀半张，就好像抓拍到了它降落在花上的时刻，又或是准备起飞的一刹那。这个文身精致、浪漫，女人味十足，十分性感，而且满载蝴蝶经典的象征意义——重获新生。它是如此完美，我激动得都想哭了。这就像给贝克买了一幅画，画在最隐秘的画布上。

我在科文特公园边上找到了一位不错的文身师，名叫埃尔。我给她看了我的龙文身，好让她明白我不是一个新手。没过多久，她就开始按照我的具体描述勾勒我的蝴蝶文身。

在胸部文原来也没比在脚踝文疼多少——至少，这痛楚恰到好处，能让你感到皮肉下一股温热的电流在跳动。文身师很快就完成了创作，然后帮我清洁了伤口，敷上缓解疼痛的药膏，穿上衣服，接着告诫我在接下来的两小时内不能触碰文过的地方，要等少量的出血自行止住、红肿消退。

我在维多利亚河堤花园里那洒满阳光的草坪上躺了一个小时多一点，直到该回家的时候。当我站起身时，我感觉自己完全陶醉在惬意之中，就像一片乘着微风飞舞的羽毛般轻松、自由。

进门的瞬间我就觉得有点不对劲。贝克已经到家了。他走到门厅迎接我，而我还站在衣钩旁一动不动，一脸疑惑。

"你今天回来得不是一般的早。"我指出。

"我下午请假了。"他的表情令人费解。

"谁去世了？"

"没有人去世，艾比。没有发生那样的事情。弗兰上班的时候给我打了个电话。她很担心你，我也担心你。"

我没说话。这对话太不真实，像在梦里发生的一样，完全讲不通。"听我说。你要不要过来坐会儿？"

"不，我不想坐下。我站在这里就很好，谢谢。"

"艾比，别这样。"

我怒气冲冲地摇摇头。

"行，好吧，"贝克说，"那我们就在这儿。"

"在这儿做什么？我完全不知道你在说什么。"

"艾比，你的躁狂症发作了。你表现不正常已经有一段时间了，而且情况正在失控。对不起，我应该早点和你说些什么的——更早的时候就该对你说——但我之前希望这只是一个过渡期。我以为给你一些时间，事情就会自行解决。然而并没有。你需要去看医生。"

"天啊！这就是你要说的话？听着，我不知道弗兰和你说了什么，但你也知道她是个怎样的人。她以为自己什么都知道，但其实她根本毫无头绪——"

"她说她根本插不上嘴。"

我哈哈一笑，但是贝克没有停下来。

"窗帘在哪儿？"

"窗帘？"

"对，窗帘——它们在哪儿？"他指向卧室，好像在向陪审团展示证据 A 一样。

"贝克，窗帘在垃圾桶里，那就是它们应该呆的位置。新的窗帘没过多久就会送来了。"

"我们什么时候讨论过要买新窗帘？"

"啊，看在老天的分上！我不知道这件事还需要讨论。我们又不是要买该死的……一匹马！"

这时，我不得不擦去笑出的眼泪。这一切极其可笑，如果从合适的角度来看的话。

"你今天花了多少钱？"贝克问。

我把手放在胸口，深呼吸了几次，让自己的情绪平复下来。"没花钱。一分钱都没花。"

"艾比，裙子。"

"没花钱。"

"这裙子是你买来的还是偷来的？"

"都不是。窗帘和裙子都是刷信用卡买的。我下个月就能还上卡债了，等我——"

他再次打断我。"其他的衣服在哪？你穿着出门的那套？"

"行！我把那套衣服也扔了。它们已经穿旧了，而且我没法拿着它们逛一整天。你看，我在做实验。"我提高音量，加快语速，好阻止贝克再次打断我的话。"不，贝克，先别说话，我能解释这一切。我想弗朗西斯卡肯定没有告诉你，这裙子实际上不用花钱。你看，现在正是写时尚特稿赚大钱的时候，你不知道也是可以原谅的，但是——"

"艾比，停下来。拜托，停下来。听听你自己在说什么。你正在滔滔不绝。"

"我在脑子里都算好了，如果你不信，可以来检查我的数学怎么样。如果我能写大概一千五百字的话，每五百字的稿酬是，比方说，三到四百英镑，那么——去他妈的！别管数学了。我有很棒的东西要给你看。"我拍了拍胸部，文身还没消肿，这一拍疼得我皱起眉头。贝克马上抓住我的手，放在他的手里，如此小心翼翼，好像我是个瓷娃娃一样。我猛地抽回我的手腕，声音又提高了八度。"不，别这样！这不公平！你没有在听我说话！"

"艾比，好了，一切都会好起来的。我去给芭芭拉医生打电话。我想你得和她谈谈。"

"别把芭芭拉医生卷进来！她不会站在你那边的！"

我的嘶吼起了作用。贝克后退了一步，举起摊开的双手。"行，好的。你不用做任何你没准备好的事。但是请你过来坐下。我给你拿点水，然后我们再聊聊。冷静地聊聊。"

我能看出这会是场没完没了的对话——看来只能逗乐他了。我把挎包丢到地上，一屁股坐下，就在门厅中央。"好，好极了。给我拿点喝的。我会坐在这里，想出五个理由说明你和弗朗西斯卡根本不知道你们在胡扯什么。"

"行，好的，就这样做。你坐在这里，我给你拿点水。我爱你。"

我盯着双腿间的地毯，令人反感的浅褐色。过了一会儿，贝克点了几下头，然后回到了厨房。

他刚从我的视线消失，我便悄悄起身，拿起挎包，走出门外，再也没回头。

# 背叛

　　我三步并作两步地跑下楼梯，冲进车流之中，为了躲避我，车子不得不急刹车，发出刺耳的声响。跑过马路后，我左一拐右一拐地穿过街边小巷，估计这条曲折复杂的路线难以追踪。包里的手机一直在响，没完没了，但我不能停下来把它调成静音。在逃离公寓足够远、拐了足够多的街角以前，我不能停下来。我不能指望自己能消失在人群中——我身上这条漂亮的蓝裙子太容易被人认出来了。我又拐了好几道弯，终于暂时停下来，喘着气，把手伸进挎包，摸到手机的关机键，摁下去，根本没有看一眼屏幕。

　　我点了一支烟，继续走在一条毫无特色的住宅区街道上。奇怪的是，我完全不知道自己身处何方，这个事实让我既惊讶又心酸。只不过在几分钟内拐了几次弯，我就已经迷失在这座城市里了。我不再是艾比，我是爱丽丝[1]，掉进了兔子洞，分不清上下左右。

不过，慢慢地，我爬回了地面。尼古丁让我清醒过来，一切恢复正常。这是阳光灿烂的夏天，星期五的下午时光。时间还早，刚过五点没多久。阳光直射我的眼睛，所以我猜自己正朝向西面。如果我往左拐，接着走下去，很快就会找到地铁站。但除那以外，我没有具体的计划。唯一确定的是，我今晚不会回家。我感觉自己受到了深深的背叛。

与此同时，我有种说不出的兴奋。贝克和弗朗西斯卡没有错——他们当然没有错！在金钱方面他们总是精打细算，不过这不再重要。当你的情绪如此高涨时，你才不会想回到现实。继续放纵自己又会怎么样呢？现在，我只想继续兴奋下去，让后果见鬼去吧。

我也明白，这么做肯定会产生一定的后果。这种兴奋的感觉不可能一直维持下去，但这正是它惊人的美丽的一部分。后果始终会来，但那是明天的事，或者后天的事，和现在无关。我会像母狮子保护自己的幼崽那样守护此刻的好心情。当下的这一刻是纯粹的，令人欣喜若狂，令人赞叹不已。这是我不能回家的真正原因：我不允许任何人剥夺我此刻的美妙感受。

这些想法像烟花般绽放，我迅速明白了该怎么度过接下来的时间。我不能回家，也不能联系任何一位家人或朋友。我无法信任他们。因此，唯一合

①英国儿童文学作品《爱丽丝梦游仙境》里的主人公。她掉进了兔子洞，因此坠入神秘的地下世界。

理的做法就是预订酒店——一家不错的酒店。低于五星级的酒店现在不在我的考虑范围之内。

最终，我来到了特楠格林地铁站，坐上往东开出的区域线前往伦敦市中心。在伯爵府站换乘皮卡迪利线后，我在海德公园站下车，沿着公园大道一直走到多切斯特酒店。一位戴着礼帽、身着燕尾服的男士看到我走近大门，便上前来一边点头微笑，一边为我开门。这一切再次证明了我的想法：我看起来属于会来这里的人。我回了他一个微笑，但并没有放慢脚步。我穿过大门，走过擦得像镜子一般的大理石地板，来到酒店前台，在那里同样站着一位着装整洁、毫无瑕疵的绅士。他穿着深绿色的法兰绒上衣，外面套了一件马甲，站得笔直，满怀期待地等候客人，就像一只彬彬有礼的猫鼬。

"下午好，"他说，"欢迎来到多切斯特酒店。"

"下午好，"我把手指放在柜台上，柜台的材质看起来和象牙一样高贵，柜台边还镶了金箔，"我要一间房。住一晚，我一个人。"

"没问题。"他说这话时眼睛都不眨一下——不过，为什么他要慌张呢？这不单是专业的沉着，我想以下的情形在多切斯特酒店这里很常见：穿着鸡尾酒会礼服的女人一阵风般地从街对面冲进酒店，提出她们的要求。一旦你足够有钱，做什么都不古怪。"您有想好住什么样的房间吗？"

"能够俯瞰公园的房间。给我现在还能订到的最高的楼层。我想看见蓝天和空地。"我一副"我有资格这么做"的口吻。

"我能为您提供一间位于八楼的豪华大床房，它肯定能满足您的要求。"

"非常好。"

五分钟过后，我已经填好入住单，提供了我的信用卡信息，然后在灯光柔和的走廊和前厅组成的神奇迷宫里穿行。门童对我没有带行李这点没有表现出一点好奇。酒店的电梯是我家洗手间的两倍大。我和门童乘坐电梯时，默契地沉默着，他把目光移开，避免和我有眼神接触，双手端正地别在背后。一路上，门童为我打开每一扇门，示意我通过的时候还会尊称我为"女士"。

我入住的房间宽敞明亮，完美地以古董家具作为装饰，还有一张睡得下一支七人英式篮球队的大床。透过宽阔的玻璃窗望出去，能俯瞰海德公园里的树林，在阳光下宛如一片波光粼粼的绿色海洋。在那些拥有特权的少数人眼里，伦敦是如此的壮观。

我没有行李需要整理，所以熟悉完环境后我做的第一件事就是泡澡。浴室就像一间用白色大理石砌成的、不可思议的小教堂，里面的浴缸深得如同墓穴一般。灯光透过磨砂窗户洒进来，洗漱台上是洁净无瑕的双水槽和装满高级化妆品的柳编篮。打开水龙头放水进浴缸后，我从挎包里拿出手机，裹进一条备用毛巾里，然后把它塞到衣橱的底部。

我冲了杯咖啡，然后开始在全身镜前脱衣服。我的新文身开始消肿，在相隔几英尺远的镜子里已经看不出红肿了。它是那么完美——在我光滑柔软的胸部衬托下如此迷人，美得让我想哭。真不幸，贝克居然不想看它。

我俩原本应该一起分享这个美妙的时刻。不过这是他的损失，不是我的。我给了他机会，而他不想知道。

我在滚烫的水里泡了十五分钟，左胸的文身处又开始隐隐作痛，不过是令人愉悦的痛楚。我洗干净头发，把在城里奔波一天积在皮肤上和指甲里的灰垢用力擦洗掉。泡完澡后，我擦干身子，吹干、梳顺头发，重新上妆，换上新的隐形眼镜。我确定，这个天气穿衣服太热了——即使只披浴袍也是如此——于是我赤身裸体地度过了接下来的一个多小时。我坐在窗边的红木桌前写完那篇关于"哪种蓝色适合你"的文章，用了整整八张酒店提供的信纸。不用说，这是篇杰作——比起时尚特稿，它更像一首散文诗：抒情，有趣，激情四射，尖锐深刻。如果弗吉尼亚·伍尔芙[①]决定不写小说，把她的文学天赋抵押给《时尚》杂志的话，这就是她会写出来的文章。我的这篇稿子一气呵成，无需修改。我把它折叠好，塞进酒店赠送的信封里，迅速放进挎包侧面的口袋中。

时间将近晚上八点，但外面还是那么热、那么亮，像在一百瓦的灯泡的照明中一样。虽然从午饭到现在都没吃过东西，但我一点也不饿。我穿上裙子，下楼到停车场抽了支烟，接着又抽了第二支。然后我回到酒店，想去喝一杯。

多切斯特酒吧里所有的椅套都是天鹅绒质地，

[①] 英国女作家，意识流文学代表人物，被誉为二十世纪现代主义与女性主义的先锋。

木头被擦得发亮，但都是暗色调。酒吧里充满生气。背景音乐是从隐藏式音箱里传出的柔和爵士乐。我更喜欢听节奏感强、更有活力的音乐，但没关系，爵士乐也不错。酒吧里的氛围优雅，又带着一丝伤感，目前来说足够好了。一位西装打扮的侍应走到门口，告诉我已经没有空桌了，不过我可以坐在吧台。我对这样的安排完全没意见。而且在吧台坐下的那一瞬间，我就下了结论：我更喜欢坐在这里。吧台的弧形设计让它看起来像一件光滑的艺术品。吧台后面的墙上放满各式各样的烈酒，从背面打来的灯光让它们看起来更加诱人。

　　我点了一杯加了意大利苦杏酒风味的黑咖啡，让服务生把酒钱算入我的房费里。我并不打算喝很多。过量的酒精会让我变得迟钝，而我只想坐下来感受一下这里热烈的气氛，一个小时左右足够了。然而，不可避免地，我的计划很快就遇到了变数。我的咖啡还没放凉，一位男士就坐到了我旁边的高脚凳上。他穿的衬衫看起来很贵，袖子卷到手肘处。我能感受到他眼中的炽热，像步枪上的瞄准激光那样射在我的脸颊上。我飞快地转身，瞥了他一眼。黑色的瞳孔，打扮得干净利落、无懈可击。他长得帅气，带着些傲慢、自恋的那种帅气。他看起来三十五岁或者四十岁，做着不道德的勾当赚很多钱的样子。

　　"一个人喝酒可不是件趣事。"他说。

　　"你怎么知道我是一个人？"我回击道，"也许我是在等人。"

　　他摇摇头，得意地笑着。"你没有在等人。过去的十分钟里，我一直在看你。"

我又飞快地瞥了他一眼，然后耸耸肩。只聊了三句话，我便觉得这是场危险的对话。

"也许你会愿意去我的桌子那里坐坐。"他建议。

"嗯，"我答道，"不过也有可能我不想去。"

对大部分男人来说，这样的回答已经足够表明我的态度了，但他的微笑没有丝毫动摇。"你至少会让我给你再买杯喝的，"他说，"比咖啡刺激的东西。"我注意到他已经把疑问句转换成陈述句，好像我已经接受了他的邀请一样。

此时我应该结束这场对话，但我没有。事实是，我在享受这场对话：强攻，心理战，像猫捉老鼠一样欲擒故纵。况且，只是聊聊天又有什么害处。反正我知道自己不打算有进一步的发展。

"你想喝什么？"他问道——洋洋得意地，好像他准备付定金买辆跑车一样。

"香槟。"

他开心地点头。"当然，我会给咱俩点一瓶。"

他转身叫服务生，估计要亲自挑选香槟。虽然观察他点什么酒来看我在他心中的价值是件有趣的事，但我不打算让他有机会轻易逃脱花大钱的命运。在他坐下来之前，我已经仔细看了一遍酒水单，所以只需一秒钟我便翻到了要找的那一页，手指像枚毒镖一样猛地一戳。"来瓶 1996 年的唐培里侬。"我告诉他。

一瓶 650 英镑，不是酒水单上最贵的香槟——但这是我能自信地念出正确发音的香槟里最贵的那种，任何法语发音上的失误都会让效果大打折扣。

他迅速转身，盯着酒水单看了几秒钟，好像在盘算什么，接着嘴唇一撇，微笑里掺入了轻蔑。"昂贵的品位。"他指出。

"我知道自己喜欢什么。" 我瞪了他一眼，让他明白如果斤斤计较，他的男子气概可就不保了。我肯定他一秒钟后就会合上酒水单。可是，经过了意味深长的停顿之后，他才转身朝服务生点头："一瓶1996年的唐培里侬。两个杯子。"

"再来一杯茴香酒，"我突然加了一句，"纯的。有的话就上苦艾酒。没有的话，就来杯潘诺。"

这回男人哈哈大笑，不过，对于我追加的点单，他自然没有理由不高兴。茴香酒相对便宜，而且很快就能灌醉我。他对服务员又点了点头。

两个细长的香槟杯摆在我们面前。服务生打开香槟塞，把酒倒入杯子，然后立马把酒瓶放回冰桶中。

那位想要成为芳心猎手的男人举起了杯子。"为昂贵的品位喝一杯。"

我也举起了酒杯：他喝了一小口，而我则一口喝掉一半。然后，在和他全程保持眼神接触的同时，我拿起一杯茴香酒，倒进我的香槟里。两种酒混合后的化学反应发出刺耳的声响，杯中粉红色的液体很快变成了贝壳色。男人差点噎到；酒保惊恐地睁大双眼，不过很快又戴上了他那张完美的、专业的沉着面孔。爵士乐继续萦绕，酒吧里的其他人听到声音后只是恍惚了几秒钟，并没有人说话。我感觉轻飘飘的，完全没有压力，快要飞起来了。

这本该是我退场的完美时刻：喝完杯中酒，转身离开，以华丽的姿势结束这场邂逅，不受半点伤害。但不知怎的，我做不到。男人看着我，我也看着他，想知道他接下来会怎么做——他会为了减少损失而拿起酒瓶退场，还是会留下来从容应对。

当然，他选择了留下来。对于愚蠢的有钱人来说，没有什么比一个对事物的价值完全不关心的举动更有吸引力。这就像往他的手臂里注射了一剂雄性荷尔蒙一样。男人的脸上挂上了讥讽的笑容。"这是我在酒吧里见过的最奇怪的酒之一，"他说，"喝起来感觉怎么样？"

我又喝了一大口，享受着茴香味的泡沫挑逗舌头的感觉。"你想象不到的味道。"我告诉他。

# 陌生人的善意

在另一间酒吧，同样是一个星期五，情况却很不一样。

我喝得有点高了，但还没醉到出问题。我只是比清醒时多了那么一点活力，多了那么一点能量和想象力。我的面前放着两杯双份伏特加酒加可乐，而我正忙着翻钱包，想找出能付账的东西。我没带现金——这点我早就知道了——但我这时候才发现自己连借记卡都没带。

"我肯定把它落在另 ·条牛仔裤里了。"我和酒保解释。他听到这个附加信息之后保持着无动于衷，脸僵硬得像块花岗岩。"我能刷信用卡吗？"

"可以，当然可以。"他塞给我一个读卡器。

"我不知道我的密码。"我补充道。

"你不知道你的密码？"

"不知道。我是指，我很少用这张卡，除了在网上购物的时候。我会在账单上签名的。"

酒保哼了一声，声音大得在我身后的人群里回响了至少两次。夜幕刚刚降临，而且这里是伦敦市中心——所以当然到处都是熙熙攘攘的。"签名不管用，"他告诉我，"如果你不知道你的密码，你不能使用那张卡。"

"这太荒谬了！"

"这是公司政策，防止欺诈。"

"嗯，你看，"——我把打开的钱包举到他面前——"这儿有我的驾驶证。看到了吗？同一个名字。"

他摇着头，抓起两杯酒，生怕我会带着它们逃跑。"没有密码就没有酒。"

"啊，天哪！在网上我不用密码都能买到一颗钻石。为什么我一定要密码才能买到一杯该死的酒？"

"不好意思，打断一下。"我感到有人在拍我的肩膀。我愤怒地转过身去，是排在我后面的男人。他很高，而我又穿着平底鞋，所以我第一眼看见的是他的胡楂。不是设计师为了显得时尚而留的胡楂，是那种太忙所以没有时间刮胡子而留下来的胡楂。他没比我大多少——二十四五岁的样子——但他看起来忧心忡忡，还有点恼怒。他还穿着上班的衣服——衬衫、领带和裤子。衬衫上有几处褶皱，其中一边还从裤子里跑出来了。他看起来像是刚刚度过了非常漫长的一周。

"好，我知道了！"我呵斥道，"我在耽误大家的时间。但是不必要的打断并不能帮忙解决问题。"

"呃，不，也许是帮不上忙，"他表示同意，笑容里有一丝为难，"事实上，我刚刚是想帮你买单。"

"噢。"我磕磕巴巴了好一会儿，酒保不耐烦地发出啧啧声。"谢谢，你人真好。或者说你刚刚人真好。我想你的提议已经失效了？"

"我的提议依然有效。"

"嗯……"我又一次打开钱包以示里面空空如也，"我的现金周转的确出了点问题。"

"是的，我听到了。"他耸耸肩，"我们每个人都遇到过这样的问题。"

"谢谢你，虽然我肯定那是个谎言，但它是个善意的谎言。"

酒保咳嗽了几声，手指不停敲打着吧台。

"你确定要帮我买单？"我问，但一张20英镑的纸币已经被递到吧台那边了。

"听着，"我告诉他，"我愿意把这钱还你。如果你告诉我你的地址，我会寄支票给你。"

"噢，不用了，没这个必要。真的，只是一杯酒，没什么大不了。"

"实际上，是两杯酒，"我指出，"我和别人一起来的，我的室友，"我迅速补充道，"她今天过得很糟糕，被男朋友甩了，我答应带她出来忘掉烦恼，一醉方休。"我朝钱包点点头，"只是今晚好像要由她来买单了。看来我是个糟糕的朋友。"

"不，不糟糕，只是有点无能为力。"

我笑了，发自内心地笑了，感觉很温暖。"是的，确实。"

"不过你的初衷是好的。"

"初衷永远都是好的。"

酒保把零钱找给他，还有两杯伏特加和一品脱我不知道是什么的东西。排在我们后面的人蜂拥而上，抢占我们空出来的位置。

　　"嘿，"我们一离开服务区，我就开口对他说，"通常我会邀请你来和我们一起坐，不过这时候不太适合。正如我之前说的那样，我和室友在接下来的两小时里可能会一直骂男人有多混蛋。"

　　"那我很高兴能够置身事外。"

　　"不过我还是想要你的电话号码，"我很坚持，"或者电子邮箱地址——什么都好。"

　　"不，真的不用了，没关系的。完全没有必要还钱，就当作偶然碰到好心人吧。"

　　我耐心地给他一个微笑。"是的，我知道没必要。我问你要联系方式不是为了还钱。"

　　"噢。"我好像看到他脸红了，此时此刻没有比这更可爱的反应了。"嗯，是的，那事情就不一样了。不好意思——我说得有点乱。我得重新表达一下：我很乐意给你我的电话号码。你有笔吗？"

　　"呃……"我把手伸进包里，"有。事实上，足足四支。没有钱，但有四支笔。也许我应该拿笔换酒？"我又冲他一笑，递给他一支圆珠笔和一个啤酒杯垫。他在杯垫背后匆匆写下了详细的联系方式——电话号码还有邮箱地址。我看着他写下他的邮箱地址——stephen.beckett113@gmail.com——然后把杯垫放进包里。

　　"嗯，斯蒂芬·贝克特，"我说着，举起两杯伏特加，"再次谢谢你给我买了这两杯酒。对了，我叫艾比。很快我就会联系你的。"

然后，我转身，挤过人群回到我的桌子旁。

往事在我的脑海里涌现，这只是其中一段。回忆汹涌而至，像香槟酒里的气泡一样，像我沸腾的热血里成千上万的气泡一样。酒精没有让我变得迟钝，它只是把我的思绪搅混，各种飞快闪过的念头重叠在一起，相互矛盾的想法被打上死结，像是一团乱麻。

我们俩跌跌撞撞地走在回我房间的路上，醉眼蒙眬的我看到的角落和走廊都是一片模糊。他把手放在我的后腰上，推着我向前走，手指不安分地扫过我的臀部，他不停地喊我"朱莉娅"，那是我告诉他的名字，忘了是什么时候说的了。他也告诉了我他的名字——马特，马克还是迈克——我已经忘了。他也许已经结婚生子了，只是没有告诉我而已。

在电梯里，他吻了我，猛地把我推到其中一面玻璃墙上。他推得那么用力，以致我的脊椎一阵刺痛。比起他的吻，这股疼痛让我感觉更好。而且，看到他这么想要得到我，我觉得很兴奋，虽然我开始无法理解这兴奋的感觉意味着什么了。我只知道自己并不想和这个我连名字都不知道的男人发生关系。但这似乎已经无所谓了。我甚至都不在意自己是否要阻止这一切的发生。

到了我的房间门前，我从他的怀里挣脱出来，掏出房卡开门。这让我有了短暂的错觉，以为情况还在自己的掌控之中。然而很快他又开始推我了，这次目标直奔大床。我感觉到自己的小腿撞到了床的底部，立马失去了平衡。我的腿一崴，往后倒在了床上。不过我很快翻了个身下床，重新站起来。我迅速地脱掉裙子——不是因为我想脱；只是我不想让他动手。这听起来很荒谬，但是我一想到他要笨拙地强行把我的裙子扯下来就觉得无法忍受。我能听到弗朗西斯卡的声音在我脑海里响起，让我别弄坏裙子。它太贵重了，我不能冒这个险。

我的裙子滑落在地，他刚好解开衬衫扣子，把鞋子踢到了房中央，再一次把我压在身下。他没费劲去解开我的文胸，而是将它直接往上推过我的胸部，把我的肉都勒疼了。但是这次的刺痛没有带给我一丝快感。我疼得叫了出来，可他没理我。他吮吸着我左胸的乳头，大拇指按着我的新文身周围娇嫩的皮肤，我觉得被火烧一样地难受，心上一阵绞痛。我挣扎着往后缩，一手撑开了他。

"不！"我的喊声比激动的喘气声大不了多少，但也足够让他暂时停下来，"别碰我这里。"

他盯着我的文身看了一秒钟，哈哈一笑，然后又开始想抓住我。

"停！"我努力提高音量，让我的声音听起来多点威严。"你对我做什么都行，但不能碰我那里，那不属于你。"

他继续盯着我的文身看，表情介乎愤怒和难以置信之间。我把文胸拉下来盖住文身，确保它重新被藏好。

"妈的！你不会是认真的吧？"

"我非常认真，"我告诉他，第三次把他的手从我的胸上甩开，"如果你再碰我的胸，我向上帝发誓我一定会尖叫。”

他直勾勾地盯着我的眼，噘起嘴，脸上泛红，还起了斑点。接着，他故意慢慢地伸手去摸我，带着嘲讽，手指张开。在他碰到我的胸部的一刹那，我立马尖叫起来，用尽全力地尖叫。一秒钟过后，他的手已经紧紧捂住了我的嘴。

“你他妈的是疯了吗？”

我猛地往后仰头，他手一滑，我便咬住了他的虎口。

“真他妈见鬼！”他掴了我左脸一巴掌，我的耳朵嗡嗡作响，眼前天旋地转。

我尖叫起来，不停地尖叫，用尽全力地尖叫，就像一头受伤的动物那样嚎叫。透过满是泪水的双眼，我看到他爬下床，扒回鞋子穿上后就往外跑，砰的一声把门关上，落荒而逃。

他一离开房间，我马上停止了尖叫。我无力地蜷缩在床上，像个婴儿一样，不由自主地呜咽起来。

# 受伤

　　一阵急促的敲门声让我恢复了知觉。我能尝到嘴里一股血腥味，但我不知道是自己的血还是他的血。可能两者都有。我的脸颊像被火烧一样地疼。敲门声还在继续，我蜷缩得更紧了，用意念驱赶这恼人的声音。终于世界静了下来。但紧接着，在门外的人用低沉的声音一阵交谈后，房锁咔哒一声被打开。两位夜间门房走进来，看着我，相互看了一眼。我瞪回去，保持着婴儿的蜷缩姿势。没办法，我身上只穿着内衣。

　　"呃，女士？"

　　我开始咯咯笑，或许在哭，我不清楚。在这样的情况下，他们还是尊称我为"女士"，不知怎的，这让我笑得歇斯底里。我把膝盖抵到下巴，紧紧地闭上双眼。我以为如果我闭眼时间足够长的话，这一切都会消失。

"女士？"门房稍稍提高了音量，"给您。"

我睁开双眼，看到他递过来一件浴袍，表情里充满关切。这只是一个简单的动作，但却完全卸下了我的心防。他把浴袍放在我身旁，而我还在继续抽泣。"您准备好了就告诉我们。"说完这话，他和同事小心翼翼地背过身去，仿佛这只是他们上岗培训时充分练习过的需要应对的情形之一。

我慢慢地把蜷缩的身子舒展开来，坐起来的时候感觉双腿像是木头做的。我把自己裹进浴袍，然后重新坐回床边。"好了。"我告诉他们，声音在我的耳里听起来那样空洞。

之前说话的门房转过身来，给我一个温柔的微笑。他的同事走开了，但听到我的声音后马上从浴室里出来，手里拿着一条泡过冷水的毛巾。"这是给您敷脸的。"他解释道。

我点点头，想说句"谢谢"，但什么话都没说出口。

"女士，"第一位和我说话的门房又开口了，"我们需要叫什么人吗？警察？"

"不，不用叫警察。"我用冰凉的毛巾轻轻擦拭脸颊，感觉到脸已经开始肿了。看来接下来的几个小时，我的脸上都会有一道显眼的淤青。

"女士，"门房轻轻地咳了一声，"有几名住客向我们报告听到了尖叫声，这里肯定发生了什么。"

"不是你们想的那样，真的不是。"两位夜间门房都没说话，但再次对望了一眼。我努力让自己的声音保持冷静、清晰。"刚才有个男人在这里。事情失控了……"

我找不到合适的词语多做解释。第一位门房识趣地点点头。"我不需要警察，"我重复道，"什么事都没发生。没什么严重的。我只是需要睡一觉。"

另一位门房摇摇头，尽管动作小得几乎看不见。"我想我们不能把您一个人留在这里，在这样的情况下。"

"我没事，我没受伤。"

我用力将毛巾在脸上按了按，接着，我又哭了起来，不能自已。他们当然是对的。我不能指望第二天早上醒来后一切恢复正常。我想要的不是睡一觉，是陷入沉睡不再醒来。我想闭上双眼，让一切都停止。

我下了床，从衣橱底部找出那条包着手机的毛巾。当我从毛巾里"变"出手机时，两位门房都没说话。他们又能说什么呢？我看见您把手机包在一条毛巾里？

"我给朋友打个电话，"我告诉他们，"我会让她来接我。如果不介意的话，我想一个人待着。她来了以后你们可以打我房间的电话。"

第一位门房满怀疑虑地看了我一眼，过了一会儿，点点头。"她一到，我们就通知您。您还需要我们做什么吗？任何事都行。"

"不，谢谢，你们对我已经非常好了。离开的时候可以帮忙把门带上吗？"

我的手机显示有十八个未接来电，天知道有多少未读短信和语音留言，但我不得不暂时忽略它们。我不能去想那些信息，否则我会什么都做不了。我按下取消键，接着看了看时间。凌晨 1 点 20 分。我拨通了芭芭拉医生的电话。

铃声没响几下芭芭拉医生就接了起来，声音里充满了警惕，完全不像半夜被我吵醒的样子。"艾比，你在哪里？"

"我在多切斯特酒店。"

她没有流露出半点惊讶。"我来接你，半小时之内到。别到处走，向我保证你会待在原地。"

"我哪儿都不会去。"我告诉她。

"你保证？"

"我保证。"

"有人和你在一起吗？"

"没有，就我一个人。我开了个房间。"

她稍稍停顿了一下，消化得到的信息。"艾比，听我说。我想你待在房间里，不要离开。如果你有伤害自己的冲动，请立刻打电话给我。立刻。我很快就会来陪你，不要走开。"

"好。"

"好。"

她挂了电话，我把房间的电话拿到床上，放在身旁。我尝试想象她赶来的画面：她大步流星地走去发动车子，车前灯射出耀眼的光芒。但是这些想象的画面很快就失控了。我仿佛看到她的车在交叉路口出了事故，被压扁了。血从她的嘴里、鼻子里和眼睛里流出来。她出车祸都是我的错。半个小时的等待对我来说似乎太漫长了。

我起身下床，走去浴室。在几乎覆盖了整面墙的镜子里，我看见了一个毕加索画里的女孩。我的左眼被红肿的脸颊挤得只剩一条缝，头发由于蜷缩得太久而变得凌乱。我被掌掴的左脸像被晒伤了一样通红，而且开始出现紫色的淤青。不知怎的，完美无瑕、奢华无比的环境让我此时的形象显得更为糟糕：雪白的毛巾，耀眼的灯光，看不见尽头、美得令人惊讶的大理石台面。在这样的背景下，我看起来简直一团糟。我凝视镜中的自己，居然看得入了神，呆呆地盯了几分钟，完全被脸上那副怪诞的拼图迷住了。

我不再有醉意，准确地说，我没有任何感觉。我之前喝下的酒精，躁狂的情绪，流下的眼泪，热烈的吻，还有那狠狠的一巴掌，好像都相互抵消了，只剩下一片虚无，一片茫茫无边的大雾。但我知道这只是事情的一小部分。在我内心深处的某个位置，想要逃离这个房间的欲望在蠢蠢欲动——这和我之前住进来时的亢奋形成了巨大的反差。我的本能反应是离开这里，马上离开这家酒店，让黑夜吞噬我。唯一能阻止我迈出步子走向门口的是我向芭芭拉医生许下的承诺。

浴室里的灯光太刺眼，于是我回到床上，钻进被窝，用被子盖住自己的脸。问题是这还不足以挡住我脑里刺眼的光。我需要分散注意力，于是我重新起床，翻箱倒柜想找本书看。然而房间里只有我不太感兴趣的读物：酒店指南和基甸版《圣经》[1]。我试着看了看，但是酒店指南很快就翻完了，而《圣经》的内容又太残忍。夏娃吃了禁果，上帝说要惩罚她，于是让分娩的过程变得痛苦万分。我钻回羽绒被里，祈祷着房间里的电话快点响起。

[1] 国际基甸会是由信奉基督教的商界和学界人士建立的协会，向许多宾馆、汽车旅馆、医院、监狱、学校以及其他在公共领域服务的人赠送了《圣经》。

我重新穿上裙子，下楼去大堂。我没有别的衣服可穿了——除了浴袍。我的步子缓慢而呆板。还没等我走到前台，芭芭拉医生就拦下了我，紧紧地抱住我。我的双臂无力地垂下，像煮久了的面条一样。

"你受伤了，"她一边说，一边松开手，"有人打了你。"

我张嘴想说点什么，但又合上了，只是耸了耸肩，点点头。

"没关系，你不用现在告诉我，上了车再和我说吧。我带你回家。"

"我想我现在不能回家，"我的声音依旧呆滞，"现在还不行。"

"回我家，艾比。我带你回我家暂时住下。"

"谢谢你，"我的眼睛刺痛，想要流泪，"我得先退房卡。"

"给我。"

我照芭芭拉医生说的话做。她接到房卡后，大步走到前台，把它递给接待员，然后拍了拍他的手臂。在其他人看来，这个动作过于亲切，不合礼仪，但芭芭拉医生做的时候是如此冷静、友善又充满威信，让这个动作看起来再自然不过了。

"账单，"芭芭拉医生回来的时候，我说，"我想我得看一下账单。"

"别担心，"她已经开始把我往门外推。门童彬彬有礼地朝我们点头示意，"已经解决了。"

"谢谢。这真是……我会把钱还你的，我保证。我会尽快还你的。"

"艾比，不用担心，没有账单。我和酒店工作人员解释过了，他们对你的情况表示了充分的理解。"

"哦。"我不知道还能说什么。

芭芭拉医生对我抿嘴一笑，然后把我带到她停车的地方，就在落客区。她的车是丰田的普锐斯，深灰色，光洁如新，像颗子弹一样。她指向客座门，我坐上车。车厢内部一尘不染，仿佛刚刚才清洗完一样。

芭芭拉医生没有立刻发动引擎。她打开车厢灯，仔细地看了看我，目光停在了我的左脸上。"艾比，我想打给贝克，可以吗？只是想让他知道你没事。"

我的心一沉。我闭上双眼，点点头。我知道自己必须给贝克打个电话，但我没办法做到——现在不行。看来芭芭拉医生不用问就已经了解我现在的状态有多糟。

她和贝克的通话只持续了几分钟，但这已经让我难以忍受。我满脑子只想着怎么把身上那些刺痛的，或者说滚烫的地方藏起来。

这通令我难熬的电话终于结束了，芭芭拉医生把手机放进车门的格子里，然后转身面向我。"艾比，我想让你告诉我今天究竟发生了什么。我已经知道了一点，你离开家没多久贝克就打电话给我了。他……很担心你，这可以理解。但我想听你自己说。现在和你聊可以吗？"

"我能抽烟吗？"

"如果你一定要抽的话。"

"我想是的。"

"那好。"她发动了引擎，摇下了前厢的两扇窗户。车里的音响低声地放着古典音乐，一首柔和又精致的曲调。

十五分钟的车程里，我大部分时间都在和芭芭拉医生解释发生的一切。我从前一天早上去牛津见卡伯恩教授开始讲起，感觉这是事情的开端。我很难组织好语言，而且有些细节我肯定已经忘记了。一切发生得这么快，每一分钟里都有太多想法、感受和行动。酒精和疲劳终于开始发挥作用，我平静了下来，但没有力气去处理如此庞大的信息量了。不过我还是努力重现了大部分内容，尽管听起来像是一连串描述不清的事件，只有很弱的逻辑勉强连接起这些支离破碎的记忆。芭芭拉医生帮我回忆：她偶尔提示我，或者在我表述得一塌糊涂的时候向我提问来理清事实。不过在大部分时间里，她只是安静地听着，让我自己绕过弯来，说完我想说的话。

听完我的解释后，芭芭拉医生当然还是保持沉默。不过，我瞥了她一眼，发现她眉头紧锁。她的眼睛底下有明显的黑眼圈；没有化妆，穿着破旧的开襟毛衣和牛仔裤，和我在办公室里见到的妆容精致、衣着干练的她很不一样。这是我见过的芭芭拉医生最苍老的样子。我感觉自己让她变老了——至少苍老了十岁。

"对不起，"我说，"要你半夜出门。"

她没有看我，不过耸了耸肩，露出一个自嘲的微笑。"这是我的职业风险。你不是第一个，肯定也不是最后一个。"

"还是要谢谢你。你不来接我的话，我不知道自己会做出什么。"

芭芭拉医生嘘了一声，马上伸出手放在我的手臂上。

"艾比，你打电话给我是对的，你做得很好，现在你不用想任何其他事情，我们快到家了。"

我从没来过芭芭拉医生的公寓，但是这里真不错。公寓位于诺丁山，看起来占了一座五层大房子的整整一层楼。格局和我的公寓当然是天壤之别——两间卧室，一间书房，一个宽敞的客厅和一个独立的厨房。估计这间公寓值一百万英镑——也许值几百万。不过我知道，芭芭拉医生已经在伦敦市中心住了超过二十年了。她可能是在房价疯狂飙升之前买下这间公寓的。我试着想象住在这样的房子里过的会是什么样的生活，但我做不到。换句话说，我无法想象自己住在这么好的地方。这个假设不合情理，简直是天方夜谭。我没有资格踏上这条康庄大道。单凭我一个人，办不到。

进门的时候，芭芭拉医生让我小点声，因为格雷厄姆在睡觉。这句话让我很吃惊。不是因为听到格雷厄姆睡着了而吃惊：现在大约凌晨两点钟——正常人这时候都会在睡梦中。让我吃惊的是格雷厄姆这个男人的存在。

"我不知道你在约会。"我低声说道。

"我不是修女，艾比。"芭芭拉医生答道。

"不，当然不是。只是……嗯，你从来没提起过他。"

芭芭拉医生耸耸肩，一边把钥匙放进餐柜上的一个碗里头。"最近才开始的约会，而且我们从来没讨论过这个话题。我们的谈话主要关注的是你的生活，不是我的。"

"是的，不过……"我的声音越来越弱。过去八个月我和芭芭拉医生进行了深入、亲密的交流，这让我以为自己非常了解芭芭拉医生——肯定比我对大部分认识的人的了解都要多。我对她十五年前那次棘手的离婚知道得一清二楚。我知道她早年当全科医生的经历。我知道她能看懂拉丁文，还跑过两次伦敦马拉松。但我居然漏掉了她正在约会这个重要的信息。而且在我们蹑手蹑脚地走去她那宽敞的独立厨房时，我发现了更多我不知道的事情：外国风景照，还有记录了身份不明的小孩长大成人的过程的照片——是她的侄子和侄女吗？我看到一个塞满了食谱的书柜，和冰箱上数量多得惊人的磁贴。这一切表明我对芭芭拉医生其实了解甚少。我们聊过性爱，死亡，毒品，高潮；也聊过爱情，内疚，耻辱和羞愧——但现在看来，芭芭拉医生不过是又一个我无法描述出任何真实细节的人罢了。

她让我坐在一张结实的圆桌前，四张椅子在周围摆得整整齐齐。"你想喝点什么？咖啡？"

"水。给我杯水就好。"

"想吃什么？你吃过东西了吗？"

这个问题问倒我了。"你问的是什么时候？"

"最近！"

我看了一眼墙上的钟，竟然没有数字，只有指针。要从这个钟上读懂时间，仿佛是在进行一场空间感的测试。"十三个小时前我吃了半个比萨，然后在多切斯特酒吧里吃了两个，不对，是三个开胃饼干。"

"你现在想吃什么？"

我犹豫了太长时间，芭芭拉医生决定不再问我的意见，直接由她来做主。她从水果篮里拿了两根香蕉，看着我把它们都吃了。我并不饿，食之无味，但至少香蕉吃起来不用费劲，而且芭芭拉医生告诉我，香蕉含有丰富的钾，能够在宿醉不可避免地来袭时让我的胃好受点。她坐在我对面，双手捧着一杯茶，默默地注视了我好一会儿。我知道接下来要开始严肃的谈话了，内容是下一步怎么做。但我对此一无所知。我还没准备好去思考这个问题。仅仅规划未来十秒钟就已经让我的胃里一阵恶心，更别说去想更长远的未来了。对我来说，那像是古老地图上一片未知的领域——踏上这片领域后很有可能会失足掉进看不见底的深渊。

我不想去想。我只想坐在芭芭拉医生一尘不染的厨房里，待在隐蔽式照明发出的灯光中，看着冰箱贴和没有数字的钟。我想坐在这里，假装这是平常的一天，假装我是芭芭拉医生的一名普通朋友，只是来她家喝杯水，吃几根香蕉。

幸运的是，芭芭拉医生比我擅长处理这样的情况。她有实战经验，而且运用她的专业知识很快就找到了问题的关键所在。

全科医生有一个用来评估病人心理健康状态的测试——抑郁症筛查量表。我对这份问题清单了如指掌，熟记于心，背诵起来比任何诗歌都要流畅，都要充满感情。问题一：过去两周内，你在做平时喜欢做的事情时是否愉悦或者饶有兴致？（一点都不／有些时候／很多时候／一直都是）问题三：你有没有失眠的困扰，或者是嗜睡不醒？清单上一共有九个问题，每一个问题你都可以打分，从零分到三分，这样总分是二十七分。根据你的分数，医生可以客观地评估你疯了的程度：零分自然是心理健康，二十七分的话就要给你穿上精神病院里的约束衣了。这是唯一一个我拿到过满分的测验，二十七分——而且还不止一次。

但是芭芭拉医生今天不打算做这个测试，她直接跳到问题九，或者说是简洁版的问题九。这确实是她现在唯一需要问的问题。

"艾比，你是不是有伤害自己的念头？"

"是。"

这就是我要说的。我可以详细说明，告诉她自残是我现在唯一想到的事情——如果我纵容自己去想未来十秒钟内会发生什么的话——可是说多了又有什么意义呢？只要回答一个"是"就足够了。

芭芭拉医生点点头，就好像我俩在握手达成协议一样。"如果你同意的话，我想带你去办入院手续。"

我想干笑一声，却发现就连最勉强的笑容我都挤不出。"如果我不同意呢？"

芭芭拉医生喝了口茶。"嗯，那我想我要履行职责强制你入院。我可以叫醒格雷厄姆，但我不想这么做。"她笑了笑，不知怎的，那笑容既温暖又哀伤。"你想让我叫醒他吗？"

我没意识到自己又开始哭起来，直到感觉眼泪滑过我的脸颊。"我不想你叫醒格雷厄姆，"我告诉她，"我同意你带我去医院。"

事情就是这样。几分钟后，我又回到了芭芭拉医生的车里，一路向西开往医院的二十四小时急症室。

这就是我们走出的下一步。

汉默史密斯医院可不是适合在凌晨三点拖着虚弱的身子来的好地方。维多利亚风格的外墙由暗红色的砖头砌成，密密麻麻的窗户长得像蜘蛛眼睛上满布的网格，直勾勾地盯着你。医院大楼坐落在熟铁大门后，楼顶还有一个在冷光照射下显得荒凉的钟塔。离医院最近的则是沃姆伍德·斯克拉比斯监狱。

我们穿过用檐口和圆柱精心装饰的入口，穿过门厅和蜿蜒的长廊，就像又回到了九个小时之前我走进多切斯特酒店时的情境。不过，这是个拙劣的复制品。周围又变得一片洁白，但不再是白得耀眼的大理石地面和闪闪发亮的水晶灯：这里只有日光灯发出的白光和没有质感的房间。高档的红木家具变成了夹层桌板，沐浴油散发的淡淡清香和干净的棉织品带来的清爽感消失不见，只剩下浆洗剂和消毒水的味道。

芭芭拉医生提前给医院打过电话，所以我们到了没多久就有人对我进行了正式的心理测评。和我们一起坐在诊察室内的是名身材矮小、戴着眼镜的精神科医生，他正专心地听着芭芭拉医生说明我的病史。她告诉他我有混合态的轻躁狂发作，已经持续了四十八小时甚至更长的时间。轻躁狂发作意味着我已经有点疯了，但情况可能会变得更糟：我已经有点狂乱——冲动的行为，胡乱挥霍，还有滥交——但我还没有出现妄想：我没有把自己当作圣女贞德、外星来客或者是重生为女性的上帝。混合态的意思是我在轻躁狂发作的同时还表现出抑郁的症状：哭泣、沮丧、绝望、自杀倾向。

　　我坐在那里听着医学术语，呆滞地看着文件柜。我还穿着我那条漂亮的蓝裙子，虽然芭芭拉医生借给我一件开襟毛衣套在外头。开衫有点大；袖口耷拉在我手腕下方几英寸处。而且它是驼色的，和钴蓝色形成了强烈的对比。总而言之，我不确定这身搭配是否让我看起来比较像正常人。再加上这是一个热得离谱的夜晚，没有窗户的诊察室显得尤其狭小，令人窒息。呆了几分钟，我脱下开衫，默默地递给芭芭拉医生，看着她把衣服放在腿上叠好。

　　我和精神科医生的谈话没多长。他问了我一些问题，我能用单音节回答的时候就只用单音节。有时候，我被迫说出一个完整的句子，但要逼我说出更多的内容似乎是个不可能完成的任务。我告诉他我只想睡觉。我的愿望很快就实现了。我在入院同意书上签了字——同意书上写着医院可以关着我直到他们认为我能够出院——接着，一位护士带我上了几层楼，来到不起眼的病房里的一间单人房。我现在处于破坏性的状态，不适合与别人同住。

　　我领到病号服，还有一次性的内衣。当护士问我最近的喝酒情况时——什么时候，什么酒，喝了多少——芭芭拉医生一直和我坐在一起。护士确认我的状态安全以后，递给我一个烧杯，里面有两片安定。

　　"芭芭拉医生？"

　　这是过去一个小时内我第一次在没有被提问的时候主动开口说话。我的声音听起来像是从很远很远的地方传来一样。

"什么事，艾比？"

"我知道自己没有权利这么问……"

"问吧。"

"你能留下来陪我吗？等到我睡着就好。我觉得不会耽误你太久的。"

芭芭拉医生微笑着把手放到我的手上。"当然可以，而且我晚上会再来一趟。我不知道你那时候会不会醒，但我会回来的。"

"谢谢你。"

没有其他话要说了。我服下安定，没过多久，我就坠入了梦乡，一片深不见底的黑暗。

# 尖锐物品

我在中午左右醒来，软弱无力，辨不清方向。护士正拍着我的肩膀，一直拍，久到大部分人都会被拍醒。她告诉我她八点的时候来给我送过早餐，但没能叫醒我，"你睡死过去了。"

我没说话。护士的点评毫无意义。我不想加入一场没有意义的对话中。

"不过，我们很快就会送来午餐，"她继续说，"我们不能让你连续两顿饭都不吃。"

"我不饿，"我说，"我只是想睡觉。"

护士发出"啧"的一声来暗示我，我想做什么已经不再重要。"这是医生的命令，"她坚持要我吃，"我只是来确保在我们把你移动到别的地方前你已经吃过饭了。"

我耸了耸肩——确切地说，努力尝试耸肩——告诉她我不想加入这个无聊的游戏。我并不好奇医生接下来二十四小时的计划。我告诉她，如果他们想把我转到别的病房，在我睡着的时候照样可以做。我并没有起床的打算。

"我们不是要把你转到别的病房，"护士反驳道，"我们要把你转到另一家医院。圣查尔斯医院。转院手续已经办好了，他们等着你下午过去。"

"我走不动，"我固执地说，"我太累了。"

护士露出了亲切的微笑。"你不用走路，我们其中一位护工会很乐意用轮椅带你下楼，送你上救护车。在你吃完午饭后。"

"我累得嚼不动。"我告诉她。我表现得很幼稚，但我不在意。想到食物我就觉得恶心。

"只是汤，"护士说，"你不用嚼。"


刚吃完午饭，精神科的外联组就派人过来了。他告诉我，我要转去圣查尔斯医院，因为那里有专门的心理健康部门，能够为我的康复提供更加合适的环境。但我知道这只是委婉的说法。他真正想说的是，那里有封闭的病房。这才是那里更适合我的原因。

到了下午两点钟，我坐在轮椅上被护工推下楼送上救护车。我的腿上堆放着我的蓝裙子、挎包和在哈维·尼克斯买的内衣。救护车开了几英里，穿过伦敦西区，来到了另一座气派的维多利亚风格的医院。和汉默史密斯医院一样，它有褪色的砖墙和塔楼，还有令人发怵的铁门。

唯一不同的是，它所处的位置比较好，旁边不再是戒备森严的监狱，而是一所加尔默罗会①的隐修院。

救护车从大门开进来，沿着一条小路来到医院综合楼后面。那里有一栋三层高的配楼是心理健康部的专属诊疗地。和周围哥特风的建筑不同，心理健康部是一栋新建的公寓楼，风格现代，毫无特色，是那种你在街上经过时不会多看一眼的建筑。楼里的每一个装饰元素——从亮蓝色的地毯到橡胶植物的盆栽——都在加深人们的印象：这里不是医院。唯一泄露它身份的是楼里的门。除了接待处的入口，所有门都上了电磁锁，只有刷工作人员的卡才能打开。

他们把我带到一间叫尼罗河的病房。不知何故，这里的病房全都以河流命名，有亚马孙河、多瑙河、恒河和泰晤士河。我一直没搞懂为什么要这样命名。也许是为了让这里看起来不那么像一个收容机构；也许是有其他不为人知的重要原因。入院时我唯一的发现便是尼罗河是这里的精神病重症看护病房。这是个封闭的病房，里面住着精神错乱的人，有自杀倾向的人，还有那些逃跑风险高的病人。这里不该叫尼罗河，应该叫冥河②。

我问推我进房的护士是否允许有人来探望我。

"只要预先安排了，他们可以来看你，"他说，"医生晚点会和你谈论这个问题。你会有一个私人定制的治疗计划。"

"我不想被人打扰，"我告诉他，"我只想见芭芭拉医生。"

　　时间在流逝。我不知道过去了多久。

　　我又开始服用锂盐，感觉自己像具僵尸。总的来说，这样的状态相比之前反而有所改善。此时，当个活死人比活着感觉好得多。真的死去会更好，但是没有人准备好给我这个选项。半夜里我鲁莽写下的几个潦草的签名就这么让我放弃了自己选择死亡的权利，无法反悔。

　　锂盐带来的坏处是：头痛、胃痛和你想象不出的恶心；你的身体会不由自主地颤抖；成天昏昏欲睡，无法阅读；眩晕、便秘、体重增加。

　　好处是：无法动脑思考；无法拼凑完整的记忆；一天里大部分的时间都在睡梦中。

　　我可以睡上一整天——天天如此——如果医生和护士没有不停地打扰我的话。首先是一日三餐不间断的喂食。每到用餐时间，一位护士会来看着我吃完每一勺食物。他们为我制定了一份食谱，每天摄取的卡路里严格控制在两千，钠的摄入量也受到限制。我还必须每天喝两升水。我饿不饿，渴不渴，这都不重要。护士会在我吃饭的时候留在病房里，全程监督。我猜如果我拒绝饮食，我会像对面床的女孩那样被插上管子进行喂食。我偶尔也会好奇，那样对我来说是不是更简单。

　　如果医生和护士不是为了吃饭的事情而来，那就是为了抽血的事情而来。他们几乎一直在监测我血液里的锂含量。每天抽完第一次血后没多久，我就会被摇醒第二次，第三次，第四次。如果能在我身上安放一根导管，那他们就可以在我睡着的时候抽取血样。不过，安放导管自然是不被允许的。导管被认为是尖锐物品，因此不允许带入病房。我家里的钥匙和指甲刀也是违禁品，在我入院时就被人从挎包里翻出来了。他们把我的粉饼盒也拿走了，因为盒子带有镜子（"有可能产生尖锐物品"）；被拿走的还有打火机，原因更加明显。粉饼盒被拿走对我来说没有什么——我又不用担心要不要化妆——但是每回想到打火机被拿走了，我就心痛得仿佛失去了手脚一样。如果我想外出抽根烟，会有一名护士带我下楼去花园，我就在她的全程监视下抽完一根烟。花园被十二英尺高的金属栅栏围起来，栅栏之上还有高高的棚架，挡住外面所有的景象。你能听到车流声，偶尔还会听到行人走在和医院毗邻的岔路上的声音，但你就是看不见。

抽烟是仅有的我会表现出兴趣的一件事。每当我不合作，拒绝坐起来抽血或者喝水的时候，护士们就会用香烟贿赂我。到了晚上，他们会给我贴上尼古丁贴片[①]。

我还尝试不再洗澡。在构成我一天的所有无聊的活动中，洗澡是最没有意义的。我不能外出，而且我也不会见到除了精神病患者和习惯与精神病患者打交道的人以外的其他人。洗不洗澡对我来说没有区别。况且，洗澡看起来是一项耗费巨大精力却没有成果的工程。洗完之后我还是会变脏的。

①一种香烟替代品，使用时贴在皮肤上即可。尼古丁贴片能够以较均衡的速度提供尼古丁，从而使血液中的尼古丁含量保持恒定。

我和护士们解释过这个情况，尽我最大的努力去解释了，但这似乎只让事情变得更糟。每隔一天就会有一名护士押着我去淋浴间。当我在里面机械地执行这项荒唐的任务时，护士会在门外等着我。热水器的温度调节器上了锁，这样病人就不会故意烫伤自己了。可是护士还是会每隔十分钟就探头进来确保一切正常。

　　我洗澡从来不会超过十分钟，因为我懒得用香皂和洗发水。我只是像一具人体模型那样站在微温的水下，直到护士开始敲门。我也不会刮腿毛，因为我不能在没有旁人的监视下使用剃毛刀。几天之后，我的腿上和腋下的汗毛已经长成柔软的绒毛，剃不剃也就不再是问题了。

　　直到某一天，这时我已经忘了住院多久了，我在脱衣服准备淋浴的时候偶然看见镜中的自己。病房里只有厕所和淋浴间有镜子，但因为我一直萎靡不振、视线模糊，我几乎没有往镜子里看过一眼。但这一天我从混沌中回过神来，注意力被镜子吸引过去。我看了好久，没有认出自己的模样。我的脸色苍白，油光满面；头发脏乱得像金色的拖把头；脸颊看起来那么胖，眼睛显得很小。我想发胖的原因可能是因为服用了锂盐再加上日复一日地躺在床上。不幸的是，我并不能改变什么。我不可能躲起来把饭倒掉，更别说锂盐了。护士们把我看得太紧了。然而，我真的无法忍受在镜子里看到自己变成这个模样：苍白、油腻的一团肉。

　　我绞尽脑汁思考了几分钟，得出的解决方法是：我要确保自己不再照镜子。

"感觉怎么样？"巴里医生问我。

"感觉更糟了。"

他点点头，好像预料到这是他能听到的唯一答案。事实上，的确是。谁能指望呆在这样的地方会变好？

"还会恶心作呕吗？"

我耸耸肩。

"按 10 分制来算：10 分是非常严重，1 分是——"

"10 分。"

"10 分？"

我再次耸耸肩。恶心的程度并没有到 10 分这么严重，他也知道。更可能的是，作呕的感觉正在减弱。但我无法忍受他那副居高临下的样子和他那套愚蠢的、来评估健康状态的 10 分制。巴里医生总是让我量化根本无法量化的东西。我决定，如果他再次让我用 1 到 10 分来为我的情绪打分，我就打零分，就这样。这一天接下来的时间里我都不会再和他说话。就是类似这样的对话让我希望自己被送去旁边的加尔默罗会隐修院。在那里我起码能享受一些安静的时间。那些修女肯定知道什么时候该闭嘴。

虽然竞争很激烈，但是巴里医生是目前为止我遇到的最差劲的医生。他大概八英尺高，有着令我毛骨悚然的大胡子。他平时脸上总是挂着一副自鸣得意的表情，除非他发觉你在看着他，这时候他就会用五官拙劣地挤出充满父爱的模样。老实说，我不知道为什么他能获得精神科医生的行医资格。如果他给我拍张照片，拿去问大街上任何一个傻子，他们都能一眼看出我的心情如何。然而巴里医生既不愿意也没有想象力在没有事先进行10分制的问卷调查的前提下去辨别任何症状。我只能猜想他被雇用纯粹是因为长得高大。把这么一位巨人放在精神病重症看护病房可能会有用，不管他在专业上多么无能。

我不知道巴里是他的名还是姓，但我猜是后者。他不是那种会告诉病人自己名字的医生，在我看来这会让他感觉失去了别人的尊敬。当然，如果事实证明我是错的，巴里真的是他的名字的话，我可能会更难去尊重他。不过这不是重点。

他盯着我看了一会儿，脸上一副得意的样子。我瞪回去。他不敢说我是个撒谎的婊子，不敢戳穿我的恶心程度不可能到10分这么严重。他还没有这个胆子。如果他敢这样说，也许我还会对他有点好感。然而，他只是摸了摸胡子，然后决定通过加大我的用药量来安抚我。"我会让护士给你送午饭的时候加上镇吐药，"他说，"你的胃口怎么样？"

我已经记不清在食欲这方面分数高是表示好还是坏。不过我也不在意。"6.5分。"我告诉他，然后用国民医疗保健系统提供的薄薄的被子蒙住眼睛，等他走开。

"你正在变好。"芭芭拉医生坚持她的说法，而我已经因为一再失望而感到疲倦。

"我的情况更糟了，"我咕哝着，懒得理别人是否能听清我的声音，"每一天我都在变得更糟。"

这个事实对我来说是如此显而易见，我无法相信其他人都看不出来。他们还在讨论我身上出现的积极信号：我没那么嗜睡了，我只要愿意说就能和人对话超过两分钟（虽然我很少乐意这么做）。这一切都只是表面现象，然而他们似乎没有意识到这点，或者说不在意。

我的内心在崩坏。从护士推着早餐进来到晚上病房里的灯灭掉的这段时间里，我不得不醒着，甚至只是半醒着度过的每一个小时都是对我的折磨。最糟糕的是，我明白这样的日子要继续过下去，永远地过下去。每大早上我醒来后想到又要开始难熬的一天，心里就会有种空虚感，似乎是胃部发出的信号。接着我会想这一天过后还有多少这样的痛苦日子。不知道为什么，脑海里浮现的数字是一万天。当我试着考虑如何熬过这一万天和思考它们的意义时，我只能把它们想象成一排看不见尽头的多米诺骨牌。骨牌两面都是空白的，以慢得可怕的速度倒下，每倒下一个需要花费二十四个小时。

我断定，我令人绝望的状态正是所有人无视这么多证据并且坚称我在好转的原因。你不能指望医生坦率地说出"你没救了"的实话。他们不想承认你是绝症病人，因为他们不想给自己添麻烦。当然，芭芭拉医生以前不是这样的，但现在她也崩溃了。是我让她崩溃的。我一直在逼她，逼她，现在她也终于对我撒谎了，假装我在好转，这样她就有借口不来看我了。我曾经有冲动想让芭芭拉医生的日子好过些，把她从我的访客名单上去掉，就和其他人一样。但芭芭拉医生每隔几天就会带香烟给我。想到我最后的精神寄托要被剥夺，我就脊背发凉。

对我来说，吸烟是仅剩的能让时间过得快些、让那些多米诺骨牌倒下得快些的事情了。我知道自己会拼死保住这个珍贵的资源直到最后一刻。我不可能做出迫使芭芭拉医生拿走香烟的事情。

与此同时，我不得不忍受她的虚伪，忍受她给我带衣服、化妆品和所有其他我不再用得上的日用品。在我床边柜子的最底部有一个小旅行袋，我从来懒得打开。我知道那是贝克打包好拿给芭芭拉医生的，但我不敢去想那里面有什么。更重要的是，我想不出为什么我要换上自己的衣服而不穿医院发给我的衣服。思考穿什么衣服本身似乎就是巨大的无用功。为什么要耗神去想穿什么衣服？让护士来决定什么时候需要给我换上国民医疗保健系统统 的睡袍岂不是更简单。

不幸的是，芭芭拉医生拿来那个没有意义的旅行袋后还继续给我带东西。过了一段时间，她给我拿了一支笔和一本填字游戏书。又过了一阵子，她知道我的头痛和恶心减弱了后，给我拿了厚厚的一本《飘》。这本书放在那里好几天了，我都没动过。起初，我还打开来翻一翻，眼睛上上下下地扫一遍书上数不清有多少行的文字。这本书怎么不是阿拉伯语版的。尽管我看过根据这部小说改编的电影《乱世佳人》，但书里的文字还是无法引起我的任何共鸣，那些字句只是像从筛子里落下的面粉一样在我脑海里飘过。

有很长一段时间我都在想为什么芭芭拉医生要给我一本这么厚又艰涩的书。书里的内容和我生活中所知的一切都毫不相关，也没有意义。她声称是因为她正好在家里的一个书架上看到这本书，觉得我会喜欢。过了一阵子，我想明白了，她选择这本书更可能是因为它既厚又难懂。它能占用我很多的时间去做无用功，就像囚犯被命令去缝邮袋或者拿铁镐碎石头一样。如果我一天能读一页的话——这看起来是个非常有野心的目标——那么《飘》能让我读上三年。读完之后，芭芭拉医生也许会给我《战争与和平》或者其他书。《安娜·卡列尼娜》会是个更好的选择，但她不可能拿这本书给我，因为女主人公最后自杀了。

"艾比？"芭芭拉医生的表情告诉我她还想继续和我聊，但她没说下去。

"我感觉更糟了。"我一再重复，然后望向空空的一面墙。她继续看着我，但我没有看她的眼睛。我已经知道她想说什么，我不想从她的眼神里确认我的想法：我要继续待在这，不会有任何改变。

"艾比，听我说，这种情况不会一直持续下去。我知道你现在的感觉不是这么回事，但你要相信我。过去一周你处于半昏迷状态，现在你开始苏醒过来了。如果事情好像变得更糟了，那只是因为你的身心重新运作起来了，又开始思考和感受事物了。"

"我不想感受事物，"我告诉她，"什么都不想。我不想恢复知觉。"

"我知道你不想。但请相信我，这只是时间的问题。现在开始一切都只会变好。"

芭芭拉医生走后，病房里的灯也熄灭了，我从床边的柜子里拿出我的钻蓝色裙子放在腿上。我必须经常这样做。虽然这么做会让我觉得更难过，但我还是不得不这样做。我在病房里看到的其他所有东西都是空白的、淡色的或者是无色的：枕头、床单和医生袍是白色的；窗帘和墙壁是米白色的；护士服是乏味的、洗褪色的绿色。但我的裙子如此令人惊叹——犹如在没有月亮的夜空中闪电般划过的一道明艳耀眼的色彩。看着裙子的时候，我会感觉自己像是离开伊甸园的夏娃，站在门外回望那些永远失去了的美好。我不能盯着裙子看太久。

那天晚上，当我坐在床上像抱着一个被谋杀了的婴儿那样抱着裙子的时候，我意识到芭芭拉医生至少有一件事说对了。我不再处于半昏迷状态，这是我遇到的新问题。没有滤镜，没有麻醉剂，我的头脑已经变得足够敏锐去理解我有多难受，这也是为什么我陷入了低潮。想到这里，我对自己的情况有了一个更全面的认识，虽然我之前以为自己不会再有新的领悟。

问题出在思考本身。自我认知让我能够在看着裙子的时候明白自己去过哪儿，现在在哪儿，未来要去哪儿或者不去哪儿。这是人类独有的苦恼，其他动物不必为此伤脑筋。我们人类有能力处理多个时态——同时为过去悲哀，对当下绝望，因未来害怕。如果能来位医生对我实施额叶切除手术[1]将会是最大的仁慈：这是永久解决这个问题的唯一方法。

医生不可能为我进行额叶切除手术。我出生在

[1] 切除人脑的额叶，使人失去很多功能包括很大一部分的性格，几乎成为一具行尸走肉。额叶切除手术极端不人道，但是该手术的创始人获得了 1949 年的诺贝尔医学奖，并且此手术在当时被广泛用于治疗不听从管理的精神病患者。

错误的时代。

　　离开这座"监狱"的唯一方法是好起来。鉴于这件事不会发生，我不得不假装自己好起来了。我要让医生相信我很健康，不会再威胁到自己的安全。然后我就能够一步步确保自己永远不用再回来。

# 一封没有送到的信

你好，艾比：

　　我不知道还能怎么开头。天知道我已经盯着空白的信纸看了有多久，而这就是我能想到的开头。但是让事情保持简单也许是最好的做法。请当作我的文字远不够表达我真正想说的话。

　　几天前我去看你了，或者说尝试去探望你。我到了接待处，以为如果我能让人帮忙打电话给你——如果你知道我已经到那里了——你会改变主意让我进去见你。后来却发现你连电话都不接。我早该知道会这样。我给你发了得有二十条短信，但你一条都没回。

　　最后他们派了名医生出来。他很和善，给我冲了杯咖啡，还忍受了我五分钟的咆哮。然后他只是重复地说着我已经知道的信息：他不会让我见你，不能帮我带话给你，因为这明显违背了你的意愿。芭芭拉医生最后同意帮我转交这封信给你，但只在她认为你"能够阅读这封信"的时候。听起来没多大希望。

不用说，我在接待处见到的医生不肯告诉我任何有关你健康状况的信息——这是病人机密。他能告诉我的都是一些笼统的话：你身处一个安全的环境，会得到最好的看护，等等。

走进医院的时候我有个计划，勉强称得上是一个计划吧。我要在医院里赖着不走，一直等到有人能够代表我和你沟通，或者至少告诉我一些关于你的具体信息。然而，我发现自己不到半个小时就离开了，走之前还一再地向医生和接待员道歉。都是典型的英国人办事风格。他们给了我一个电话号码，是某个心理健康咨询慈善机构的，告诉我需要找人谈谈的时候可以拨打这个号码。我还没打过。

对不起，几页写下来，我听起来在自怨自艾、愤懑不平。这不是我的初衷。我写信给你不是为了让你不好受。我想你已经很难受了——比我更难受。

我好像改不了这个老毛病。当你陷入低潮的时候，我总以为肯定会有某种神奇的话语组合能让你好起来。但我从来找不出这些话。我没有这个能力。

现在我能想到的话只有这句：我在这里等你，只要你准备好回来。

还有一件事，又是一件你听了会不舒服的事。但我保证如果我能联系上你，会亲自和你解释。

你妈妈来电话了，就在你入院的第二天。那时候我其实还不知道要对你的家人说什么——我希望能有机会先见到你——但明显我不能对她撒谎。过去的一周里她每天都打电话或者发短信给我，昨天甚至还来公寓了（她 10 点到的，天知道她多早就从埃克塞特出发了）。

她很担心你，这自然不必说。她那么担心，希望你能打电话给她。考虑一下吧。

我爱你。我想你。我不知道还能说些什么。

贝克

# 假装

　　当你一心寻死，要挤出微笑不容易。这是我在第二天早上护士送餐来的时候发现的。

　　这当然是事先计划好的。我把钴蓝色裙子放回床边的柜子后，并没有睡，而是花了几个小时来策划我的第一步行动。

　　看起来很简单：稍微调整眼睛和嘴巴的形状，把它们重新组合，只需让护士知道我见到她很高兴，而且感激她为我送来麦片粥。

　　可是护士看到我的表情时明显后退了一步，这让我明白自己不知怎的就搞砸了。

　　后来，我在浴室的镜子前站了几分钟，试图找出自己哪里做错了并加以改正。我隐约记得所有灵长类动物都会笑，这不该是一项需要学习的技能。灵长类动物出生几周后就会笑——即使是那些天生双目失明的。所以为什么我的笑容看起来这么不自然？我的嘴巴感觉紧绷着，还会颤抖，就像过分拉伸的橡皮圈。不过，外人可能不会留意到这些细节。我的嘴唇至少看起来是往正确的方向形成弧线，眼睛才是大问题。我记得在哪里读到过，看眼睛就能知道一个人的微笑是否发自内心。

我用一只手挡住嘴巴，然后直视前方。镜子里一双玩偶般的眼睛看着我，像石头一样冷冰冰、硬邦邦。我不知道要怎么改过来。

很快，护士开始敲门了。我选择放弃。

之后我意识到，问题出在我第一步迈得太大了。我现在无法挤出一个微笑——比调整我那空洞、单调的嗓音更难。这些事情都必须要练习，一点点地重新找回感觉。与此同时，我必须从小处着眼。我应该集中注意力在我有希望成功做到的、表面上的小改变。

从洗澡开始。真正的洗澡，和之前每四十八小时做做样子冲洗不同。用上香皂、洗发水——完成全套动作。几天以后，我请求借来一次性的剃刀，在护士目不转睛的注视下花了十五分钟把腿毛刮干净。之所以花了十五分钟是因为我每剃一下都必须全神贯注。我的每一根神经都在朝我尖叫，让我把手中的刀片往下按，越深越好，越用力越好。如果我真的这样做了，那将会是一场灾难。这会让我重新经历一次过去几周内经历的事。我把目光锁定在手头的任务上，脑子里只想着把它做完。

结束后，我好好地睡了个午觉，然后接下来的时间都在看《飘》的第一章。阅读比起刮腿毛更难，但这是值得一试的投资，因为白班和夜班护士都注意到了我在看书，如此专心致志地看书。

我不知道自己多久以后被调离了精神病重症看护病房——我的时间概念依然很模糊——但肯定不到一个星期。这个任务看起来实在太简单。

我洗澡，看书，穿自己的衣服。当巴里医生问我感觉怎么样时，我不再打零分，而是3分、4分。这些分数在我看来高得不现实，但他从不提出疑问。相反，他把这些分数都记在了我的表格上，很快所有人都能看到我"康复"的证据，整整齐齐地被标记在表格里。

我要了个丑陋的把戏，但没人打算提出质疑，就连芭芭拉医生也没有。我以为她一秒钟就能看出我在演戏，但她似乎满足了看表面现象并接受以这些作为我好转的迹象。我觉得，不用直接对着芭芭拉医生撒谎这点对我能成功骗过她很有帮助。她不会让我按10分制来为自己的情绪打分。她会留意我身上发生的那些更难察觉的细微变化：我用纸毛巾折了一个书签，而且书签开始慢慢地往那本厚厚的《飘》的封底爬去；我的头发洗得干干净净，梳得整整齐齐。我不需要制造太过明显的假象来骗芭芭拉医生。

我的脸也帮了忙，它已经有重拾表达感情的能力的迹象了。我还无法摆出温暖的微笑——更不用说开怀大笑了——但我能够摆出一个合格的、勇敢的微笑，告诉别人我至少在努力尝试了。

不过，骗过大家还是比我想的要简单：只是行为上的几处小变化，就能让别人认为我毫无疑问在康复。所以，究竟是什么在界定疯狂和正常呢？我越思考这个问题，越觉得心智健全与否只是行为上的不同而已。心理健康的程度是由你的头发有多干净、表情有多自然和你如何处理社交线索决定的。

对于医生和护士来说，这就是心智健全的定义。

虽然我假装出来的康复并没有带来实质性的改变——我还是要住院——但我依然能说出离开精神病重症看护病房的几个好处。首先，护士变少了。我不清楚尼罗河里医务人员和病人的人数比例是多少，但我肯定医务人员比我们病人要多。至于我现在住的亚马孙河病房，它更像普通的医院病房。房间里通常会有六到八名护士，到了晚上，值班的人员会更少一点。

医务人员的比例减少带来的实际效果当然是我们受到的监管少了。虽然浴室依然没有门锁，但大部分时间里我都可以在没有任何人打扰的情况下洗完澡。不过，比这更好的是，现在不会有人看着我吸烟了。搬来亚马孙河带给我所有我在尼罗河无法想象的信任和特权。之前被没收的所有个人用品——公寓钥匙，指甲刀，打火机——通通从主接待处后面的储物柜回到我的手里。很明显我用不上公寓的钥匙了，但我想某个地方的某位精神科专家判定归还病人的个人用品这一举动具有重要的象征意义——这是在承诺我离最终出院又近一步了。

打火机的象征意义更令我感动，因为这意味着他们现在信任我不会自焚或者放火伤害别人。拿回打火机后的几个小时内，我一直把它带在身上。至于公寓的钥匙，我把它塞进挎包的底部。它是又一件我不希望想起的物品。

如果尼罗河本质上是一座监狱的话，那么亚马孙河就是过渡教习所，一个庇护精神病患者安全过渡到能够重新返回社会状态的地方。有时候，这里就像是学校宿舍一样——如果你让自己忘记你的室友全都是疯子的话。

亚马孙河病房区有十几个房间，由长长的 L 形走廊连接起来。里面有一个小厨房，厨房里有一个烧水壶、一个微波炉和一个永远装得满满的水果篮。厨房隔壁是宽敞的用餐区，摆了两张圆桌。护士站对面是娱乐室，里面有沙发、杂志和一台一直播放《拍卖屋投资》，不换台的电视。我猜这是某人对安全电视节目的理解——无害的日间节日，适合一群心智受损、脆弱的女人收看。可是，我发现《拍卖屋投资》和"无害"完全搭不上边，而且我敢打赌不是只有我一个人这么认为。《拍卖屋投资》里，一群自鸣得意的中年白痴在买卖房子，他们从交易中获取巨大利润的同时也把其余人挤出市场。参加节目的人全都已经有房产了。他们当中很多人还拥有不止一套房子，这也是为什么他们能从银行里贷出一大笔钱去竞拍。他们说着"增强个人投资组合"这样的话，还一直提及社会阶梯的概念。

我尽量避免去娱乐室，但不是每次都能成功。因为在亚马孙河，独立行动不仅是被允许的，而且是受到鼓励的。如果你早上九点钟后还赖在床上，不用多久护士就会进来拉开窗帘，把你推到公共区域内。这是拥有更多自由的另一面：规矩和责任是自由的附加事项。

说起来有点矛盾，尼罗河里要守的规矩少得多，只有一条：没有尖锐物品。只要遵守这条规矩，我们可以自行选择如何打发时间。一天里除了吃饭和用药，不会有其他事情打断我们。时间过得很慢，像一块巨大、空白又不定形的冰川在滑动。而且尼罗河里没有公共区域——在任何意义上来说都没有。每一张病床都可以说是一个单独的宇宙。大家各怀心事，病房里相当于有二十几个私人地狱，相互之间毫无关联。

但在亚马孙河，一个人闷闷不乐是不被允许的。治疗不再是锂盐、氯丙嗪和电休克疗法——也许说不全是这些。他们会运用多种疗法：个人心理治疗、集体治疗、艺术治疗。

尽管听起来不可思议，我很快发现自己开始想念巴里医生了。他也许是个蠢货，但至少当他提问时，我知道怎么回答能让他满意。不幸的是，巴里医生看起来要永远在精神病重症看护病房里工作了，那里恰恰需要他魁梧的身形和无论在哪儿都显得有所欠缺的人际沟通技巧。

取代巴里医生的是位新指派给我的私人治疗师。她的工作是帮我制定和实施个人护理计划。所有病人都有私人治疗师和个人护理计划，但是我们不再被称为病人。现在我们是服务使用者——就好像这里是图书馆或者游泳池一样。

这个称谓实在太可笑了，但我不停告诉自己必须继续这个游戏。

我的私人治疗师是哈德利医生。哈德利是她的姓，她的名字是莉萨。她说我也可以直接叫她莉萨。

我还是选择称呼她为哈德利医生——很大一部分原因是我必须一直提醒自己她是名医生。她看起来不像医生，更像是被分配了不合适的角色的演员。这只是问题的开始。

　　我越看越觉得她实际上在很多方面都和我相似。她就像是更好版本的我：比我年纪大点——最多三十来岁——比我高一点；比我肤色红润；比我有出息多了。她还比我苗条点——至少现在来看是这样的。同样都是金发，她的颜色比我的要好看：她的头发富有光泽，是像蜂蜜一样的金色；我的头发最近却变得像阴天里的稻草。

　　我不知道要怎么应付哈德利医生的治疗。

　　这里的吸烟区和尼罗河的几乎没有区别。它占用了一个小院子，三面由砖墙和树丛围着，剩下一面是棚架和监狱式的栅栏。不过这里的栅栏在普通郊区房子的院子里随处可见：铺得平整，边上围着维护成本低的灌木和植物。吸烟区里有一张廉价的塑料桌和四把塑料椅子。在我来亚马孙河的第二天下午，我就坐在其中一把椅子上抽着我的第七根烟，听着我从挎包里翻出的 iPod。

　　我知道，听音乐是有风险的。它也许会把我推下危险的心理悬崖，让我过去几天的努力付之东流。在公共区域崩溃大哭不在我的计划内。我下定决心，想哭的话要躲起来哭，而且尽可能控制哭泣的程度。可是，当我终于鼓起勇气按下播放键时，我松了一口气。我发现音乐对我一点影响都没有。它只是让我多了一个把自己和外界隔绝开来的方法，这也是我那天给自己设下的首要目标。我正在艰难地适应新环境。尼罗河里的病人只会一动不动地躺在床上，最坏的情况下也就在走廊里自言自语。可这里的人却想从我这里得到回应，希望我和他们有眼神接触、打招呼、聊天。我不想和任何人说话，我也不想别人的对话在我周围嗡嗡作响，我只想静静地吸烟。我认为戴着耳机能阻止一切社交互动。

但事实证明，这只是我的美好愿望。

坐在我旁边的女孩非常普通，除了年龄之外。她明显很年轻，我想她最多也就十九二十岁。她穿着深红色的背心、下搭短裤和凉鞋——现在毕竟还是炎热的夏日，气温完美诠释了英格兰的夏天是什么样子。每次我走出门外总会感受到意料之中的热浪。我也不知道为什么。我想我的内心有一部分以为天气会根据我的心情来变化，而不是如此漠不关心、自顾自地变换四季。

女孩身材娇小。她留着深褐色的直发，长度刚到肩膀。她的前臂上划满伤疤。有些是陈旧的疤痕，颜色已经变淡；有些还是鲜红的，一看就是新添的伤口。

我飞快地偷偷一瞥，然后又把目光转回金属栅栏那里，目不转睛地盯着那些平行线条。我意识到自己需要戴上墨镜，这样我就可以随心所欲地看想看的地方了：我可以尽情看她的手臂而不被她察觉。但是高墙和大树让院子里总是一片阴凉。我戴上墨镜的话，看起来肯定像在隐藏什么。

如果我戴上墨镜后看起来不会更像个疯子，那我肯定从早到晚都戴着它，即使是在接受治疗的时候，这时候尤其需要戴上墨镜。如果我能戴墨镜，就能永远解决不得不和别人进行眼神接触的问题了。

就在我琢磨这些事情的时候，深色头发的女孩伸出手拍了拍我的肩膀。

她对我微笑，然后说了些什么。

我耸耸肩，指了指我的耳机。

她示意我取下耳机。

我还能怎么做？

"你在听什么？"她问。

我的 iPod 正在随机播放音乐。我没有精力去思考自己想听什么音乐，这是一道复杂的选择题。况且听什么音乐不重要，这只是我挡住外界干扰的盾牌而已。

"我在听《电波》[1]。"我告诉她。

女孩摇摇头。"没听过。好听吗？"

"很好听。"我机械地回答。

"快乐还是悲伤？"

"什么？"

"这是首快乐的曲子还是悲伤的曲子？"

我不得不花点时间来思考这个问题。我不确定这个问题是否有意义。所有的音乐都能归类成快乐的曲子或者悲伤的曲子吗？还是说这种分类方式不正常？我并不觉得不正常，但我的确不知道怎么回答这个问题。

"既快乐又悲伤，"我最后决定这么回答，"或者两者都不是，我不确定。这是那种根据你的心情

[1] 荷兰的电子音乐双人组合 Rank 1 的代表作。

变化会带来不同感受的音乐。"

女孩点点头，看起来还是一脸疑惑。我能看出她没听懂我的话。但这不重要。我马上就要走了，手里的香烟快要抽到滤嘴了。我又吸了一口，然后把烟摁灭。

"我叫梅洛迪①。"女孩说。

"嗯，多贴切的名字。"

梅洛迪看着我，没说话。

"很美的名字。"我补充道。

我已经把 iPod 放回口袋。如果我不介绍自己，我就没有义务留下来继续和她聊天。但是梅洛迪此时做了个让我停下脚步的动作——很可能是唯一能够让我停下来的动作。她拿出她的那包香烟，递给我。里面还剩两根。

我盯着这两根香烟看了一会儿，然后看了看梅洛迪。她笑了，微微耸了耸肩。

此时我判定梅洛迪是个笨蛋。我是不会把自己的倒数第二根烟让给别人的，除非这能让我立马出院。况且我不知道什么时候能收到新的香烟。但既然她主动递给我了，那我就没法拒绝了。我让自己已经迈出的腿上的肌肉放松下来。

"我叫艾比。"我说。

"你好，艾比，"她说，"你是新来的？"

"算是吧，我在尼罗河待过几个星期。"

"噢，嗯，尼罗河。"梅洛迪轻轻点头表示她知道那里的情况，"你试过自杀？"我看着她。她

① 英文里写作 Melody，有"旋律"的意思。

点燃手里的香烟，接着耸肩以示歉意。"我也在尼罗河待过一阵子。我吞过止痛药——大概三十片吧。但我没死，很明显。我呕吐，然后昏过去了。醒来后我就在尼罗河了。"

"我不想自杀。"我撒谎道。

梅洛迪连连点头。"不，当然不。我也不想，不再想了。我一周接受三次电休克治疗。这好像让我清醒过来了。你呢？"

"锂盐，"我告诉她，"我不觉得自己能够接受电休克治疗。那也许会再次让我发疯。"

"你发疯了？"

"嗯，疯得很厉害。"

"发生了什么？"

"失眠；让自己陷入愚蠢又危险的境地；还疯狂购物。"

梅洛迪哼了一声，烟圈从她的鼻子里喷出。"这些事我做过很多，购物没什么不正常的。"

我耸耸肩。"这要看你怎么个购物法。我一天内花了将近一千六百英镑——开了个酒店房间，买了条裙子，做了个乳头文身。"

"天哪。"

我俩沉默了一会儿，静静地抽着烟。

"我能看看吗？"

"看什么？"

"乳头文身。"

"不行。你不能看。"

我不是在摆出端庄的样子。在浴室没有门锁的精神科病房里保持端庄有什么意义？但我还是要顾虑自己的形象。院子里的某个角落安装了闭路电视摄像机，因此某人正在监视着我们的一举一动，至少有这个可能性。和另外一名服务使用者交谈会被认为是向康复迈进一步；但露出自己的奶头给她看明显不是个好迹象。然而，梅洛迪看起来还是因为我的拒绝伤心了，这反应有点奇怪。

"我的脚踝上也有一个文身，"我告诉她，"你可以看那个。"

我把右腿搁在左腿前面，这样我只需要弯下身把牛仔裤脚拉起来一点就好了。梅洛迪看了几秒钟，看清楚了，然后说："你也有处伤疤——在你的右手上，看起来像是烧伤的疤痕。"

我通常会对这样敏锐的观察力表示赞叹。人们一般注意不到我的伤疤，或者看不出那是什么原因造成的疤痕。但梅洛迪对伤疤有眼力并不令我意外。而且她一眼就能看出是什么疤痕组织。

"香烟烫伤的。"我说。随着我们对话的深入，我找不出要向她隐瞒的理由。说出来会有什么害处呢？"我喝醉了，我和男朋友有些愚蠢的争吵。现在我都忘了那时候我俩为了什么吵架——就是这么愚蠢的争吵。"我停下来，往烟灰缸里弹了弹。这个动作不是为了制造戏剧效果。我只是在判断故事是不是说到这里就该结束了，因为梅洛迪能够猜到接下来的剧情。她知道你要做什么才会留下这样的疤痕。"我在手掌里摁灭了香烟，"我告诉她，"然后我就坐在开往急症室的出租车里了。"

"哇。"梅洛迪满怀欣赏地点头。和我猜测的一样，她属于极少数听完这样的故事后不会追问我为什么要烫伤自己的人，她明白我那么做有很多种可能的原因。"拿香烟烫自己的感觉怎么样？"她反而这样问我。

"很美妙，这种感觉持续了一秒钟左右。但之后，我痛不欲生。伤口是那么的疼痛难忍，以致我在出租车里都吐出来了。那是你能想象到的最要命的痛楚。"

我从梅洛迪的表情可以看出她正在想象有多痛，这也许不利于她的心理健康。但我认为一个那么诚实的问题值得一个诚实的回答。

"那么，"梅洛迪让烟灰柱就这么垂落，随风飘散，"他们对你作出诊断了吗？"

"是的。不过不是在这里。几年前我被诊断出患有二型躁郁症。你呢？"

"急性单相抑郁症，可能还有某种人格障碍。他们还没下结论。你知道医生都是什么样子。"

我耸耸肩。"他们喜欢把我们归类。"

我们抽完各自的烟，没再多说什么。事实上，也没有什么可说的了。

# 第二封信：泰特现代艺术馆里最迷人的存在

亲爱的艾比：

　　所以我又开始给你写信了，又是一封你可能永远都不会看的信。但是芭芭拉说无论怎样我都应该继续给你写信。她认为这对我有好处。我不知道是不是这样，但现在我并没有太多其他的选择。我意识到这封信可能几个小时后就会被扔进垃圾桶，但我想这对我而言在某种程度上是种解脱。至少我不用担心说错话。我认为自己可以老实告诉你过去一周里我在想什么，无论好坏。万一，你正在读这封信——如果你已经康复到能够读这封信——那么这可能还是最好的做法。写些不真实的想法毫无意义，对吗？

　　昨晚对我而言很难熬。天知道我熬夜到多晚，但我一直在想我们的关系到底是从哪里开始、在什么时候出现了问题。因为我们的关系的确出了问题。这是我不得不作出的结论。你不会见我，也不会和我说话。如果你现在不想我在你身边，无论何时都不想，那么该如何定义我们的关系呢？事实上，我也不确定自己还能撑多久。我不想离开你，真的不想，但我越来越觉得分手与否的决定权不在我手里。你已经离开我了。

有时候，我尝试说服自己，这也许是最好的选择。因为如果现在我无法陪在你身边，就像你以为的那样，那么我们的感情还会有怎样的未来？只会和现在一样：无休止的起起伏伏，我俩都无法避免这样的情况发生。我们最好还是分开吧。这是合乎情理的。

可是，我当然无法轻易下定决心和你分开。我想起了那句老话——你最爱的老话中的一句："你可以选择你的朋友，但你不能选择你的家人。"嗯，无论是谁说出这句话，都应该加上"你也不能选择爱上谁"。

所以你知道昨晚我最后在想什么吗？我尝试列出分手的理由，但结果我发现自己在回忆我和你第一次约会的点点滴滴。你带我去泰特现代艺术馆，让我给所有画作打分，从 A 到 E。老实说，这有点吓人，至少一开始我是这么觉得的。第一次约会本该多点了解你，但我却在接受一个古怪的文化启蒙测试。我记得自己问你为什么不能找个安静的地方喝点东西，你说不行，原因有二：（1）艺术方面的品位比酒方面的品位更能体现一个人的品性。（2）你身无分文，所以我们用不花钱的方式约会。很快，我们就有了第一次争吵——为了弗朗西斯·培根[1]的《坐着的人》。我只打了 C，但你激动得脸都红了，开始大谈特谈这幅画作为什么是泰特里仅有的三幅无可指摘的作品之一，应该打 A++（其余两幅是苏扎的《耶稣受难》和达利的《水仙的变态》）。事实上，那时候我已经没在看画了。我眼里只看到你，而且我好几次都忍不住想告诉你，但是我当然不能第一次约会

[1] 20 世纪英国画家，常以畸形、病态的人物为画作主题，用粗犷、犀利的笔触故意强调人的丑陋面貌和痛苦挣扎的表情，创作出反映自己的内心幻想和痛苦的肖像作品。他扭曲、变形和模糊的人物画使其成为二战后最具争议的画家之一。

就对你说出这些话：它们听起来太像准备好的台词了。

嗯，这不是台词。等了三年后，我终于可以在一封你不会读的信里对你告白。你那天很迷人，是泰特现代艺术馆里最迷人的存在。只是和你相处了几个小时，我就已经明白我的生活不能没有你。

你一定要知道，三年过去了，我内心的很大一部分依然是这么认为的。只是和三年前相比，事情变得复杂了许多。

一开始，我想着我们能渡过任何难关。实际上，我们不能。如果要老实说的话，我的想法比这还要天真。我以为自己可以带你走出任何困境，只需要给你无条件的支持，擦干你的眼泪，耐心地等待情况好转。然而，那时候我不知道照顾一个对你的付出毫无感激之情的人是这般令人心力交瘁。天哪，这个判断听起来很苛刻，尤其像这样写成白纸黑字，但我觉得你不会反驳的。我记得你告诉过我，抑郁症是一种完全自私的疾病，它让你的头脑被乌云笼罩，并且夺走你接触乌云之外的事物的能力。你无法给予外界任何东西，所有的能量和情感都被困在你的内心。因此，在你最萎靡不振的时候，是否能陪着你、为你擦干眼泪已不重要。因为没有眼泪可擦。这时候你只是一具空壳，和你讲不了道理，也无法安慰你。

之后，你变得躁狂，这对我来说是个完全棘手的问题，再加上我有一半的时间根本不知道应该怎么去支持你。是的，我比之前更善于发现早期症状，但我应该在什么时候进行干预呢？你感觉比之前要活泼开朗，充满创意和精力——也许是几个星期里第一次出现这种状态——你怎么可能想停下来？而我又为什么要把你从这种状态中拉出来呢？我不想一直阻挠你，扑灭那些让你做自己的火花。但你和我都知道情况恶化的速度有多快。由活力变成过度活跃，追求刺激，急剧上升的享乐主义，自我毁灭——这时候再想要勒缰拉住你已经来不及了。

我一度是个乐观主义者，认为事情总会变好的，无论需要多长时间。

即使是祸不单行，我也总能自我安慰事情终于不能变得更糟了：我们跌到了谷底，但是从现在开始你就能获得需要的帮助，一切都会好起来。在你去年烫伤自己、不得不住院四十八小时的时候，我是这么想的。在熬过你开始服用锂盐到停用锂盐的那几个月后，我是这么想的；但现在我不再这么想了。过去的几周内，不知道从什么时候开始，我不再相信事情会好转而不是变得更糟。

所以我们的出路在哪儿？天啊，我希望我知道。我写了超过一个小时了，现在已经是半夜，但我还是想不清楚任何事情。脑里只有各种矛盾缠成一团乱麻，似乎成了一个无法解决的大难题。

我依然爱你，我依然想你，但我不再确定这是否足够让我为我们的关系找到出路。

# 镜像人

除了接受治疗和电击以外，梅洛迪几乎都在吸烟区，正如那十二英尺高的围墙，坚守在那里，值得信赖。多亏了她的母亲，梅洛迪有抽不完的香烟。她的母亲在夜间和周末会来探望她，大多数情况下都会给她捎上几包烟。梅洛迪会慷慨地把烟分给其他病人，就像泌尿生殖诊所里免费派发安全套一样。和她一起抽烟总是值得的。因为有免费的烟抽，但这不是唯一的原因。

我发现和梅洛迪聊天比和正常人聊天要愉快得多——主要是因为我俩不用多说废话：不用躲躲闪闪，也不用虚伪矫饰；不用小心翼翼地措辞，也不用谨小慎微地绕圈子。我不需要回答日常生活里的无聊细节：你从事什么工作？你在哪儿住？和梅洛迪的对话往往从谈论不接地气、如同空中楼阁一般的话题开始。你的家人听不懂，因为他们不会问这样的问题——他们也不想知道答案。

我转到亚马孙河的时候，梅洛迪在那里已经待了两个星期了。再加上她源源不断的香烟和持续旺盛的与人交谈的欲望，她对病房里的每个人都相当了解。她也是一个可怕的长舌妇。没过多久，我就从她那里间接得知大部分其他住院者的背景故事。

亚马孙河里最年长的、住了最久的人是张女士。这位五十九岁的中国女士成年后就一直在精神病院进进出出。张女士在亚马孙河住了很久，以致她在娱乐室里都有专属椅子——电视机对面的那张——大家出于尊重都不会坐她的椅子。我一度以为梅洛迪称呼她为张女士也是出于尊重——考虑到张女士年纪比我们大许多，又或者是因为梅洛迪不知道张女士的名字。这两种猜测都是合情合理的，但都不正确。之后我发现梅洛迪知道张女士的名字，只是不能透露，她能告诉我的只有名字的开头是 X，而且特别难念。

然后是乔斯林，一个六英尺高、两英尺宽的黑人女性，三十岁出头。梅洛迪说她彻底疯了——好像剩下的我们都只是住进医院度假一样。乔斯林在尼罗河住了超过一个月，而且本来还要在那里待更久。她被转到亚马孙河不是因为健康有好转，而是因为她完全不会惹麻烦。虽然她的外形令人生畏，但她不会伤害别人，更不会伤害自己。

亚马孙河里还住着患有偏执型精神分裂症的宝拉，患有普通精神分裂症的安吉莉娜，患有强迫症的克莱尔，还有很多很多其他人。我毫不怀疑自己的背景故事也已经像这样在病房里传了开来，因为梅洛迪不知道"慎重"是什么意思——她根本就不认识这个单词。几天之内，我可能就成了大家口中患有二型躁郁症的艾比，烫伤自己的阿比盖尔，或者其他类似的称呼。但至少这是一个公平竞争的环境。多亏了梅洛迪，病房里没有秘密。这里的每一个女人都有程度不等的精神失常，因此你的精神病史成为谈资并不可耻。在这里，我从来不觉得自己被人评头论足。

至于医生们，他们当然抱着相反的态度和我们相处。我每时每刻都觉得自己在接受他们的评判——包括睡觉的时候。这不是我妄想出来的，我必须和哈德利医生详细讨论我休息的质量和数量，而她总是一副知道我前一天晚上睡得不好的样子，尽管我一再强调我睡得像个婴儿。我越来越觉得接受哈德利医生的治疗就像在进行一场击剑比赛，充满声东击西的佯攻、令人眼花缭乱的步伐、猛然的一刺和笨拙的闪躲。我面临着永无止境的挑战：我必须给她留下我是开放、合作的这个印象，虽然实际上我在回避问题、自我防御。事实往往证明，这是个无法克服的挑战。哈德利医生不停暗示她知道我在回避问题、自我防御。

我的防线最终在接受艺术治疗的过程中崩塌了。大部分其他服务使用者都在画画——张女士在把橡皮泥捏成一个看起来像是迷你棺材的作品——而我在尝试写作。哈德利医生在我们之前的心理治疗面谈中指出写作对我也许有好处，说我可能会觉得书面交流比口头交流要容易。她认为这是个非常合理的建议，写作是我的职业，因此尝试写作也许能够帮我找回从前的自己。

从前的艾比会让哈德利医生别再摆出这副该死的自以为是的样子，但新的艾比只会温顺地点头。毕竟，落下对治疗怀有敌意、一味抵抗的名声无济于事。

于是，我盯着一小沓白纸看了快有一个小时。我能想象出哈德利医生希望看到的内容——一篇心情日志，或是一篇关于童年的抒情长散文——但当我提起笔时，觉得它像灌了铅一样重。我发现在写作中撒谎比说话时撒谎难得多。我知道，无论我在纸上写什么，都会出卖我内心的真实想法。但我必须交点什么给她看。如果我没交，甚至拒绝尝试写作，那我的治疗记录上又会多一个污点。

当我不再绞尽脑汁去想写什么并开始用笔戳自己的手掌时，我终于想到了解决方法。我决定写一首抽象的小诗。它会是一首非常简短、非常抽象的诗，可能会是俳句吧。而且我会运用很多煽情但让人捉摸不透的比喻。然后哈德利医生就会花好几个小时去尝试破译这首抽象诗，最后依然徒劳无功。更有可能的是，她对我尝试表达自己感到高兴，然后我只需要在下一次面谈时在所有该点头的地方点头，接着热情地感叹写作对我的帮助有多大。

遗憾的是，等我制定完这个计划，我已经没有时间来执行它了。艺术治疗快要结束，而我下一次和哈德利医生的面谈就在午饭之后。即使我酝酿好情绪，也没有时间发挥创造力了。

最后，我只能凭记忆匆匆写下以下四行字：

希望如此多汁，快要成熟——

你眼馋得舌头几乎浸泡在口水中——

福气露出了一百根脚指头——

然后在你眼前逃走。

在这四行字下面我潦草地写了段备注：

亲爱的哈德利医生：

这不是我原创的文字，它来自我上学时背诵的一首艾米莉·狄金森[1]的诗，描述了一只猫跟踪一只知更鸟的情形。在我坐下来写作时，脑子里就蹦出了这几句诗。我现在写不出原创的东西。我明天会再试一下。

艾比

艺术治疗结束后，我把这张纸塞进哈德利医生办公室的门缝，接着走到外头抽烟。

当然，哈德利医生很快便指出，这首诗不只是讲一只猫和一只知更鸟的故事那么简单，我想起这首诗也不是偶然。

"这首诗相当切合你现在的情况，不是吗？"哈德利医生问我，只是她并没有真的在问我的想法。

她又扫了一眼那四行诗句，眼神犀利得像泛着蓝光的手术刀。我从她的表情能看出文学分析也是她的强项。她或许还能画出令人惊叹的水彩画。

"你想和我谈谈躁狂吗？"

[1] 19 世纪美国诗人，现代主义诗歌的先驱之一。这名传奇女诗人从 25 岁开始拒绝社交，闭门不出，在孤独中埋头写诗 30 年，留下 1700 多首诗稿，但生前只发表过 7 首。她的诗主要写生活情趣，以凝练、清新的诗句探讨自然、生命、信仰、友谊和爱情等。

"不，我不想。"我答道。哈德利医生看着我，继续等待。我耸耸肩，"胡思乱想，决定草率，判断受损——"

"我不是这个意思，"她打断我的话，"我不想听你列举症状。我想知道躁狂是什么感觉？我想听你说说主观的感受。你享受躁狂的感觉吗？"

"是的，至少在早期，我非常享受。"

"你为什么觉得享受？"

我尝试在她的声音里挑出一丝责备，但没找到。和平时相比，她的提问更加直截了当，全是直接的开放式问题，在我思考该怎么回答时，她能耐心地等上至少一分钟。回答这个问题最简单的方式是告诉她，躁狂的感觉就像嗑了安非他命，但没有副作用：躁狂能带来兴奋剂带给你的专注、活力和自信，却不会让你磨牙或者胃痉挛。但是，和哈德利医生说这些话好像不太明智。

"我享受躁狂是因为它能带来非同一般的感受，"我告诉她，"它让你感觉像待在一个完美的小气泡里，一切都那么轻松、无害。如果可以的话，我愿意这样活一辈子。"

哈德利医生慢慢地点了点头，然后说："但这种感觉无法持续下去，对吧？持续不了多长时间。气泡总是会破的。"

我耸耸肩。"如果它能持续下去，就不会有我们现在的对话了。"

哈德利医生苦笑着承认了这个不言而喻的说法。"之后呢？你那时感觉如何？"

"那时"这个词让我能够回答这个问题。如果她问我"现在"的感觉，我可能会撒谎。但我们谈论的不是现在，而是一般情况。

"我感觉失去了一切。"我告诉她。

我能看出她想我继续说下去——她耐心地等着，无论多久都会等。于是我给了她一个类比。她想要"主观的"回答，而打比方是我能给出接近她想要的回答的唯一方法。

"想象你在阳光下散步，"我开始描述，"来到一个美丽的地方。比如说，来到一个海滩。你能感觉到阳光洒在你的脸上和胳膊上，还感觉到脚下温暖的沙子。一切都极其耀眼和清晰。你甚至能看清成千上万的沙子中的每一粒——就是这么清晰。"

之前我一直朝哈德利医生的窗外看，外面只有一道光秃秃的砖墙。但是这时候我把视线转到她身上，以便确定她听明白了我所说的每一句话。哈德利医生点头示意我可以继续说下去。

"然而，一团乌云非常缓慢地飘过来，开始遮住太阳。阳光和温暖逐渐消逝，所有景物的颜色逐渐褪去。慢慢地，眼前的景色变形了。一切都变得模糊。平坦的海滩上空无一人，大海灰蒙蒙的一片，望不到边际。天空中的那团乌云没有消散的迹象，反而扩大到海平面上，遮天蔽日。"

我没有再继续说下去。我说的比我之前打算说的多得多，而且每字每句我都要费劲表达。哈德利医生肯定察觉到了。沉默片刻后，她告诉我明天再聊。同时，她希望我继续写作，不管是原创还是摘录别人的文字，按照我的喜好来。

这是我俩最短的一次面谈，持续了仅仅十分钟。但就在我从椅子里站起来、走出办公室的那一刻，我感觉到有些奇怪但意义重大的改变好像已经发生了。自从和哈德利医生进行心理治疗面谈以来，我第一次向她袒露心扉。

改变是在这次面谈之后第二天发生的。不是在治疗室内，而是在户外的吸烟区，跟梅洛迪在一起时。

起初吸烟区只有我一个人。患有偏执型精神分裂症的宝拉出来吸烟区待了一会儿，但我俩没说话。她抽完烟就立马溜走了。我想其他的病人那时候都在娱乐室或者正在上健身课，除了梅洛迪以外。她和妈妈待在一起，因为后者有半天休假。

我出来待在吸烟区是想写点别的东西给哈德利医生，至少试试看自己能不能写出来。但我还没动笔就因为别的事情分心了。我在挎包里翻找笔的时候，摸到了一个信封，拿出来才发现那是我写的最后一篇文章——"你适合哪种蓝色"——那篇我发狂般用草书写了满满八页信纸的文章，信纸上还有用浮凸字体压印的多切斯特酒店的名字。

我花了十分钟，也许是十五分钟，仔细阅读了这篇文章。我从容不迫地读了两遍。读完以后，我什么都干不了，只能坐着静静地抽烟。不是因为文章写得不好，恰恰相反，写得很棒。是的，这只是一篇没有深度、阅后即弃的时尚随笔，原本计划卖给《时尚》杂志的——

但这也不是重点。这篇随笔读起来依旧那么吸引人，温暖、诙谐、有趣。我只需稍作修改，打成定稿，明天就能卖出去——假如我现在还有一丝欲望想这样做的话。当然，我丝毫感觉不到自己有这样的欲望。相反，那种走在荒无人烟的沙滩上的感觉再次袭来，或者说是相似但弱一点的感觉。准确地说，我并不觉得自己失去了一切——只是没精打采，怀旧感伤。

我没注意到梅洛迪正在靠近。直到她在我对面一屁股坐下时，我才意识到她来了。在给自己点烟之前，她轻轻地从桌那头弹给我一支烟。

"你在看什么？"

"我躁狂症发作时写的东西。来这里的前一天写的。"

"我能看吗？"

我找不到拒绝的理由。梅洛迪仔细阅读那一小沓信纸，而我在一旁默默地抽烟。

"这是你疯了的时候写的？"

"嗯。"

"写得很好。"

我耸了耸肩。"这是个自相矛盾的情况。"我非常确定梅洛迪不知道"自相矛盾"的意思，所以补充说道："我疯了的时候文章写得好，一直都这样。我是赤身裸体地坐在多切斯特酒店的房间里写完这篇东西的。"

"为什么？"

"那天很热，而且我刚刚泡完澡——"

梅洛迪咯咯笑地打断我："不，我不是问这个。我想问的是为什么你要写这篇文章？写来干什么？"

"哦，这是我的工作——曾经是我的工作。"

"你是作家？"

"是的，自由作家。"我指了指她手里的信纸，"我原本计划把文章卖给《时尚》杂志。"

"酷。能卖多少钱？"

我耸耸肩。"不是很多。可能两百英镑吧。"

"天啊！"梅洛迪的下巴都要掉下来了，我之前以为这个表情只是一个比喻，不会真的出现。

"这稿酬不算高，"我向她保证，"你把它换算进年收入的话就不高了。幸运的话，我一周可以卖出几篇特稿。但我也会连续几周一篇都卖不出。"

"嗯，可是如果你的文章卖得好，你就能发大财了，不是吗？头脑聪明就是好。"

梅洛迪说的每一句话背后都没有阴谋，没有恶意，也没有讥讽。她的赞美如此真诚，让我莫名其妙地不好意思起来。接着，我意识到这是我俩第一次相对正常的对话——谈论外面的世界。之前我们花了几个小时谈论锂盐、电休克疗法、自残和其他服务使用者，却从未抽空聊些基本的事情。我甚至都不知道她姓什么。

"你呢？"我问，"你是干什么的？"

"我的工作？"

"对。"

"见习美甲师。工资很低，但我喜欢这份工作。我能和各种各样的人聊天。"梅洛迪伸出左手好让我观察她的指甲。她的指甲剪得整齐，锉得平顺，但是非常短。"我住在尼罗河的时候把它们咬成这个鬼样子，"她解释道，

"它们以前很美的，相信我。你做过美甲吗？"

"嗯，有时候。几个星期前做过一次。那时候我爸爸要带我出去吃饭。"

"这很好。"

"不见得。我要和他的新女友吃饭。她只比我大几岁。"

梅洛迪同情地点点头。"我爸爸也离开了我和我妈妈，在我十二岁那年。之后我都没能常和他见面。一年里见几次。现在他已经去世了。"

"噢，我为你感到难过。"

梅洛迪耸耸肩，脸上的表情一时让人捉摸不透。她把我的文章还给我，然后从桌上的那包烟里又拿了两根。就在这时，她开始告诉我有关镜像人的事情。起初我以为她在尝试转移话题，因为我俩明显都不想聊关于父亲的话题。事后我才觉得，镜像人和梅洛迪的父亲之间有着某种联系。

"乔斯林提出的理论，"她开始说道，"真的很疯狂。"

"当然疯狂。"

"你知道平行世界吗？《神秘博士》[1]里有时候会出现这个名词。"

"《神秘博士》？"

"嗯。乔斯林是《神秘博士》的忠实粉丝。"

"我没看过这部电视剧，"我告诉她，"但我知道什么是平行世界。我能理解这个概念。"

梅洛迪点点头。"听她说完以后，我不得不在

①英国广播公司出品的科幻电视剧，描述了名为"博士"的主人公用时间机器穿梭于不同的时间和空间,惩恶扬善,拯救文明。

手机上查找'平行世界'的意思。可我不觉得有找到任何有用的信息，只有维基百科里的一大堆传言。"梅洛迪停了下来，深深地吸了口烟，"总之，乔斯林认为我们所有人现在都生活在一个平行世界里。她认为她是通过一个位于伦敦地铁北线上的入口进入这个平行世界的。入口就在高志街站和托特纳姆法院路站之间。"

"她觉得我们都住在一个平行世界里？"

"是的。"

"每个人都这样？"

"不，不是每个人。只是我们。我，你，还有所有其他精神科病房里的人。这就是我们之间的共同点。我们都是通过入门掉进这个平行世界里的。"

"地铁北线上的入口？"

"不，那只是乔斯林的私人入口。这些入口到处都有，电梯、安全出口，类似这样的地方。乔斯林只是刚好知道自己的入口在哪里。她注意到火车通过这个入口时晃动了起来。没过多久，她就被带到尼罗河病房了。"

"意料之中。"

"还有更奇怪的事。"梅洛迪警告道。

"继续说。"

"就在乔斯林穿过入口的一刹那，她的分身穿过同一个通道离开了这个平行世界。这就是游戏的规则——有点像人满为患的夜店——一个人进，一个人出。"

"嗯……乔斯林有个分身。"

"不只是乔斯林，我们所有人都有分身。这里的每个人都有一个分身会代替我们在原来的世界里生活。而且我们都能意识到在那个世界发生着什么——至少某种程度上。这就是我们为什么在这里的原因。不过，分身不知道。他们以为自己是原型，所以他们假装什么都没发生过一样继续过着我们的生活。你知道那是怎样的生活：上班，购物，付账。乔斯林把这些分身叫做镜像人。他们几乎各个方面都和我们一模一样。"

"几乎各个方面？"

"对，当然除了被关在精神科病房里以外。噢，对了，他们还拥有和我们相反的肤色。"

"什么？"

"相反的肤色。乔斯林告诉我，她的镜像人是白人，一位神志正常的白人。"

"那我的镜像人呢？"

梅洛迪耸耸肩。"我猜是黑人。一位神志正常的黑人——和我的一样。"

"嗯，那张女士的呢？"

"墨西哥人。"

"墨西哥人？因为……墨西哥人的肤色和中国人的肤色相反？"

"是的。乔斯林是这么说的。"

改变就在这时发生了。如果不是梅洛迪指出来，我自己甚至都察觉不出来。改变发生得居然这么自然。

"嘿，"梅洛迪说，"你在笑。你知道吗？不，别停！我之前都开始以为你不会笑了。"

我的心情如此震惊，以致我说不出话来。梅洛迪把手伸过来放在我的手上。这时我开始哭起来，哭了得有两分钟，或者更长的时间。但我觉得那抹微笑在我哭的时候也一直挂在我的脸上。

那天晚上我一觉睡了九个小时，醒来后在想镜像人的理论。我没有立刻起床，一直平躺着，盯着天花板上油漆开始脱落的一个小点，直到一名护士拿着早餐走进病房。我获准早上醒来后赖床盯着天花板看很长一段时间，但这次不一样。我的脑里不是冷冰冰的一片空白，我甚至没有懒洋洋的感觉。我感觉平静而且思维敏捷，可以集中注意力从多个角度去分析一个具体的想法。

我越揣摩乔斯林的理论，越觉得它没有那么古怪。的确，这个理论有些疯狂的想法——张女士的墨西哥人分身之类——但整体而言，这个理论不是没有可取之处。很奇怪，凭直觉和从象征意义来看，我觉得这个理论讲得通。被关在这里——在发疯的状态下——感觉就像你的生活莫名其妙被劫持了。这里的确像一个平行世界，和真实的世界只有一层薄弱的分隔。

还有一点：和乔斯林一样，我知道我的入口的精确位置，知道我的生活在何时何地脱轨。她的入口在地铁北线的高志街站和托特纳姆法院路站之间；我的入口在西蒙公寓的门口。那里是一切开始的地方：失眠、卡伯恩教授、胡思乱想。不可否认，也许还有其他因素导致我掉进这个平行世界里——一些更早以前就埋下的因素。但我很难不去想，如果那天晚上我没有走进西蒙的公寓，如果我选择转身原路返回自己的公寓里度过一个正常的周三夜晚，那么这一切都不会发生。我现在就不会在精神科病房里盯着天花板上脱落的油漆。

然而，情况在昨天又发生了变化。我当然没有预料到会有变化，我之前如此专心致志地假装自己在康复，以致没有留意自己确实在好转，尽管好转的幅度很小、速度很慢。

现在我感觉那片分隔平行世界和真实世界的黑暗里出现了一道细微的裂缝，而且这条裂缝在接下来的日子里不断变宽。我很快就会留意到更多好转的迹象。我不再担心要和哈德利医生面谈；我看书看得更勤快了，睡得也香；我开始考虑离开这里之后我要做什么：喝杯不错的咖啡，逛逛商店——都是些小事，但对我来说意义重大。

在那一小段时间里，一切都变好了，好很多。

直到我发现了有关梅洛迪的真相。

# 真相的披露

那天早上我坐立不安。我尝试闭眼躺下，从 100 倒数到 1。我试过听音乐来分散注意力。我试着读《飘》，可我努力看了几页之后还是走神了。于是我端坐在床上，每隔几分钟就看一下时间。

按计划他十一点会到，然后可以待最多一个小时，视情况而定。我现在都不知道自己是否能撑十五分钟。很奇怪，这和我们第一次约会时的感觉很像——同样忐忑不安，同样紧张地想着要和对方说什么话。我甚至还想过化妆，后来觉得这不合适。我的内心有一部分觉得化妆是在筑起围墙。我不想看起来过于正常，过于光彩照人，过于健康。毕竟，我还在康复之中，素颜和随意的穿着——运动裤和朴素的宽松上衣——是向他表明这一点的最好方式。

这样是不是有点在摆布他，尝试操控他对我的印象？

可能吧。但如果我美化自己的外表也同样是在摆布他。尝试重新适应正常的生活，去处理所有那些复杂的社会交往，对我来说是件陌生的事情。一旦你开始担心怎么才能表现得最自然，这个适应的过程就会更加艰难。

选择第一次见面的地点同样让我头痛不已。我排除了娱乐室这个选项，因为我无法想象在那里进行严肃的对话：电视上播放的《拍卖屋投资》会发出噪音；张女士会像幽灵一样在我附近徘徊。很可惜，吸烟区也是毫无可能。虽然在那里见面能够吸烟这点很棒，但是梅洛迪肯定会在某个时候出现，她和哈德利医生约了十点接受治疗，我猜她结束后会直接去吸烟区。当然，她知道贝克要来，也知道我为和贝克见面担心，但这不代表她懂得留出空间给我们进行私人谈话。她更有可能走过来开始谈论电休克疗法或者自残。

剩下的选项不多了，小厨房是其中之一——明亮，实用，相对安静，还有现成的、味道不怎么样的即溶咖啡，但也很有可能每隔几分钟就有人进进出出。剩下的唯一一个也许可行的公共区域是祈祷室，不限于某个宗教宗派——但是我们必须找一名护士带着我们离开病房，因为这间祈祷室是服务于整个心理健康部门的。况且，我不能排除有人真的想去祈祷室祈祷的可能性。

经过一番深思熟虑，我的床边似乎是麻烦最少的选择，而且也符合来探病的人的期待。当你探望住院的病人时，你预期中的场景就是坐在病床旁。而且这对我有利，因为这又是一个表明我依然处于虚弱状态的视觉提示。不过，这同时感觉像在作秀。我从来不会赖床到这么晚。

并不是说我这个时候还躺在床上。我只是半躺着，穿戴整齐，却把被子拉到腰部盖着——我肯定这看起来太刻意了，就像在为一幅名为《康复中的女孩》的画做模特摆姿势。

这些担忧在贝克走进房间的那一刻全部消失，取而代之的是我之前没有考虑到的窘境。首先，我不知道怎么和他打招呼。最后我只能奇怪地挥手挥到一半，尽管他就站在离我几英尺远的地方。当他弯下身来要亲吻我的脸颊时，我因为自己的坐姿而不得不笨拙地把腰和脖子扭过来，发颤的手搭在他的肩胛骨上来保持平衡。我的整个姿势充满了僵硬、不安的感觉。

"我给你带了花，"他一边告诉我，一边坐了窗边的椅子上，"但是接待处的人把花扣下了。"

"嗯，他们担心我们会把花吃掉。"我答道，然而立马就想把说出的话收回来。我决定还是不要表现出爱开玩笑的样子。"事实上，我觉得这规定在医院其他病房也适用，"我告诉他，"花会挡路，引发过敏，还有可能惹来虫子。我觉得即使你已经处于垂死状态，医院也不会允许你收到鲜花的。"

"噢……那塑料假花可以吗？"

"我不确定。"

一阵沉默。贝克指了指床边柜子上打开的书。"《飘》好看吗？"

我耸耸肩。"和电影几乎一样。只是在一些地方有点不同。艾希礼去了三K党[①]。"

①由美国南北战争中被击败的南方邦联军队的退伍老兵成立的组织，利用暴力反对社会变革和黑人的平等权利。小说《飘》里身为白人庄园主的艾希礼曾入伍参加美国南北战争。这场本为维护国家统一的战争后来演变成了为黑奴自由的新生而战的革命战争。

贝克笑了，因为他认为我在开玩笑。我当然没有。"你呢，最近怎样？"

"我在渐渐康复，"我答道，"他们让我服用锂盐，我也成功忍受了副作用，忍了一个星期左右。我的状态时好时坏，但现在好的时候要比坏的时候多一点。事情在往正确的方向发展。"

他慢慢地点点头。"医生有没有告诉你什么时候可以出院？"

"我的私人治疗师认为我最快下周就可以出院了。但她也说过，除非我感觉自己准备好了，否则他们不会允许我离开。还有……嗯，我不确定。"

我看得出来他在反复揣摩我的话，搜寻里面的暗示。

"实际上，我有点害怕出院，"我说漏嘴了，"我的意思是，出院后我要应付很多事情。那些事情——"

"我们一起面对。"贝克纠正我的说法——这个纠正如此贴心、宽宏大量，让我恨自己为什么要讲接下来的话。但我没有太多选择。他还不能够理解他的提议意味着什么。

"听着，"我开始说了，"我不是不感激你做的一切——不，对不起。我的表述错了。这听起来好像你只是在帮我一个忙，但我知道你为我做的远不止这些。让我尝试重新表达。"我闭上眼睛，深呼吸，让自己镇定下来。"你很了不起，你的付出远远超过我应得的。"

"别——"

"不，请让我说完，这已经足够困难了。"我停顿片刻，直到他点头示意我继续说下去。

"你很了不起，"我又说了一遍，"但有些事情我必须自己面对。药物治疗是其中一件。"

"你要继续坚持独自面对那些事吗？"他的声音平稳，但还是蕴含着担忧，微妙地证明了我的决定是正确的。

"我想试试看，"我告诉他，"我不想再经历过去几周在这里发生的事情了。但我依然无法轻易决定是否要独自面对回归正常生活后的挑战——是的，我知道其他人很难理解。我会想念有人陪伴的日子——我已经开始想念了。可我无能为力。我觉得自己低人一等，但我必须学会接受这种轻贱感。"

贝克听完后很长时间没说话，我也没有。

"你知道对我来说最糟糕的事情是什么吗？"他终于开口问。

"我可以想出很多。"我说。

"是永远被你挡在一臂之外。一旦你觉得受伤、受到惊吓或者受到威胁，你就会筑起一道墙，无法穿透的墙。过去的几周内，你甚至都不让我见见你——嗯，我希望我能说这让我很吃惊，但事实上并没有。这太平常不过了。"

"你什么都说不了，也做不了。我有自杀倾向，而且根本无法和人交流。"

"天哪，艾比——你有时候实在太残忍了！这不是我能说什么或者做什么的问题。你没必要自己一个人承受这一切。我本来可以陪你渡过难关的。难道我的陪伴一点用都没有吗？"

"如果重来一次，我还是会选择独自面对。"我告诉他。

我能看出我的话有多伤人，但此刻我必须坦诚。从长远来看，这样反而比较仁慈。尽管如此，接下来还有更伤人的话，我如果现在不说，那我永远都不会告诉他。

"还有一个原因说明为什么你在这里帮不上忙，"我说，"你在这里对你对我都没有好处。"

他看着我，没有说话。我想他肯定已经从我的语气听出来，这场对话不会令人好受。

"我离家出走的那天晚上……"我开始说道，"我不知道芭芭拉医生和你说了什么——应该没说太多，我猜。"

贝克大笑起来，不带一丝幽默。"还是那句老话，保护病人的隐私。她说你平安无事，没有受到严重的伤害——其他事情等你准备好的时候会亲自告诉我。"

"对不起，"我说，"我知道这些话并不能让你安心。"

"不，不能。"

"我给自己在多切斯特酒店订了间房。她和你说了吗？"

"嗯——或者应该说，她说了在什么地方接上你。但这就是我知道的全部信息了。"

"好。"

在接下来的五分钟里，贝克一句话也没说。他只是一动不动地坐着，听我完整叙述了那天晚上发生的事情。当我说到酒吧里遇见的男人时——我甚至都忘了他的名字——他不再和我有眼神接触，但这并没有让我的叙述变得容易些。唯一的小小安慰是，我发现他做好了准备去面对一个比我要讲的更糟的故事结局。

"我们回到我的房间，"我说，"我们亲吻，他碰我的胸部——到此为止。我没有让事情继续发展下去。事实上，我开始拼命叫喊。酒店的夜间门房来了。我也是在那时候打电话给芭芭拉医生的。"

我说完后，空气中的沉默就像暴风雨来临前的乌云。

"这就是全部了？"贝克问。

"是的。"我唯一省略的细节是那个男人打了我。但我觉得提及这个细节不公平，因为我不配表现出受害者的样子，哪怕只是一点点。

贝克重新看着我，几乎是一脸茫然。"我不知道能说什么。"

"你可以说任何想说的话，冲我大吼大叫也行，你绝对有权利这么做。"

"我有吗？"问完后，他沉默了几秒钟，"你瞧，这就是问题所在，不是吗？老实说，我不知道那些事情有多少是你内心想做，有多少是因为……我不知道——因为你生病了，狂躁了，或者是其他原因才会做出来。"

"我也不知道。"我说。

"你能不能告诉我，那时候你都在想什么？能不能给我点提示？"

"我脑子里的想法一片凌乱。我的确失控了——我喝醉了，糊涂了，过分活跃，但是……天哪，我听起来就像在找借口，我不觉得我能这么做。事实是，我内心有一部分清楚地知道自己在做什么。但我还是停不下来，或者说我不想停下来。我不知道是哪种情况。我的行为

完全不理智，而且是在自我毁灭。我想我能给出的最具
体的解释是，我根本不在意发生了什么。我没有能力去
在意。虽然这也不是事实的全部，因为很明显我内心有
一部分还是在意的。"

我陷入了沉默。虽然我的解释如此混乱，但这是我
能给出的唯一的诚实回答。我想贝克会明白的——虽然
我看得出来他依然不知道如何回应。我不想让他为难。

"听着，"我说，"我需要些时间一个人来理清头绪。
你也是。我出院后——不管什么时候出院——我们分开
一段时间会比较好。"


那之后贝克很快就离开了，而我也马上走到外面抽
烟。和我预想的一样，梅洛迪已经在吸烟区等着我了。
我走过去的时候她笑了，我也回以一个微笑。

"聊得怎么样？"她问。

"和预想的一样。"

"那么糟糕？"

她说这话的语气让我确定她之前在电视上或者电影
里听过这句台词。但我还是觉得这句话听起来意外地讨
人喜欢。事实上，我很高兴她能在这和我聊天。

"我想，我们的关系结束了。"我告诉她。

"该死。"

"是的。"

"我的男朋友也甩了我，"梅洛迪告诉我，我觉得
她这么说是为了表示和我团结一致，"就在那时，我又
开始划伤自己。我们在一起很长时间了。七个，不是，

八个月了。"

"贝克没有抛弃我，"我纠正她，"我们同意分开一段时间。这是我们共同的决定。"

"我的分手是短信通知的，"梅洛迪说，"还是一个非常糟糕的时机。就在大概一周之前……嗯，我来这里之前。"

我知道，梅洛迪的叙述缺失了某些信息，但这不是她第一次对自己在什么情况下被送进精神病院含糊其辞。我能看出来是因为这几乎是梅洛迪唯一说不清楚的地方了。所有其他信息，她都非常乐意提供。我当然知道她吞了32片扑热息痛——这几乎是她告诉我的第一件事——我也知道她从十四岁开始割伤自己，到十六岁为止都在接受药物治疗；我们还就自己尝试过的种种抗抑郁药广泛交流看法。但每当说到她尝试自杀前那几天发生了什么，信息的缺失还是如此明显。我还记得她在说到个人治疗时也是吞吞吐吐，不过这其实说得过去。有一次我问她和哈德利医生面谈时说了什么，她给出的回答和我告诉她的一样："主要聊父亲的话题。"

我想，前男友是另一块梅洛迪的故事里缺少的拼图，但很明显，还有更多块拼图没被找到。不过，我觉得如果她想告诉我剩下的故事，她自然会说。我不打算追问她，而她也很快把话题转回我身上。

"你们住在一起吧？你和你男朋友？"

我点头。

"那接下来怎么办？"她问，"你知道的，出院以后。你会搬走吗？"

"嗯，我想是这样。至少分开住一段时间。老实说，我还没好好想过这个事情。但我的选择很有限，我付不起太贵的房租：我要还一大笔信用卡欠债，还要继续支付同居公寓的一半房租。至少还要再付几个月。"

　　梅洛迪耸耸肩。"来我家住，如果你想的话。下次我妈来看我的时候，我会问问看。"

　　这个提议出乎意料，大方慷慨得不计后果——尽管梅洛迪在代表她的母亲做决定——让我一时半会说不出话来。然后，我还是给出了和其他任何听到这样的提议的人一样的回应。"噢，不，我真的不能那样打扰你。我的意思是，谢谢你——真的，谢谢你——但是——"

　　"你可以给钱，如果那能让你好受点，"梅洛迪打断我，"我每周给妈妈60英镑用来支付房租和账单。你付得起这笔费用吧？你只要卖出那几篇供稿杂志的文章就能解决问题了。你手头还有更多约稿吗？"

　　我微微一笑。"也许吧。我之前答应给《观察家报》写篇文章，天知道事情会有怎样的变化。不过，不管怎么说，我还是觉得屋里住进一个陌生人对你母亲有点不公平。"

　　"噢，她不会介意的，她人很好。很明显，我家不是宫殿一般的大房子——是阿克顿的公营公寓——所以你可能要在沙发上睡。或者你也可以在我的房间里睡，如果我那时候还没出院的话，不过……嗯，我想我那时候应该已经出院了。"梅洛迪有点害羞地笑了，"莉萨最近一直在讨论我出院的事。我只需要一周回来几次接受治疗。"

我不得不承认我对此感到吃惊，虽然我不太确定自己为什么会这样。我来到亚马孙河后也有几名病人出院——毕竟医院又不是提供长期住宿的地方。我想我会惊讶是因为我理所当然地认为梅洛迪会一直待在这里。我一天中能看见她这么多次，就好像她是病房装饰的一部分。

"那太好了，"我稍微犹豫了一下，说道，"你一定很高兴。"

"是的，我想是吧。既开心，又有点害怕——你知道是什么感觉。"

我点点头。因为我确实知道这是什么感觉，然后我意识到我俩之间的默契多么难得。很奇怪：梅洛迪和我在很多方面都没有什么共同点——如果我们是在医院外面相识，很难想象我们会成为朋友——可是我感觉我俩能在更深的层次上理解对方。别人会觉得我的某些想法不合逻辑，但我不需要向梅洛迪解释或证明这些想法的合理性，正如她不需要和我解释为什么她喜欢划伤自己一样。

我想这就是为什么我和梅洛迪出院后一起住这个想法看起来不再不切实际，至少在接下来的几个小时内是这样。

那天下午我和哈德利医生约了一次额外面谈。我们都认为追加这次面谈很明智，说不定我和贝克见面以后需要和她聊聊。但是，这也意味着哈德利医生被迫重新安排她的工作，把和我的面谈塞进和另外两个病人的面谈之间——这一个小时通常是她的空闲时间。因此，她那天非常忙，和我见面之前一反常态地表现慌张。

我正准备敲门，她就从办公室里走了出来，噘着嘴，脸颊通红。"噢，艾比。"她摆出一个疲惫的微笑，"别担心，我没忘。能给我几分钟吗？你也可以在办公室里等我。"

我走进去。

哈德利医生有洁癖，她的办公室总是干净整洁。即便是现在，按照任何正常的标准来看，她的办公室也称不上凌乱。只有一些迹象表明这一天令人异常焦虑：地上的一支笔；没有清洗的咖啡杯；电脑屏幕边上贴着的一张粉红色便条。但是，当我在老位子上坐下来的时候，我发现这些细节让我微笑起来。在一家国民医疗保健系统的医院里，哈德利医生的办公室不可避免地是简朴、充满机构特征的，和我熟悉的芭芭拉医生的办公室相比，哈德利医生的办公室缺少个人特色。不过，我常常会想，这样的环境恰恰反映了哈德利医生性格中的一部分。她总是表现出严肃的专业素养，让人难以亲近。因此，看到这一点点凌乱也已经让我感到很新鲜。看到她人性化的一面真好。

我弯下身捡起掉在地上的笔，把它放回哈德利医生的笔筒里。就在我把笔放下的时候，我瞥到了粉红色便条纸上写的字：

打给 CRT，回复梅洛迪·布莱克。

这行字乍看起来没有什么不妥——在正常意义上没有不妥。它没有透露隐私或者敏感信息。我知道 CRT 指的是社区康复小组，因此我猜这和梅洛迪早上告诉我的她有可能出院有关。但这不是我再次笑了的原因。让我微笑的是梅洛迪的名字。

虽然听起来很奇怪，但我之前并不知道梅洛迪的姓。除了张女士，我不知道其他任何一位服务使用者的姓。我们只称呼对方的名字，就像医务人员称呼我们那样。所以这是我第一次知道了梅洛迪叫"梅洛迪·布莱克[1]"，而我马上爱上了这个名字。它如此阴郁、抒情，都可以成为西尔维娅·普拉斯笔下的诗句了。

然而，不止这些——这个名字和我的生活还有某种我说不出的关联。起初我以为，我只是有种奇怪的感觉，认为它是个贴切的形容词，仿佛在我脑海里回响的这两个字是某人对我过去七周内经历的美好和黑暗的精辟概述。

没过多久，完整披露的真相击中了我——就是这种感觉。在多切斯特酒店的经历在重演：我的脸被狠狠地掴了一巴掌。

当然，我花了几个小时尝试说服自己：我可能想错了，我产生了某种严重的妄想。但事实上我知道自己想得没错。就在那一瞬间，所有拼图的碎片都找到了自己的位置——我和梅洛迪关于她爸爸的对话；她的背景故事里奇怪缺失的信息；甚至是她看起来那种古怪的熟悉感。我想到的毫无疑问是真相。

西蒙的姓是布莱克。

梅洛迪是西蒙的女儿。

# 该死的巨大巧合

我跑出办公室。

我没有做出任何清醒的决定，没想过自己看起来怎么样，没想过要跑去哪里。当然，问题是我被关在了医院里，我哪儿都去不了。但直到我跑出哈德利医生的办公室，沿着走廊跑到半路时才意识到这点。就在这时，生理反应开始起作用了。我从一名一脸困惑的护士身边跑过去，冲进了最近的洗手间，对着水池呕吐起来。

我希望我能说这只是在宣泄情绪，然而不是。我吐到胃都空了还继续干呕了好久。我没来得及关好门，哈德利医生隔着半掩的门和我说话。她和我说话的时候我还趴在水池边上。

"艾比，我要进来了，好吗？"

不好，但我没法告诉她，我尝试开口说话，但胃里又翻腾起来。

事后我一直在想，如果那时候在洗手间里我能够开口和哈德利医生说话，会发生什么？我花了很长的时间来思考这个问题，但得出的结论是即使我能开口说话，我也不会告诉她我在她办公室里发现了什么。我的第一反应是掩藏我发现的真相，把它关在某个黑暗、遥远的地方。事实上，并不是我选择了掩藏真相，至少我没有立刻选择这么做，这只是一个默认选项。

哈德利医生以为我惊恐发作——我想她的推断是对的——而且，她认为这和早上贝克来访有关。当然，并不相关。不过，附和她的想法比告诉她实情要容易得多。我甚至不用撒谎：我只需要保持沉默，让哈德利医生得出她的结论。

我的胃终于停止抽搐，于是我们离开洗手间来到走廊。哈德利医生问我想不想回到她的办公室好好谈一谈，我摇摇头。我看起来肯定还是一团糟，因为她并没有坚持让我这么做，尽管她认为谈一谈对我有帮助。相反，她给我拿了杯水喝，然后让我休息一下；如果我需要，她还可以让护士拿镇静剂给我，帮我入睡。在那样的情况下，我想象不出比这更体贴的提议了。


我醒来的时候天还没黑。我看了一眼墙上的钟，发现还是下午。我只睡了几个小时，却让我的精神状态大有改观。是的，我的胃里依然有种冰冷、下沉的感觉，但被一种比较浅层的平静覆盖了。这平静的感觉很大程度上是我服用的安定带来的假象。至少目前来说，我不再头昏脑涨，也能够集中足够的注意力去认真考虑之前发生的事情，慢慢地、几乎是理性地在思考。

一开始，这看起来是最令人震惊的巧合——梅洛迪和我同一时间被送到同一家医院。但我越想越觉得不是巧合。巧合意味着误打误撞，意味着完全偶然发生的事情。但我不认为我和梅洛迪被送到同一家医院是偶然事件。你可以用"国民医疗保健系统的服务范围"这样乏味的语言来解释。我们都住在伦敦西部的同一个角落，如果你碰巧在这个地区发疯了，你可能就会被送来圣查尔斯医院。

更重要的是，我认为我一开始之所以不相信自己的结论是自怜和自欺在作祟。因为，我当时的第一反应是想否认我发现的真相，或者至少说服自己可能想错了。虽然很难做到，但不是完全不可能。毕竟，我真正了解的情况有多少？西蒙和梅洛迪有着相同的姓氏——但这是英语里很常见的姓氏，也许不是最常见的前五十位之一，但肯定是前一百位之一。当然，一直折磨着我的是梅洛迪提到她父亲去世时的表达方式。事后想想，我怀疑她的措辞可能暗示了这件事发生的时间比我起初认为的更近。但我无法确认这一点，因为我记不清她具体是怎么说的了，这是真正的问题所在。只要我的结论里还存有一丝不确定，我就无法根据这个结论采取行动。我告诉自己，我只有确定结论是正确的才能做出明智的决定。

在我看来，我有两个途径可以获取需要的信息：我可以问哈德利医生，或者直接问梅洛迪。我迅速排除了第一个途径。哈德利医生不会和我讨论另一个病人，除非我向她坦白一切，但这样就达不到目的了。至于梅洛迪，我也许可以在不让她发现异常的情况下打擦边球提出相关的问题。但想到要这样摆布她，我的胃里又涌起了一股恶心的感觉。不管怎么说，我的内心有一部分明白，这整个思考的过程如此虚伪。我只是在逃避更大的问题：如果我的疑虑是真的，我究竟应该怎么做？

直觉告诉我应该和梅洛迪说点什么。我不能继续假装什么事都没发生，我从没想过要欺骗她。但这样做还是有问题：我真的无法确定，在这种情况下坦诚是否等同于体贴。说出真相对我也许有帮助——能减轻我的负罪感——但我看不出这对梅洛迪有任何好处。如果这个推理带有任何自私的考虑，老实说我认为这些考虑都是次要的。我现在最关心的是不要造成更多的伤害。

表面看来，梅洛迪似乎不大可能会读到我发表的文章。这也许不言而喻，但她不是那种会看《观察家报》的女生。她看过《观察家报》的概率基本为零——而且我认为她的大部分朋友和熟人看过这份报纸的可能性也为零。当我对自己说出这些想法的时候，我觉得自己势利得可怕，但我知道这些想法是正确的。我还明白，虽然我的文章在其他地方被引用——推特和论坛——热度也早该消散了。现在我不再躁狂了，我也就能看清这篇文章的本质。它不过是那种在小池塘里溅起大浪，之后却无法泛起持久的涟漪的报道。如果我不和梅洛迪坦白，逻辑告诉我她永远都不会发现这篇文章。

那么我为什么还是会有如此强烈的不祥预感？我想，

又是负罪感的缘故。不管实情如何，负罪感都会让我一直担心自己被看出破绽。我就这么绕着圈子又思考了半个小时，终于明白自己一个人是想不出解决办法的。我真正需要的是来自专家的意见，我的想法还是太模糊了。

如果不是因为那天早上见面时发生的事情，我会毫不犹豫地打电话给贝克——或者我会让接待处的护士帮我打给他，让他来病房。他知道大部分相关的信息，所以我不用过多解释，而且他是唯一一个能听我倾诉类似的苦恼却不会对我妄加评判的人。但鉴于我俩关系的现状，会有太多其他问题妨碍我们探讨这件事。

芭芭拉医生是我的第一选择，但我想等她下次来看我的时候再聊。不过我不知道那会是什么时候。她来看我的次数减少了，因为我明显在好转。我最近一次和她见面是在几天前，她把贝克写的信拿给我。我也可以打电话给她，但我还是不想碰手机。那些未接来电和未读短信都是对我的一种责备——换作昨天，我也许还能面对它们，但今天我做不到。所以我明白了，如果我要打给芭芭拉医生——如果我想打给任何人——我要等到至少二十四小时以后了。

我再次感到焦虑，而且我已经好长时间没抽烟了，我再也忍不住烟瘾了。我当然知道，如果我往外走，很可能会碰见梅洛迪。但这一刻总会来临。我不能躲在床上度过这一天剩下的时间，虽然这个想法听起来很吸引人。可是，当我离开房间、走在走廊上的时候，我感觉自己的腿像是别人的一样。把一只脚挪到另一只脚前面对我来说都是一项艰巨的任务。

梅洛迪就在吸烟区，正和上周刚来的分裂型盗窃癖患者劳拉说话。我不觉得有别人在场能让我俩的见面不那么尴尬。我在楼道里呆呆地站了好一会儿，几乎都要转身回到床上。但就在这时，梅洛迪偶然地朝我这边看了一眼。她马上咧嘴一笑，然后把没拿烟的手放在肚子上，滑稽地模仿着呕吐的样子。坏消息在这里总是传得特别快。

"你看起来一团糟。"她对我说。

"嗯，"我说，"这正是我的感觉。"

梅洛迪耸耸肩，弹给我一支烟。"嘿，你一定要听一下。劳拉正在和我说她偷了一匹马的故事……"

以我现在的状态很难给出回应，但我想我还是挤出了一个无力的微笑。

之后的对话内容依旧是无关紧要的小事，但我还是很难保持镇定去在合适的时候点头——就连集中注意力去听对方说了什么都做不到。尽管我努力掩饰自己的心不在焉，但梅洛迪肯定注意到了，因为劳拉一走，她立刻问我出了什么事。

"没，没什么。"我对她说。

她满怀担忧地噘起嘴，一只手放在我的肩上。"瞧，这是为什么我们出院后要一起住的另一个原因：我们可以组成一个迷你的互助小组。"

"梅洛迪……"

"什么事？"

她满怀期待地看着我。

"没什么，我要考虑一下，晚点再说。"

"考虑什么？"

"我得走了，我觉得我的状态还没恢复到能起床的程度。"

我没等梅洛迪回话便掐灭了抽到一半的第二支烟，然后转身回到病房。

和梅洛迪的对话很难熬，但和她站在一起的这一会儿让我明白了一件事：我必须和芭芭拉医生谈谈。如果今天不是星期日，我可能一回到房间就会打电话给她。但是我无法忍受自己再次打扰她享受周末时光。

于是我决定多给自己一个晚上的时间，看起来是个合乎情理的决定。同时，我打算尽可能地多休息，即使这意味着我要跪求护士多给我几片安定。睡醒以后我的感觉会再次好起来，然后我才能在清醒的状态下一大早给芭芭拉医生打电话。

这不是在拖延时间，我告诉自己。这只是一个非常短的延迟，以便我能行事得体。延后几个小时又会有什么不同呢。


我在 9 点 03 分的时候拨通了芭芭拉医生的办公室电话，这时她已经在和一名病人面谈了。

"找她有急事吗？"她的接线员问。但我不确定该如何判断这算不算紧急情况。

"很紧急，"我犹豫了片刻，答道，"如果她有空了能马上回电，我会非常感激。"

我估计芭芭拉医生会在十点左右回电话，即使她约好了要连续和两个病人进行面谈，她可能也会抽出五分钟打给我。但要再等一个小时似乎是个大难题。我凌晨四点就已经醒了，而且我挂上电话后立马感到疲惫和焦躁不安。于是我做出了一个显而易见的决定：到外面抽根烟。

我以为这么早去吸烟区相当安全，因为梅洛迪不是早起的人。护士叫醒她吃早餐，她会倒头就睡；护士回头再一次叫醒她之后，她会大声地向所有能听她说话的人抱怨。她只会为了接受电休克治疗早起，如果是这样的话，她会在治疗室里。只要我别在外面停留超过半小时，就不可能碰见她。我不可能碰见任何人，我想。尽管如此，那天早上我往外走去吸烟区的时候依然感到紧张——但只是和之前二十四小时一样焦虑。

很奇怪，当我在吸烟区看见她的时候，一部分不安消失了。我不知道这是为什么，但我觉得自己开始感到了某种解脱。这种感觉并没有持续多长时间，但有那么一会儿，我觉得自己平静了下来，仿佛最坏的情况已经发生。

她已经知道了，毫无悬念。单凭她这么早出现在吸烟区这点，我就知道出问题了，而她的姿势也透露了其余信息。她背对着门口而坐，耸着肩，低着头，一只手紧扣住额头。

她没有意识到我在她身后，她不可能发现。我可以转身离开，但这样做没有意义。

"梅洛迪。"我喊了一句，用尽可能温柔的声音。

她吓了一跳，然后转过身，塑料椅子腿在地上剐蹭，发出刺耳的声音。她扶额的手附近的头发蓬乱，眼睛布满血丝，看起来好像哭了几个小时。

"梅洛迪。"我又喊了一遍，但她立刻把目光转到别处。她从桌上的烟盒里拿出一根，笨拙地点了三次还是四次火才把烟点着。

"我在网上搜索你，"她告诉我，"想看看你还写了什么文章，这样我就可以告诉妈妈了。"

"梅洛迪，我不知道。"刚说完我就意识到这句话多么自相矛盾。"我的意思是，我也是刚知道。就在昨天。"

她看起来没有听进去。如果她听进去了，那证明这句解释对她没有意义。

"你知道了。"她说。

"对不起，真的对不起。这是一个该死的巨大巧合，仅此而已。"

换作几周前，我可能还会解释一番。我会告诉她，实际上我的文章甚至和她的父亲无关。文章讲述的是别的东西：现代性，城市生活的匿名性和疏离感。我会告诉她，我写文章的时候已经处在发疯的边缘，其实并不能为自己的言行负责。但我现在没有心思去尝试为自己辩护。我只想停止对她的伤害。可我知道无论我说什么都无法做到这一点。

我们沉默了好长一段时间，痛苦难忍。我像座雕塑一样呆立着，而她抽着烟，眼睛一直盯着地面。

"我以为你是我的朋友。"她终于开口说话。

"我是你的朋友。"我对她说。

她微弱地哼了一声，介乎鄙视的擤鼻声和哀怨的呜咽声之间。她已经受伤了。

我想说点什么，但我做不到。我没有什么可说的。我一直希望她能看看我，这样我也许可以和她更深入地交流。但当她望向我的时候，我反而希望她没有这么做。她眼神里的某种东西让我感到恐惧。不是愤怒，如果是愤怒的话，我还能应付。那种东西比愤怒棘手多了——除了冰冷和固执，我无法形容它。

她无言地盯着我又看了一会儿，然后举起她右手里没抽完的烟，用拇指和食指夹着，好像烟就是一支飞镖。我已经看出来接下来会发生什么事，却无力阻止。

"梅洛迪，拜托……"

她一直盯着我看，然后缓缓地，几乎是漫不经心地，把没抽完的烟摁灭在她左手的掌心里。

然后她开始尖叫。

# 出院

梅洛迪不停地尖叫。

你很难说自己能够确切地知道别人有多痛，但在此情况下，我能。我依然清楚地记得把烟在手上摁灭那一瞬间的感觉。那种痛楚抹去了所有其他感觉和想法，就好像一堆炽热的针扎进了你的神经里。唯一的区别是，我把香烟摁进皮肉里的时候我喝醉了，而梅洛迪没有。她甚至都没有酒精这点麻醉剂。因此，如果我和她的感受有什么不同的话，她肯定比我更痛。

我马上扶住她的肩膀，费力地把她推向门口。她没有反抗，但也没有帮上忙。我甚至不确定她是否意识到我在她身边。我就像在推一辆轮子坏掉的购物车。

楼里，两名护士已经向我们跑过来，其他一些病人也走到楼道里想看看发生了什么。梅洛迪的尖叫声已经变弱，短促，不均匀，但她最初爆发出来的尖叫声已经足够响亮到穿透附近的墙壁和窗户。很明显，我也叫了出来。当护士跑过来时，我努力保持冷静，告诉她们梅洛迪烫伤了自己的手，需要马上用冷水冲洗。我成功把她推进最近的洗手间，但之后由于某些医院守则，我被一名护士带出洗手间。

离开的时候，我看了一眼梅洛迪，她还在水池边，全身都在颤抖。这个画面我记得很清楚，因为这是我最后一次看见她了。那天早上的晚些时候，她被转到了尼罗河。

哈德利医生坚决不让我去看梅洛迪，尽管我在她的办公室里崩溃，呜咽着说我一定要马上去看她，我要让情况好转。

"我认为这是一个极其糟糕的主意。"她向我重申，声音温柔而坚定。

几个小时以后，我平静下来，发现她是对的。我对梅洛迪还是没有话可说，无论我说什么都不会带来改变。况且，我不可能得到我真正想要的东西。我想听到她告诉我这不是我的错——告诉我这只是一个糟糕透顶的巧合。我想得到她的宽恕。

当你伤害了你关心的、从没想过要去伤害的人，你会有一种特别的负罪感。我一度以为这种负罪感只有我才会感受到，仿佛其他人都不曾有过相似的经历，哪怕只有一丁点相似的地方。直到几周后，我尝试向来探病的妈妈解释这种负罪感，她才纠正了我的想法。

"天哪，艾比，"她说，"你以后会发现你一生中造成的伤害大部分都是无心之失。而且几乎所有的伤害都被施加在你关心的人身上。生活充满不幸的、具有讽刺意味的事，这只是其中一件。伤害和你亲近的人比伤害陌生人要容易得多。"

我从未觉得妈妈如此富有洞察力，她比爸爸强，这不用说。但这一次，我看出来她实在比我懂太多。此时，我只能引用奥斯卡·王尔德[①]的话，为我俩的对话追加我能说出的唯一一句睿智的话。

"男人必杀所爱。"我对妈妈说。

"是的，没错，"她答道，"女人也一样——经常如此。"

那晚——梅洛迪烫伤自己之后的那晚——我意识到自己是时候离开圣查尔斯医院了。这不是因为白天发生的事情而做出的本能反应，我是思考过的。做出这个决定不容易。

我遵照医嘱服用了更多的安定，然后一直睡了八个小时，醒来时已经是凌晨五点。之后我和过去几周一样，躺着直到护士送来早餐。但这次不同了。我的头脑异常清醒。我精力充沛，思路清晰，能够客观地去分析我的处境。

哈德利医生已经让我相信自己目前帮不上梅洛迪的忙。当然，她没说出口的是，我住在这里——和梅洛迪只相隔几条走廊——也许还会带来不好的影响。但现在我想到这一点了。我知道等梅洛迪离开尼罗河的时候，我可能已经出院了。况且，不管怎么样，我们都不可能再被安排住进同一间病房。然而，如果我从她的视野里完全消失会不会比较好？我越想越确信这是唯一一件我能做的让她的住院生活好过点的事情。

根据我自身的康复情况，我真的认为自己已经完成了住院治疗。回到真实的世界里依然让我发怵，但我不觉得继续待在医院里能带来进一步的改善。听起来很奇怪，但在梅洛迪把烟摁灭在手心的一刹那，我好像从噩梦中彻底醒了过来。不可否认，过去的一天里我感觉很糟糕，但这和抑郁不一样。我发现自己可以把所有的情绪分门别类——内疚、害怕、伤心、悔恨——好像它们是菜谱里的材料一样。而且，这些情绪在这种情况下都是正常的、比例均衡的。更重要的是，我知道这些情绪随着时间流逝终究会消失。我没有无精打采，没有感到绝望，没有这些抑郁的症状。我想离开这里，让我的生活重回轨道。然后，一段时间之后，也许我能找到和梅洛迪修复关系的方法。

我在脑海里把出院的决定仔细考虑了好几遍，排练我接下来对此进行分析论证的台词。然后，一吃完早餐，我就洗漱、更衣，走去哈德利医生的办公室，敲了敲门。我知道她早上大概八点半就会回到办公室，但她不会这么早就安排工作。所以这是我说出我要说的话的最好时机。

她招招手让我进去，示意我坐下。除了她的办公椅，房间里的另一张椅子已经面向她摆好，好像在等我到来一样。

我当然先询问了梅洛迪的情况，但哈德利医生没有太多可以向我透露的——她只告诉我梅洛迪现在平静点了，而且有人照看她。因此，问完后我就直入主题了。

　　"我想我准备好出院了，"我告诉她，"越快越好。"

　　我能看出哈德利医生的脸上写满怀疑，不过这是意料之中的。

　　"你知道的，艾比，"过了一会儿，她说，"换作昨天之前，我会同意的。那时你的确准备好了，或者说快要准备好了。但考虑到昨天发生的一切……我想还是慎重些，再观察几天，看看情况如何发展。"

　　"昨天的事情让我想明白了很多事，"我说，"待在这里不会让我再有任何好转，更有可能带来不利影响。"然后我开始把早上想好的大部分台词说了一遍，有条不紊地把论据列出来，就像摆成一排排的玩具士兵一样。我唯一没说的是，我觉得自己的离开对梅洛迪也是件好事。因为我觉得说出来会削弱我的论点。哈德利医生会尝试搞清楚怎么做对我才是最好的，她会暂时把所有其他问题放在一边。我不想让她觉得负罪感是我提出离开的主要动机。

　　"我非常感谢你为我做的一切，"我总结道，"但我真的觉得现在是我离开的恰当时机。你自己也说过由我来做最后的决定会比较好。"

　　哈德利医生拿笔在自己的脸颊上轻轻拍了几下。"是的，我是这么说过，"她承认，"但那时候的情况简单多了，不是吗？"

　　我决定改变策略，从哈德利医生的角度来分析，因为我能看出她想被说服，但是，哪怕只有一丝疑虑，她都不会答应我的任何请求。

"你需要从我这里得到什么？"我问她，"我的意思是，如果你要在放心让我离开之前对我进行一系列检查，那么检查单上都有哪些项目？"

哈德利医生微微一笑，也许是被我的表达方式逗笑了。"首先，我需要知道你出院后要去的地方是安全的，有家人或者朋友的陪伴。我还必须确认你的情绪如你所说的那样稳定。这意味着你至少还要在这里待两天——能多待几天更好——而且，会有另外一位医生对你的精神状态进行独立评估。此外，你必须同意在接下来的几周接受过渡性的治疗。你可以选择定期回来复诊，或者接受另一位医疗保健专业人士的监管。"

我点点头，这些都不成问题。"谢谢你，"我说，"我还想请你帮个忙。"

哈德利医生点头示意我继续说。

"我出院之后会准备点东西托你拿给梅洛迪。或者，我会在出院前留下那样东西。你可以决定什么时候给她，或者是否给她。我保证这样东西绝对不会惹她生气。这样东西……嗯，算是一种道歉——我觉得是她能够理解的道歉。不过，就像我所说的那样，你来决定怎么处置。我相信你的判断。"

我在快到九点的时候离开哈德利医生的办公室，然后直接回到我的房间打电话给妈妈。

# 米兰达·弗罗斯特的猫

它们分别叫做贾斯珀和科林，住在距离诺森伯兰郡几英里外的潮汐岛林迪斯法恩的一间双卧室的农舍里。

我来之前听说过林迪斯法恩，但不知道潮汐岛是什么。结果我发现这个名词非常简单易懂，你只要稍加思考，它的意思便显而易见。林迪斯法恩是一小片伸进北海的狭长土地，一天内有两次被涨潮切断和大陆的联系。往返小岛有两条路：你可以沿着 20 世纪 50 年代通车的堤道开车；或者步行穿过沙坪，那里有条由高高的木桩标示的崎岖小路，每隔二十米就有一个木桩插进地里。这两条路每天都有最多十二个小时淹没在水位可达六英尺深的潮水中。这里一共有三间搭建在支柱上的小屋——路边一间，沙坪上两间——它们是为被潮水所困的行人和司机准备的避难所。不过当地人告诉我，他们已经很久没看过有车被困在海水中了。几年前，议会出资搭建了一个巨大的电子显示屏不分昼夜地公示安全的通过时间。自那以后，行人和车辆困在潮水中的情况明显减少。

然而，即便没有孤零零的小车陷进涨到几英尺深的潮水中，每天看着道路被大海吞没也有种预想大灾难来袭的愉悦。来到这里以后，我每周至少有一次会走到堤道上看着海水涌上马路，百看不厌。我甚至还为此写了篇文章，标题是"想象世界末日的来临"。

半年多前，米兰达·弗罗斯特告诉我她住的地方与世隔绝，这个描述并不夸张。她的农舍坐落在一条小路的尽头。涨潮时，这条小路会迅速变成泥泞小径，之后就成为通往大海的人行步道。离农舍最近的建筑物是个谷仓，两者相隔大概二十码；要找到离农舍最近的街灯，得从谷仓朝村庄的方向再走二十码。我必须补充说明，这座村庄是林迪斯法恩岛上唯一的居民区，因此它没有名字，也不需要有名字。岛上的总人口不超过两百人，也许还有几千只羊。

当然，夏末和初秋时，岛上的游客会多很多——我想村庄外的停车场可以容纳几百辆车——但他们总是聚集在广场上，或者在城堡和修道院里。因此，无论何时，我很少能在路上遇见大批远足者。进入十一月后，我常常一整天都见不到一个人。

除了人烟稀少以外，我来到岛上之后还对这里的夜晚留下了深刻印象。岛上的夜晚有时候可以是绝对的漆黑和寂静。

具有讽刺意味的是，尽管我在伦敦住的时候曾经无数次祈祷能度过一个宁静、漆黑的夜晚，可来到岛上之后的头几夜我却无法入睡。事实上，我之前从来没有在这样的环境里待过。我一直都住在城市里，也不知道待在一个完全没有声音和光线的环境里是什么感觉，所以对此毫无心理准备。在无风无雨的夜晚，除了自己的呼吸声和地板冷却时偶尔发出的吱嘎声以外，你什么都听不到。你会觉得自己就像漂在虚空中的一丝念头。

第一晚，我直到太阳升起、小鸟开始歌唱时才睡着。后面连续三个晚上，我都开着落地灯入睡。

我从来都不擅长辨别口音，尤其是北部的口音。约克郡口音，兰开夏郡口音，纽卡斯尔口音——它们在我耳朵里听起来几乎一样。在岛上住了三个月以后，我想我辨别口音的能力有所提高，但我还是不能确定这里是否有鲜明而有特色的口音，更别提描述出来了。我只知道这里每一个和我说话的人都来自北方，让我觉得自己每次开口说话的时候都最好举起写着**"我不是本地人"**的牌子。

我说标准英语，而且一直认为我所说的理所当然是标准英语。但是最近我意识到，来自伦敦和周围六郡以外的地方的人其实会把标准英语当作一种口音。我注意到这一点是因为有一天晚上我去岛上一家名为"皇冠与锚"的酒吧里喝酒，和其中一个服务生发生了小争执。作为一个没有口音的人，我向他坦承自己很难分清多种多样的地区方言。

他看着我，嘴上挂着略带挑衅的笑容，然后说道："但你的确有口音，亲爱的。"

自那以后我发现，如果一个男人用"宠物"这个词来称呼你为"亲爱的"，那么他来自纽卡斯尔。

"抱歉，你说什么？"我回了一句。

"你的确有口音。"

有那么一会儿，我认为他的说法显然荒唐透顶，觉得他肯定是在故意惹恼我。他这个人有问题。

"不，我没有，当然没有。我有什么口音？"

他耸耸肩。"时髦的口音。"

我花了十分钟时间试着和他解释"时髦"和发音清晰的区别，但我肯定他没搞懂。

当然，我刚到岛上的时候根本不需要开口说话来证明自己是个外地人。我的行李有限，因此我带来的大部分衣服都不适合在这里穿。我还处在对外表过度在意的时期：我加倍努力地去照顾自己，其中很大一部分精力用于确保我每天看起来都光彩照人——因为我知道一旦放任自流就收不回来了。如果某天你选择了素颜出门，那么在你发现之前，你已经穿上了从上周就开始穿的牛仔打底裤，头发也是三天没洗了。

所以我第一天走进村里的时候，可能穿得有点太讲究了。不是穿得像参加伦敦时装周那样夸张——只是披上了时髦的七分长大衣，脚踏帆布鞋，搭配稍贵的合身牛仔裤——然而还是太讲究了。在这样的乡下，任何比抓绒衫精致点的衣服都被认为是华丽的服装，而且我前一天晚上还把指甲涂成了闪亮的银色。

坐在邮局柜台后的男人缓慢地、不带任何掩饰地把我从头到脚打量了一遍。

"你好，"我说，"我想买十二张一类邮票，谢谢。"

他花了几秒钟才点完头，然后行动起来。岛上没有人是做事麻利的。

"你要在这里过夜吗？"他问。

苏格兰口音是为数不多的我能自信地辨别出来的口音。事实上，我甚至能指出苏格兰不同地区的口音之间的某种差别：如果你的苏格兰口音不重，那么你来自爱丁堡；如果你的苏格兰口音非常重，那么你来自格拉斯哥。但那不代表我能迅速破译用苏格兰口音说出的话。正当我开始翻译问题的时候，他已经接着说下去了：

"很快就要涨潮了，如果你要走的话，别拖太晚。"

"哦，对，"我明显看起来像在等待救援一样，"不，事实上我会在这儿待一段时间，而且我知道潮汐的时间。"

男人斜眼看了我一会儿。

"你是拍电影的？"

"抱歉，你说什么？"

"电影、电视。有很多人来我们岛上拍电影和电视剧。很多都是来为史剧画面取景。"

"噢，我明白了。不，我不是拍电影的。"

"啊，那你是朝圣者？"

我觉得这是句玩笑话。

"不，显然不是。"

"逃亡中？"

"我从精神病院里逃出来。"

"哈！"

米 兰 达 · 弗 罗 斯 特 的 猫　　255

"事实上，我是看门人兼猫保姆。米兰达·弗罗斯特的房子和猫。你认识她吗？"

"认识。我是为数不多的认识她的人之一。奇怪的女人，有点像隐士。"

"对，就是她。"

"你是米兰达的朋友？"

"不，算不上。事实上，根本不是。我们只见过一面，为了工作。事情有点复杂。我是名记者——这是我白天不用照顾猫的时候的工作。我之前采访过她。"

我知道我话里信息量很大，但我每说一句，男人的脸上就增添一分困惑。

"你采访过她？"他终于开口问。

"对。"

"为什么？"

"抱歉，你想问的是？"

"你为什么要采访米兰达？"

"呃……我觉得原因很平常。"

他茫然地看着我，依旧眯着眼睛。

"她是名诗人，"我解释道，"国内最杰出的诗人之一，仅次于安德鲁·姆辛和卡罗尔·安·达菲。"

他没有反应。

从此以后，当我碰到有人问我和米兰达·弗罗斯特的关系时，我都会略去复杂的背景故事，直接告诉他们我是她的侄女。虽然事情并没有因此而变得简单。老实说，我很惊讶，在人口这么少、面积这么小的岛上，我遇到的人里，只有五位知道米兰达·弗罗斯特的存在，只有一位知道她是名诗人。

　　虽然他说的可能只是俏皮话，但邮局里的苏格兰男人不是第一个认为我来到岛上是为了逃避某些事情的人。妈妈、芭芭拉医生，还有贝克——他们都质疑我为什么要到岛上来。我也质疑过自己来岛上住的决定——或者说，在刚到岛上的几周内质疑过。我想这与我离开圣查尔斯和伦敦的方式有关。

　　出院那天我没有和贝克见面，虽然我没有刻意避开他，真的没有。我在星期五早上出院，他要上班。他想来接我——我们出院前一晚在电话里讨论过——但最后我还是告诉他我不确定是否能面对他。我觉得我们坚持此前得出的共识比较好：我俩都需要空间和时间。

　　做出这个决定并不容易。我和贝克的公寓里安静得可怕。那种安静当然不是我在医院里感受过的安静，而是伦敦特有的安静——窗外的车流透过玻璃传来的白噪声。在医院里住了几个星期之后，我觉得出院后看到的一切似乎都成了静止画面。

　　我让妈妈把车停在公寓楼外等我，告诉她我五分钟后就会下来。但我想我只花了三分钟。我从衣柜底翻出一个压皱了的帆布背包，往里塞衣服——只塞了衣服，而且哪件离我最近就抓起哪件塞进包里——然后，我离开了公寓。

　　"这就是你的全部行李？"妈妈看着我把包抛到后座，问道。

　　我耸耸肩。"我不需要打包太多东西。"

　　"哦。"

我能看出接下来的十五分钟里她一直想再说点什么，但直到汽车开上高速公路驶离伦敦时她才开口："亲爱的，你真的确定这样做好吗？"

　　我爱妈妈，而且对她充满感激：在我需要她的时候，她抛下一切来拯救我。然而，在妈妈家的客房里醒来，身边只有一包皱巴巴的衣服，没有比这更能让我明白自己的生活偏离了轨道。

　　我一直告诉自己，严格说来，我不是搬回去和妈妈住，因为我从来没在这栋房子里住过。我上大学后不久，妈妈就从伦敦搬到了埃克塞特，而我只在那里做过客——过了几个圣诞节，放暑假的时候待过几个星期。所以，我不需要觉得自己搬回了儿时房间并为此感到丢脸。不过，妈妈每天早上都会拿杯咖啡到我房间，为我拉开窗帘，帮我煮早餐，这真的很难不让我觉得自己回到了十年前。

　　另外，妈妈也一直对我极强的烟瘾有意见——有时候她会说出来，有时候会用眼神暗示，或者直接全程监督我。我知道这一切都是因为妈妈想要好好照顾我。那些每隔几天就整齐叠好、放在我床上的衣服；那些在午饭时间打来看看我情况如何的电话，都明显表达出妈妈对我的关心。

　　为了让妈妈放心，我开始了整理积压的电子邮件这一巨大工程。收件箱里一共有 804 封未读邮件，整整 23 页。仅仅是数字就足以让我眩晕。我面对着那一行行整齐但难以看懂的文字，盯了半个小时以后，明白自己无法独立完成这项任务。于是我喊来妈妈帮忙。说得更具体一些，在接下来大约一个小时里，是她坐在电脑屏幕前整理邮件，而我只需坐在躺椅里给她下达指示。

我猜这是代沟，但我一直想不明白为什么妈妈不能把生活其他方面的常识运用到信息技术领域。最令人疑惑的一点是，和其他人一样，她每天上班都用电脑。事实上，她在一家市场营销咨询公司工作，所以她甚至还要为客户提供如何建立在线简介以及如何在社交媒体上营销之类的建议。老天保佑那些在社交媒体领域比她懂得还少的公司，它们估计快要破产了。

"来吧，"我对她说，"从删除所有垃圾邮件开始，那应该是最简单的了。"

"很好。"妈妈等着我进一步的指示，我点头示意她继续，她弹了弹舌头，"那第一步要做什么？"

"就从那些明显是垃圾的邮件开始删。"

"阿比盖尔，这是你的邮箱，不是我的。我怎么会知道哪些是垃圾邮件，哪些不是呢？"

"很明显，真的很明显。"

妈妈叹了口气，带着没来由的恼怒。"给我一些例子。"

我揉了几秒太阳穴，好让她知道自己有多愚钝。

"先删那些来自 eBay、乐购超市和亚马逊的邮件。接着删来自银行和信用卡的邮件，国民西敏寺银行的除外。然后删有关失业保险和工伤保险的邮件。"

"你出过事故？"

"没有，当然没有！删掉所有说我中了奖的邮件。删掉所有医药公司发来的邮件。删掉——"

"噢，说真的，艾比，为什么你会收到医药公司的邮件？你到底买了什么？"

"删掉任何提及伟哥、火辣单身女和阴茎增长术的邮件。"

"你的表述不用这么粗俗。"

"天哪，妈妈！这是互联网——粗俗是保持互联网蓬勃发展的燃料。删掉任何主题全部是大写字母的邮件。删掉任何主题里有超过一个感叹号的邮件……"

一个小时以后，804 封邮件减少到 77 封。这些就是过去一个多月里积累下来的待阅邮件。有很多是关于工作的；有很多在问"你在哪儿"的；有两封是让我无法直视的信用卡账单；有贝克和弗朗西斯卡发来的邮件；甚至还有一封是爸爸写给我的。爸爸的邮件大概是我最难处理的一封邮件了：他试图表现得善解人意，可那些话被妈妈大声念出来以后，我难堪得手脚都缩了起来，在躺椅里越陷越深。

"他努力了，你知道的。"妈妈说。但听起来没有说服力。

米兰达·弗罗斯特发来的邮件夹在这些邮件中间。那是九天前发来的邮件，主题栏写着"猫？"，正文却为空。

"这完全是一封空白的邮件，"妈妈告诉我，"什么都没写。我想她肯定错按发送键了。"

"不，她没按错。没事，我知道她在说什么。"

不用说，我已经完全忘掉米兰达·弗罗斯特很久之前给出的提议。但她发的邮件是我回复的第一封邮件。而且目前来看，她的邮件是最容易回复的。

我们没有碰上面。考虑到她要坐火车、坐飞机还要避开涨潮时间，米兰达·弗罗斯特在我到达小岛的几个小时前就已经离开了。我花了七个小时从埃克塞特去到贝里克郡，接着打了辆出租车去她的农舍。她把前门的钥匙放在一个盆栽下，在厨房餐桌上留了张纸条。

阿比盖尔：

　　猫和人不一样。它们是天生的食草动物，偏爱少食多餐。因此，我通常一天喂贾斯珀和科林三次，分别在早上七点，下午一点和晚上七点。当然，这些只是我建议喂食的时间。不过如果你早上过了七点后很晚都没喂它们的话，你会发现科林（两只猫里体型较大的那只）会来找你。请不要放任它挠卧室的门。它们吃湿猫食——每餐半小袋——另外，你每天晚上都要加满饼干和水。贾斯珀时不时会消失二十四小时，不用担心。它喜欢外出打猎。如果你在花园里发现了啮齿类动物的尸体（它很少把它们带进屋里），堆肥箱旁边有把小铲子。

　　你可以在村里买到牛奶、面包和其他必需品，不过其他的日用品我都会让人送货上门。我附上了送货员的联系方式。他一周会来送一次猫粮，你可以在现有订单上添加任何你需要的物品，我想这很简单。

　　我还附上了我的手机号码。有急事可以打给我，其他时候请勿打扰。

米兰达

　　附：偶尔会有游客在花园里闲逛，四处张望，或者直接敲门问能不能参观一下房子。我不是在开玩笑。他们把整座小岛当作一个博物馆。运用你的聪明才智，别让陌生人进我的屋子。

又及：如果你又发疯了，村里有名医生。她已经退休了，但曾经帮我治好了被蜜蜂蜇后的过敏反应。我肯定她能够帮忙看看你的情况是否危急（她的电话和地址我也附上了）。

在和她保持一个非常安全的距离的前提下，我发现自己对米兰达产生了暂时的好感。是的，她依旧是一个反社会的人，上帝保佑她在美国的学生——由这个女人授课，我只能想象这四个月会是多么漫长的心理折磨。

尽管如此，至少她是坦诚的。和米兰达相处，你不需要担心她究竟在想什么。这也是我向她坦白我最近住进精神病院的其中一个原因。

当然，精神病仍然被视为一种耻辱，但我已经不再为此过分苦恼了。我从十几岁开始就会定期发病，早就不会因此尴尬不安。但是你无法阻止别人为你感到尴尬和担忧。他们和你相处时会变得小心翼翼，好像最简单的一句评论，或是措辞失当的提问，都足以让你崩溃——就连医疗保健人员有时也会犯这样的错误。你不得不经常提醒人们你和他们没多大不同：你们都是血管、思想和情感的复杂结合体。你不得不提醒他们：看精神科医生或者接受药物治疗并不会像额叶切除手术那样把你原有的性格完全切除。

我知道在米兰达·弗罗斯特面前完全不需要担心这些事。我会告诉她发生了什么，她会立马作出反应，而且我不必花费几个小时去破译她想表达的意思。不过，我觉得她不会给出不好的反应。我在这方面已经培养起非常可靠的第六感。即使米兰达没有得过精神病——虽

然我觉得她可能得过——但我肯定她认识的人里有人曾
经崩溃过，因为她而崩溃的人应该不少。

事实证明我不必担忧。

我给她回复了以下信息：

收件人：miranda@mirandafrostpoetry.co.uk
发件人：abbywilliams1847@hotmail.co.uk
发送时间：2013 年 7 月 13 日，星期六，18:40
主题：RE: 猫?

米兰达：

抱歉这么晚回复。我疯了，在精神病院里住了一个月。我现在好了，
也很乐意帮忙照顾你的猫——我想你还能接受吧？

几个小时内我就收到了她的回信。

收件人：abbywilliams1847@hotmail.co.uk
发件人：miranda@mirandafrostpoetry.co.uk
发送日期：2013 年 7 月 13 日，星期六，20:27
主题：RE: RE: 猫？


阿比盖尔：

　　我没问题。我想你已经恢复到可以照料两只猫的程度了，否则你还会被关在精神病院里。

　　你正在接受药物治疗吗？村里没有药房，但是贝里克郡离这不远，坐公交或者出租车很快就能到。早上来回一趟很容易。如果你对此没意见，我明天会发给你更多信息。

米兰达


　　如果所有人都能给出这样的反应就好了。

　　我的妈妈和姐姐花了两个星期尝试说服我现在还不能独自生活。就连芭芭拉医生也表示反对，直到我同意一周接受两次电话会谈才软化了她的立场。贝克的反应最激烈，不过我也料到了。

"为什么？"他在一次典型的兜兜转转、令人沮丧的通话中问我——我们一再重复这样的对话，直到我出发前往小岛那天为止。"你讨厌北方！你去伯明翰只待几个小时都会偏头痛发作。你这是要惩罚自己吗？"

"不是，当然不是。只是……我不知道怎么形容。"

电话那头沉默了五秒钟。

"艾比，我试过了——真的，我试过了。我给了你空间。我已经有两个月没有见你了。但我们不能继续这样下去。我没有办法再继续这样下去。这对我不公平。"

"我知道。对不起，但我无能为力。我只是需要这么做。"

"你不需要这么做。你是选择这么做。至少坦承这一点吧。"

我没有说话。

"你知道吗，艾比，有时候你真他妈的令人难以忍受。"

然后他挂断了电话。

说句公道话，我没有解释清楚我的决定。但那时候我自己也不是真的明白我为什么要这样做——直到我来到了岛上。


独处有很多种方式，而且独处不等于孤独。我最近才意识到这点。我在岛上住下以后不曾感到孤独，就算在我一个人待着的时候也不会感到孤独。但我在伦敦的时候常常觉得孤独。在伦敦坐地铁时，好几百人挤着你，你却依然会陷入痛苦的孤独感中。

在林迪斯法恩，我逐渐找到独处的新方式。旅游旺季结束后，我会一个人在圣玛丽教堂待上几个小时——当然，在教堂的服务时间之外。我这么做不是因为找到了上帝或者其他神奇的东西，只是因为坐在这座了不起的老建筑里，凝视着雕像、彩色玻璃窗和高耸的石柱，能让我平静下来。我想这肯定和这座教堂的历史感以及它承载的建造者的共同努力有关。在圣玛丽教堂里，你可以独享绝对的清静，但仍然会感觉自己融入了一个宏大的故事中。

我还会去位于小岛东北角的沙丘和海滩。那里离村庄足足一英里，所以你只会偶尔碰见形单影只的遛狗者。大部分的时间里，你可以坐在沙丘脚下，眼前只有沙子、大海和天空。这是涨潮时的又一个好去处，海水极其快速地涌上陆地，你可以非常清楚地看到陆地的面积每分钟都在缩小，这会让你发自内心地觉得自己与世隔绝。在某种程度上，我认为那么多游客被吸引到岛上来一开始就是为了体验这种感觉，当然那些留下来长住的岛民也是如此。很奇怪，地理意义上与世隔绝长达六小时的体验居然能够抚慰人心。这种体验太疯狂了。在伦敦，六个小时已经够我飞往另一片大陆。但在这里，我发现自己越来越享受度过这些悠长的时光，享受我的整个世界被困在这四平方公里的沙石地上。

事实上，我之前从来没有一个人生活过太长时间。老实说，从十五岁开始，我的恋爱空窗期就从没超过两周。

我可以说是一段接着一段地谈恋爱，在两段恋爱的过渡期还常常处于劈腿的状态——显然这不是我特别引以为豪的一件事。总的来说，我并不为自己的恋爱史感到骄傲。

我有十年的恋爱经验，和大概十几个人发生过性关系，我试着给出更准确的数字，但实话实说，我可能遗忘了一两个人。不过，总体的趋势比具体的数目更重要。如果把贝克排除在外——我们在一起已经三年了，把他算上会影响统计数字的准确性——我在过去十年内平均九个月换一任男朋友。我的结论是：我不擅长谈恋爱。事实上，我不久前才得出这个结论。

早前我告诉芭芭拉医生我很不擅长谈恋爱，那时我刚开始找她做心理咨询没多久。更具体地说，我告诉她，我从未觉得可以指望男朋友让我开心——我更加确定，从长远来看，自己也不能让他们开心。

我记得她的确切回答："艾比，你完全正确，但原因不是你想的那样。你不能让任何人开心，正如没有人能让你开心，因为真正的快乐来源不是别人。你必须学会独自一人也能过得幸福。然后你就可以开始考虑怎么和别人快乐相处了。"

那时候我不太明白她的意思，但现在我想我懂了。这是我来岛上住的很大一部分原因，之前我没能跟贝克、妈妈还有姐姐解释清楚。

我正在学习一个人生活，学习独自一人也能过得幸福，而岛上几乎没有事情会打扰我完成这项任务。这里只有我、米兰达·弗罗斯特的猫和空旷的地平线。

如果现在有人问我为什么要来林迪斯法恩，我会告诉他们：我正在努力好起来。

这是我能给出的最完整的答案。

# 写作

从在埃克塞特和妈妈一起住开始，我每周都给梅洛迪写信。我把信寄给圣查尔斯医院的哈德利医生，附上纸条告诉她可以拆开来看信的内容，然后再决定是否转交给梅洛迪。我不知道她有没有把信转交给梅洛迪，我只知道我没有收到任何回复。过去四个月里我给梅洛迪写了差不多十来封信，每封信里都附有我的电子邮箱地址和手机号码。不过，我想我从来没有真正期待过她能回信。能写信说出心里的想法就已经帮到我了，这或许是我能坚持这么长时间给梅洛迪写信的原因。结果如何似乎不重要了，有这个过程就已足够。

过了一段时间，我开始给其他人写信。我一度把大部分时间花在了给不同的人写信上——手写的信，不是电子邮件。电子邮件写起来太随意、太没有人情味了，而且写作的时候会有压力。写邮件的时候，你在按下发送键之前会再三确认是否已经写完要写的内容，但手写信的时候不会有这样的压力，而且也不会在屏幕下方有个时钟提醒你时间在流逝。你不会被弹出的谷歌新闻快讯、打开的多个窗口、闪烁的网页广告打扰。当你手写一封信的时候，整个过程更加从容。

当我的自我表达稍微变好以后，我立刻给贝克写了几封信，告诉他我在做什么，也尝试和他解释我搬来岛上住的原因。接着，我给妈妈和弗朗西斯卡写信——差不多的内容，详细说明，并且安抚她们。我甚至尝试过给爸爸写信，但我完全无法从容地完成这项任务，最终还是作罢。我给他寄了明信片作为代替。明信片的正面是一张引人注目的黑白照片，展现了堤道被潮水淹没的画面，我想他会喜欢的。我在明信片的背面写了三句话：

如果你要制作汽车广告的话，这里会是很棒的取景地。我现在好点了。

阿比盖尔

最后一句当然算不上一个完整的句子，但我认为对我爸爸来说，更少即是更多。明信片也许是重建我俩关系最安全的方式。

如果说我最短的信是写给爸爸的，那我最长的信是写给芭芭拉医生的。我每周至少给她写一封很长的信，通常在我们电话会谈后的第二天动笔。在电话里总有忘了说的话，或者是没有正确表达的话，因此写信对我俩都有帮助。在某种程度上，这些信像在延续我和哈德利医生开始的写作治疗——一种用笔驱邪的法术。有时候，把你的想法和感受写下来比只是说出来有效多了。

我还写了各种各样的信。我觉得有必要用这种方式来为夏天发生的事情画上句号。第一封是写给卡伯恩教授的，信里为我那有点奇怪的言行举止做了解释也道了歉——虽然我后来决定还是扔掉这封信，并没有寄出去。从根本上来说，我认为我对他造成的骚扰已经太多了，让事情维持原状会更好。我给他发过的一连串电子邮件、出乎意料的拜访、事后的杳无音信，这一切都只是他学术生涯里一些奇怪的注脚——无足轻重，很快就会被遗忘。

　　多切斯特酒店的工作人员就不一样了，他们在我需要帮助的时候照顾我：他们友善体贴、通情达理，而且还免除了我无力支付的 600 英镑的账单。我给他们寄了一封言简意赅的感谢信，标明是给"2013 年 7 月 6 日的夜班工作人员"。和我写给梅洛迪的信一样，这封信也有可能没被转交到该收信人的手上，尽管如此，试一试还是很重要。

　　只有一封信我觉得完全浪费了邮资——甚至我在写的时候就预料到会这样。我寄了一封长达四页的信给信用卡公司，请求它们冻结我的欠款利息。我认为即使在最好的情况下，大公司也不会喜欢收到手写信，而它们回复我的三段话也是简明扼要。从本质上说，它们想表达的是让我滚一边去。虽然它们原话不是这么说的——信里还建议我打给债务顾问——但是最后表达出来的意思就是这样。这封回信我仔细阅读了好几遍，最终把它扔进垃圾桶，然后用米兰达·弗罗斯特的厨用剪刀把我的信用卡剪成四块——不幸的是，这个象征性的举动并不能解决我的债务问题。我也因此决定，最好还是重新开始工作。

几周前我给《观察家报》的杰斯发了封电子邮件，尽我所能地去解释为什么我忽略了她发给我的一堆信息以及没能如约把关于猴子和城市生活疏离感的文章发给她。她似乎非常理解我的状况，但我知道我已经严重损害了自己的专业可信度。你消失了六周——其间还有一个月待在精神病院里——在这样的情况下，别人肯定会怀疑未来跟你合作是否可靠。

尽管如此，她还是告诉我可以随时打电话给她，愿意听听我是否有新点子。这可能只是她的客套话，但我决定相信她说的话。况且，给她发我的新提议也是有一定意义的；奇怪的是，我想写的正是我很久之前向她许诺为五月份发表的文章写的续篇。

"林迪斯法恩？"她重复了一遍，显然有些困惑。

"是的，没错。我会写有关这座小岛的系列专题报道，呈现在这么小的一个社区边缘生活是什么样子。从城市里来的女孩发现自己被遗弃在茫茫荒野之中——我想可以从这个角度写。"

"啊，我不知道，艾比……这听起来不会吸引读者。"

我朝科林耸耸肩，它正穿过猫洞走进来。"不如就让我把写好的文章发给你？如果你决定不采用，没关系，不会伤感情的。"

"不，不——不能让你白跑一趟。"

我用了几秒钟时间去思考她说这话是什么意思。我好像太着急阐述我的想法了，以致我都忘了要跟她交代一些基本信息。

"噢，对。没事，这方面没问题。我已经在岛上了——待了有好几周了。"

电话里一阵沉默。

"你人在林迪斯法恩？"

"对。"

"为什么？"

"我在照顾米兰达·弗罗斯特的猫。她在这住，但她现在去了美国教书，要在那里待一个学期。"

电话那头又沉默了一会儿。"行，这是我觉得可行的角度。我的意思是，这件事听起来很奇怪，但也因此能吸引读者。给我写篇一千字的稿子，说说你为什么去了岛上帮她照顾猫，我会把这个选题报给编辑。"

于是"林迪斯法恩的八卦"专栏就诞生了。名字是杰斯想的：她认为每次有人在网上搜索"林迪斯法恩福音书①"的时候，专栏的名字会是谷歌搜索引擎自动完成功能推荐的第二个词条，这会为我们增加点击量。这个策略似乎奏效了。这个专栏意外成为秋天里的热门栏目。几周前，我终于还清了最后一笔信用卡欠款。

当然，栏目的名字也有点误导性：在林迪斯法恩并没有多少八卦可写。岛民有个彩票基金可以筹资兴建新的村镇议事堂；所有人都不是非常满意二次置业的相关政策。但这些事情不会引起大陆那边

①《福音书》的手抄本，配有精美的装饰画，创作于 7 世纪晚期，现藏于大英博物馆，有"世界上最美的书"的美誉。在英文里，"福音书"和"八卦"两个单词的头三个字母相同。

的读者的兴趣。我写的大部分都是有人情味的内容，同时加点对小岛的历史和环境的介绍。杰斯给我的唯一指令是"内容要古怪有趣"，目前来说这不成问题。这是个充满奇遇的地方，而且岛民似乎很享受成为焦点的感觉。自九月份以来，我从不缺想要分享故事的采访对象。

一位曾经为皇室工作过的九十岁老爷爷告诉我，他是几十年前的某天沿着诺森伯兰郡海岸徒步时闲逛到林迪斯法恩的，然后就在岛上一直住到现在。

"这里很宁静，"他告诉我，"所以我决定留下来。"

随后一周，我写了篇题为"摩西①夫人"的文章，讲述一个女人某晚在堤道上的离奇经历。她看完艾尔顿·约翰的演唱会后驱车回家，想赶在涨潮前到家，却被大雪和雾凇耽误了。等她终于开到海岸的时候，距离满潮只剩下不到一个小时，已经不够时间开过堤道。然而，当她来到本该是潮水边缘的地方时，眼前却出现了她活了五十五年以来看到过的最美丽、最惊人的景象。在半月的照耀下，海水中间下陷，出现了一条路面干燥的渡海之道。

"两边的海水得比路面高出一英尺，"她告诉我，"这看起来完全不可能发生——简直就是现代版的神迹。"

于是她放心地踩下油门，在波浪中穿行。

直到车前灯光随着河床下沉而往下降的时候，

①公元前 13 世纪犹太人的民族领袖。据《圣经》记载，摩西受上帝之命，率领被奴役的希伯来人逃离古埃及，途经红海时，大海一分为二，渡海如履平地。

她才看清"神迹"的真相：原来，路两旁退潮时形成的积水冻成了冰，在那之上，足足一英尺高的雪和雪泥砌成了厚实的冰墙，延伸到路的尽头。

"你当时不害怕吗？"我问她，"要是冰化了怎么办？"

"不怕，我知道它不会化的，""摩西夫人"坚称，"这也许不是《圣经》里的那种神迹，但那天晚上有什么在庇佑着我。有时候，宇宙会给你一份礼物，这时候你要拒绝的话就是个傻瓜了。"

这句话用作文章的结尾是个不错的选择，虽然我不同意它隐含的观点。老实说，我不认为会有仁慈的"某物"照顾着我们看完艾尔顿·约翰的演唱会后平安到家；我也不认为宇宙会赐予我们"礼物"。我认为那都是我们自己做出的选择——无论好坏——然后接受一切后果。这并没有否认"摩西夫人"描述的神奇时刻的存在。在这些神奇时刻，作决定突然变得容易，而且该作何决定也看似显而易见，就好像有某种力量在把我们推往某一个方向。但在大多数的情况下，我想我们必须自己创造这样的神奇时刻。我们必须自己找出解决问题的办法，而不是等着它从天而降。

我想这一切也能解释我独自待在林迪斯法恩圣岛上都做了些什么，这样独处的日子已经所剩无几。再过几天，米兰达就要回来了，而我将会回到大陆。至于回到大陆之后要做什么……我还没想好。

# 避难所

那天早上我正好在七点前醒来，在过去的四个月里我每天都在差不多的时间醒来。喂完贾斯珀和科林后我便查看了天气预报。虽然外面天色依旧昏暗，但我从卧室窗户往外望去看到的景象和天气预报说的一样。卫星图显示天空万里无云，而且在接下来至少二十四小时内都会保持这样的好天气。外面几乎无风，气温对于十二月来说算高了：中午会达到 9 摄氏度，傍晚会下降到 5 摄氏度左右。

下一个任务是查看潮汐时间。我当然知道大概的时间——因为我知道米兰达什么时候会回来——但由于我脑里出现了新的想法，我认为还是记下具体的时间比较明智。下一次退潮在 10 点 22 分，那么六个小时多一点之后，也就是下午 4 点 39 分会有一次涨潮。这意味着我下午之前要穿过沙坪，不过当地人告诉我，即使我像游客一样漫步，一路走下来也不会超过两个小时。

米兰达说过她会在中午回到农舍，然后我可以乘坐载她回家的出租车离开小岛。总的来说，这显然是最合理的安排。然而，那天早上醒来后，我立马知道自己不想等到中午才离开——而且我不想待在屋里。

九点的时候我给她那个禁止我使用的紧急电话号码发了条短信：你好，米兰达，我是艾比。我决定步行回大陆。到那以后我会叫辆出租车。钥匙放在花盆下。

随后，我用箱子把所有不穿的衣服打包好，搬到邮局。箱子又沉又笨重，我不得不几次停下来调整呼吸。从米兰达的家到村庄广场这半英里的路程我走了至少二十分钟。但这似乎是最简单的解决方法了。我可不想背着十五公斤重的帆布背包徒步穿过沙坪。

这箱衣服的收件人是我妈妈，因为在离开小岛的前一天晚上我决定先回她家住几天，给自己点时间调整一下。那时候，我感觉要回到伦敦、在高峰期去国王十字车站挤地铁是完全不可能的事。而且，老实说，我不知道回到伦敦之后会面临什么。我最后一次给贝克写信是在九天前，他没回信，我就再也没听说过他的消息。公平地讲，大部分人不会像他坚持这么久，换作别人早就放弃了。

帮邮局工作人员把箱子搬进仓库后，我买了包二十支装的万宝路香烟，一个三明治和两瓶无糖可乐。然后，我最后一次走回米兰达的农舍。

我离开农舍时是 9 点 59 分，10 点 18 分到达海滩。狭长的海滩上散布着很多石头，把马路和沙坪分隔开来。我的穿着充分考虑了天气和地形：带有毛领兜帽的爱斯基摩人大衣，墨镜，厚厚的牛仔裤和袜子，还有三个月前在贝里克郡买的靴子。这双靴子和那六双我塞在伦敦公寓衣橱里的靴子不一样。这双靴子是实实在在的登山靴——坚固耐用，鞋底防滑。我离开农舍的时候还戴了羊毛手套和围巾，但现在它们都在我那没装多少东西的背包里。步行没多久我的身子就变得暖和了。

　　在这么一个冬天里的工作日，沙坪上空无一人，和我预想的一样。唯一的生命迹象是零零散散的几只正在蹚水、啄地的小鸟，还有十来只同伴在天上盘旋。我望向正前方，那片绝对平坦、沙色均匀的沙坪一直延伸到诺森伯兰郡的层峦叠嶂处，两者的分界线远远望去就是一抹浅蓝。除此之外，只有木桩在破坏眼前画面的空旷感了。

　　虽然是退潮时间，我脚下的沙子却不能用"干燥"一词来形容。它和海边的沙子一样——颜色暗沉，坚实，湿润。有些地方的沙子比其他地方要柔软很多，我也搞不清这是为什么。我还没走到第二个木桩，靴子就已经陷进地里好几次，而且一陷就是一英寸左右。

　　这暗示了沙坪并不像我在岸边时看到的那般平整。我越往前走，这个事实就越发明显。潮水退去时留下了一个个小水洼，分散在各处，说明地形肯定存在肉眼看不见的局部变化。我还被水沟挡了两次。它们不深也不宽，但我还是得离开木桩标示的路线来找到合适的地方蹚过水沟——沟里的水都快没过我的鞋带了。

在第二条水沟的对岸，沙子上覆盖着成千上万的细小的白色贝壳，就像一条铺开来的图案精美的地毯。我不知道贝壳为什么都聚集在这片沙地上——究竟是偶然现象，还是背后有某种晦涩难懂的原理——但这片贝壳地看起来绵延无际。贝壳被我的脚压得嘎吱作响，像踩在碎玻璃上一样。在很长一段时间里，我能听到的只有这些嘎吱声。风沙沙作响，偶尔从我身后的堤道上传来的车流声已经逐渐消失。

大约一个小时以后，我来到了第一个避难所，停下来稍作休息。虽然我已习惯在林迪斯法恩到处走，但在软绵绵的沙地上走起来还是比平时累得多，所以我觉得让双脚放松一下比较好。我知道离潮水淹没步行道还有一段时间，所以没必要心急赶路。另外，我还想好好看一下避难所，之前我只在堤道上远远眺望过。

避难所的建成时间很难猜测。它看起来就像故事书里的沉船残骸一样老旧；然而，在这个全是盐、沙和水的地方搭起的任何建筑，几个月内可能都会变成这个样子，甚至只需几周。支撑着避难小屋四角的圆形支柱和标示步行道的木桩一模一样——直径比巴掌大点，带有深色的水痕，比我头顶高出几英寸。小屋的一角有个梯子，顺着它可以爬上十二英尺高的平台，比涨潮时的最高水位还要高，是个安全的栖息地。我犹豫了片刻，开始爬梯子。

尽管我背着包，但爬起梯子来并不费劲。梯级由厚木板搭成，每两级之间相隔约一英尺。梯子的顶端是铁把手，固定在围着平台的齐胸高的栏杆上。我轻松地通过平台狭窄的入口，然后卸下背包，放在对面的角落里。

平台是个完美的正方形，大约有八英尺乘八英尺那么大，由十块木板铺成，每块木板都有不同程度的破损。大部分木板上长满了地衣，有一些甚至开始腐烂、干裂。但是木板看起来还是坚实的，人踩上去应该没有问题。木板并没有多少弹性，我猜来自某个地方的某个人肯定会定期检查平台是否足够稳固。不管怎么样，它看起来都没有坍塌的危险。

当我想清楚了这点以后，我依次站在了平台的四条边上，看到了四周的全景。要在这片空旷、几乎毫无特色的景色中估算距离很难，但我想我所处的位置应该非常接近沙坪的中心。在这样的高度上往前眺望，我能够辨认出标路的木桩结束的地方；回头看，我也能够看见步行道和海滩相接的地方，那是沿着海角的曲线画出的一缕灰色。大陆在我的右手边，相距可能不到一英里。我的左手边是一片覆满护根的盐水沼泽地，一直延伸到堤道和更远处的苍白沙丘。

纵览完四周景色并且确认剩下的路途没多远之后，我在背包旁边坐下，就在入口对面的角落里。我吃完了三明治，抽了根烟，用拆开的食物包装作为烟灰缸。我可不想走后留下垃圾。

我不确定自己是在什么时候决定留下来的，甚至不知道我是否刻意做出这样的决定。我想如果我真的做了决定的话，那也是有意识的不作为。

　　刚过中午的时候，我告诉自己再等十五分钟，再抽一支烟，然后站起来动身离开。时间很快就到了十二点半，我意识到如果继续耽误时间，我将很难顺利穿过沙坪。这时我已经能看到潮水涌进来了：之前走到路程的一半时，还只是一条狭窄的小溪流，现在变成一条水位不断上涨的河流，每分钟都在变得更宽、更湍急。然而我还是什么都没做，只是继续坐着看潮水变化。

　　到了一点半，我看到潮水已经涌上更远处的木桩了。我所在的沙地面积正在不断缩小，横亘在我和堤道那头的沙丘之间的沼泽地也逐渐被潮水淹过——堤道是离我最近的高地了。从此刻开始，我前往大陆的路已经被潮水切断。

　　很奇怪，我竟然不介意。实际上，我在无路可退的情况下反而感到轻松点了，虽然这个窘况明显是由我的不作为造成的。接下来至少七八个小时内，我都只能待在原地不动。不过事实上，我可能要待更长的时间。如果满潮如期在三个小时内结束，等潮水后退到我可以继续步行的时候，天色也将是一片漆黑。此时月亮已经升起来了，只是一弯细细的新月，在依然明亮的天空里难觅其踪。等到太阳下山后，月亮肯定无法提供足够的照明。这将会是一个漆黑的夜晚，我很可能要等到第二天早上才能离开避难所。

　　手机信号依旧畅通，所以我给妈妈发了条短信，告诉她我改变了计划，第二天才能回到埃克塞特。然后我面朝大陆站了一个小时左右，看着潮水慢慢涌上沙坪，直到和避难所只有数米之隔。

这时候我意识到，如果我不想憋尿憋足七个小时或者在平台的角落里撒尿的话——我的确不想——我最好沿着楼梯爬下去，尿在沙地上。我这么做了；只是整个过程比想象的要复杂些。我从来没在户外撒过尿，或者说从我记事起的大部分时间里我没这么做过。把这形容为挑战已经是保守的说法了。结果是，我把牛仔裤脱到脚踝处，半蹲着，背靠着其中一根桩子，背对着马路撒起尿来。背对马路这个动作也许是多余的——在马路上的人需要一台望远镜才能准确判断远处的人在做什么——但我还是采取了这项预防措施。当你在一片宽广辽阔的空地中央暴露自己，你很难不觉得难为情。我以最快的速度撒完尿，然后摸索着爬回平台以保安全。我在原来的位置上坐下来，继续俯瞰往避难小屋涌过来的海浪，同时对自己一手造成的无可挽回的状况进行了更多的思考。

表面看来，我做了一个疯狂的选择——就像我过去六个月里做出的那些疯狂的事一样。然而这次的感受完全不同。我要告别林迪斯法恩了，用这样的方式为这段日子画上句号其实是显而易见、不可避免的。避难所这里非常宁静，海水在下面打旋，头顶是万里无云的晴空。现在我回到了平台上，我感觉非常安全，也确实没有任何危险。天气预报说一整天都不会降水，即使气温正在下降，但夜里也会保持在零度以上。我的背包里还有多余的衣服和两小瓶尚未打开的无糖可乐。总之，我感到非常平静和安心，而这种幸福感随着时间流逝越发强烈。

快到三点半的时候，太阳下山，我也把墨镜换成了普通的眼镜。天空呈现令人惊叹的紫罗兰色，大海也是如此。海浪卷向四面八方，很快便淹没了大部分的沼泽地，拍打着路基。

我又抽了一支烟，看着陆地、大海和天空慢慢变暗，直到再也分不清彼此。

天黑了，但不是一片漆黑。或者更准确地说，天色如此昏暗以致一点微光似乎就能提供充足的照明。我低估了月光的作用。它在西边的天空低垂，像把弯刀一样，在大海里投下的倒影犹如一条长长的银丝带。月光在海面上弥漫，倒影随着海浪在夜幕中翻腾变幻。我辨认不出海岸线——除了离我最近的木桩以外，我什么都看不清——但我还是能看见远处的零星灯光：大陆边缘上农场的灯光，还有在相反方向上林迪斯法恩村庄的街灯。我知道街灯整夜不灭，因此无论夜色多暗，我都至少还有一个参照物可以让我辨别距离和方向。

太阳下山后，气温应该已经降到了三四摄氏度，所以我又多穿了件衣服，戴上手套和围巾。我在背包里翻找衣物的时候，还发现了一小包饼干、一个能量棒和一些薄荷糖——前一个月我徒步旅行的时候留下的。这些算不上一顿晚餐，但也总比我以为的什么食物都没有要好。我就着几口无糖可乐把这些零食都吃进了肚子里，然后抽了根烟当作甜品，内心涌起意料之外的满足感。

那时又传来了海浪声。我能听到波涛拍打路基碎成浪花时发出的微弱的嘶嘶声，这说明潮水已经从堤道上退下了一定距离。但我不得不又等了一会儿才真的看见了退潮边缘的泡沫，然而没过多久就又看不清了。等到潮水几乎退到避难所时，月亮已经坠落到接近地平线的地方，就像从地平线伸出的一根弯曲的针，散发微弱的光芒。几分钟过后，月亮完全消失不见。于是我陷入了黑暗中。

我在平台上又待了一个小时，然后决定再次爬下楼梯。我用手机的光照亮平台的入口，脱下手套好让自己扶得更稳，然后往前伸出脚试探，直到感觉鞋跟滑过了平台的边缘。找到铁扶手的位置后，我转过身子，两只脚都踩在第一级楼板上，接着往下踩到第二级，然后把手机放回裤子的后兜里。在绝对的黑暗之中，我非常缓慢地往下走，数着又走了六级，接着重新拿出手机。我拿着手机往下面照了照，看见了沙地和剩下的最后一级木板。潮水退去后，木板重新变干了。

我在之前的位置上撒了尿。虽然漆黑之中我什么都看不见，但这次做起来简单点了。然后，我背对避难所，屏住呼吸，在沙地上往前跨了十步。我不知道自己为什么这么做，真的。我猜我只是想测试一下自己，只是想看看在四周一片漆黑的情况下走在空旷的野外是什么感觉。

感觉还不错，或者说一开始感觉不错。等我重新打开手机让屏幕的淡光露出来时，我害怕了。因为那时候我可以看见自己多么孤立无援。我回过头，却再也看不见避难所。手机屏幕发出的蓝白色的光在地上画了个圈，我站在中央，然而圈外就只剩一堵堵弧形的黑墙，穿不透，也看不见尽头。

我当然知道自己只是杞人忧天：我只需沿着来时的脚印就能回到避难所，几秒钟的事。但那个时候，这感觉更像是一个信念而不是事实。当你的四周都是一片虚无的时候，你很容易会觉得自己按原路折回时会发现去了另外一个地方，甚至是无处可歇——避难所可能在它从我视线里消失的那一瞬间就真的不复存在了。

不过，过了一会儿，这些胡思乱想开始消散，很快我就明白它们有多荒唐。我甚至对自己有点恼火，也许是这个原因导致我没有立刻原路返回。相反，我从大衣的兜里拿出一根香烟，抽到接近滤嘴的地方，直到我恢复绝对的冷静。然后，我对准自己来时的脚印，重新跨了十步，回到了避难所。

当我发现自己回到楼梯处时，我感觉内心的某处已经发生了微妙的变化，仿佛我完成的不只是沙地上的一次短暂步行。


回到平台后，一股微风从入口处吹来，于是我转移到斜对面的角落。我开始给自己铺设一张在这种条件下能做出的最好的"床"。我把帆布背包当作枕头，拿了一件长款羊毛开衫作为毯子盖上，然后躺在黑暗中仰望星空。夜空中当然有星星——成百上千，满天璀璨。自从离开伦敦，我已习惯了观赏星空，然而此刻和我平时看到的景色还是不一样。繁星好像缀满了每一寸夜空，准备好如烟花般绚烂绽放。

过了一会儿，我感觉到自己的嘴唇冰冷。我的脸是唯一还暴露在空气中的部位。我重新戴上手套，把爱斯基摩人大衣的兜帽拉到最低，以致我的脸稍微转动就能感到兜帽的毛领在脸上摩擦。我把围巾往上拉，盖住脸，只在眼睛处留下一条细缝，好让我能继续观赏星空。随后，气温似乎又下降了，我只能把眼睛也盖上了。

　　我不知道在一手打造的奇怪"蚕茧"里躺了多久，我只能衡量出时间过得很快。不久之后，我又听到了海浪声，潮水再次奔腾而来。我没有看手表，也没有起身抽烟或者舒展一下筋骨。很奇怪，在硬邦邦的木地板上一动不动地躺得越久，我就觉得越舒服、越放松。一开始还有些恼人的地方——我的肩胛因为没有垫子而硌得生疼，呼出的水汽也让我觉得闷得慌——但很快，这些不适都不见了。或许是我选择了忽略它们，我只是稍微转移了注意力，它们就从我的意识里淡出了。

　　然后，在很长的一段时间内，我感觉自己处在快要进入梦乡的迷糊状态。许多记忆碎片袭入我的脑中——大部分都是过去六个月里发生的场景，一个接一个地浮现在我的脑海里。但我看不出它们之间有任何逻辑，只是许多杂乱无章的画面随着回忆的波浪起伏，逐渐淡出。我记得的最后一个画面是玛丽·马丁在苏活区那家荒谬的餐厅里给我行屈膝礼，然后没过多久，我就睡着了。


　　醒来后我一时分不清自己身处何方，但很快就想起来了：我在大海中央的一个面积为八英尺乘八英尺的平台上等待天亮和退潮。然后我想到，这可能不是可以和其他人分享的事情，把它当作秘密会比较好。

我把脸上的围巾拿开，一阵冷风迎面吹来，刺痛了我的脸颊。天空依然繁星满布。我看了看手机，已经是早上6点50分，还有不到一个小时天就亮了。

我的身体出现了不适：双脚冰冷，脖子僵硬，背部瘀伤，胃似乎又小又紧。但除此以外，当我站起来舒展身子的时候，我发现在这样的情况下我居然感到精神抖擞，仿佛昨晚不是在木板上小憩了几小时，而是在一张弹力很好的床垫上熟睡了八小时。我的头脑也是异常清醒——之前的胡思乱想全被清空，好像一夜之间系统重启了一样。

天一点一点地变亮。我喝了几口无糖可乐，吃下药片，然后把肘部靠在栏杆上，看着潮水逐渐退去，太阳从林迪斯法恩岛上升起。

刚过八点半。平台下方的潮水退去，天空呈现淡蓝色。我背起帆布背包，准备爬下楼梯。就在这时，手机响了。妈妈打来的电话。

"艾比，你醒了。"

"对。很明显我醒了，但——"

"我想立刻打给你会比较好。"

她的声音听起来有点奇怪，那种让你的心立马一沉的奇怪。"妈妈，怎么了？发生了什么事？"

"亲爱的，你爸爸他……"

# 又一具尸体

葬礼由玛丽和我姐姐一起打理。她们一开始问过我是否想加入，实际上，我觉得弗朗西斯卡在电话里的意思是她和玛丽"想"我加入。这当然是个谎言，但我相信这是个善意的谎言。她不想让我觉得自己被排斥在外。尽管如此，我还是无法想象我们三个一起做事会是什么样子。安排接待处的饮食，选择音乐，撰写悼词——这些事好像都不能托付给我。我并没有期待她们会让我写悼词，甚至只是贡献几句话。无论弗兰和玛丽打算交给我什么任务，我都知道她们有一条底线。但即使是像挑选鲜花、三明治的馅和场地这样简单的任务，对我来说都太难了。实际上，我对爸爸想要什么一无所知，而且根据我有限的经验判断，这往往是筹办葬礼的人会问亲属的第一个问题。我连他是否想在自己的葬礼上摆放鲜花都不知道，我甚至不知道他希望自己被土葬还是火葬。我从来没有想过这些事。

不幸的是，爸爸自己也从来没想过这些事——或许他想过了，但没告诉别人。我的父亲对自己的葬礼没有留下任何指示。当然，一部分原因是他没想过自己会死。我这么说不单是指一名看起来非常健康的五十八岁男人不会料到自己会在睡梦中中风去世，也是指死亡这个概念从来没有真正进入过我父亲的头脑。自视甚高的他不会去考虑这个世界没有了自己会怎样。

如果她们让我写悼词，这句话会是标题。

"你要知道，他把你当小孩一样溺爱。"妈妈在车里对我说。我们那天早上正开车前往伦敦出席葬礼，而这也不是她第一次对我说这样的话了。在过去的一周里，她和我说了很多次。我想她这样说是想让我好受点。"就这一点来说，你和他比弗兰和他要亲近得多，甚至比你和我都要亲。"妈妈露出苦涩的微笑，"老实说，那时候看着你们两个这么亲密，我都有点妒忌。"

我看了妈妈一眼，但她目不转睛地盯着高速公路。"妈妈，你说的只是我人生中很短的一段时光，我几乎都忘了。在我还是小孩的时候，爸爸也许很爱我——我相信你说的话——但我不会因此假装我俩的感情在那之后有变深。"

"噢，艾比，你说得好像他不再爱你了一样。他没有——当然没有。他只是不再爱我了。这两者完全不同。他想离开的人是我，不是你。"

"我那时只有十几岁，妈妈。他不可能离开你的同时和我生活在一起。我和你是不能分开的。你怎么粉饰都好，但在某一时刻他选择了一个没有你也没有我的未来。对他来说，有比我们更重要的东西。他基本上就是为了他的下半身离开我们的。"

我特地加上最后一句，因为我无法忍受妈妈那只是稍微皱起的眉头。老实说，我希望看到她更大的反应。很明显，她今天出席葬礼是因为想陪着我和弗兰，安慰我们，但在我看来她要完成这个任务很困难。她认为我放任自己为爸爸的去世伤心是更健康的做法。

她不明白我在伤心，只是我的悲伤比较复杂。因为我很早就知道自己不会再为爸爸的离开而伤心。现在我只是再一次为很多年前我已经失去的东西而伤心，一样可能从来没存在过的东西。


我们到达火葬场的时候贝克还没到，不过我们到得很早。从各方面考虑，我很庆幸他最终还是决定来参加葬礼。上周的通话又被我搞砸了。

"葬礼在星期三，"我告诉他，"如果你想来的话。"

电话那头停顿了一下。"你想我来吗？"

"我想爸爸会希望你来，"我答道，"我的意思是，老实说，你和他相处得比我和他相处得要好。"

结束通话后，我才意识到这句话听起来有多伤人。如果要为我自己辩护的话，我得说我那时候非常疲惫。这算不上一个充足的理由，但这是我能找到的唯一理由。

我马上给他发了条短信：

我想你来——当然想。我别无他求。拜托来吧。

在我收到他回复前的两分钟里，我一直在担心自己的表现和之前对他的冷漠相比是不是走到了另一个极端，担心这条短信如此直率地表露感情，读起来会不会反而不真诚。

事情不是这样的，短信里的每一个字都是我的心声。现在当我来到火葬场，望向四周却找不到他身影的时候，我想要他陪在我身边的感受比以往任何时候都要强烈。

我没看见贝克，反而见到了几个爸爸工作上的朋友和一些远房亲戚。基本上，我看一眼停车场就能立刻把那里的人分为两类——我不认识的人和我不喜欢的人——这两类人还有部分是重叠的。而且不可避免地，他们当中有很多人都感觉自己有责任第一时间找到我表示安慰。大多数情况下，我都会回以一个不带感情的微笑和一句"谢谢"，到此为止。但是我决定不再表现出我没有的情绪。当人们问我为什么"忍着"悲痛时，我就如实相告。如果他们不喜欢我的回答，那是他们的问题，不是我的。然而，这样的对话进行了三四次后，我开始渴望有人能给我点精神上的支持。

我的心中依旧充满疑虑，不知道贝克来了以后会怎样；但我肯定他至少会尊重我哀悼的权利——或者不哀悼的权利——让我自己选择。

我们在殡仪馆外那间狭小的休息室里遇见弗兰和玛丽。毫无意外，玛丽是这个世界上少数的能在悲伤的时候依然保持美丽姿态的女人之一。她和平时一样光彩照人——黑色长裙，黑色披肩，黑色面纱上绣着漂亮的黑色的花。她展示了葬礼的时尚穿着。弗兰用一条深灰色的裙子搭配黑色的上衣，看起来严肃、镇定、满腹忧思——虽然老实说，这和她平日里的穿着没有多大区别。弗兰的衣橱里挂着的都是可以穿去参加葬礼的衣服。

至于我，我在妈妈的衣橱里没有找到太多可以搭配出席葬礼的衣服。最后，我选择了黑色的长裤，黑色的开襟毛衣和一件（借来的）白色衬衫。我想这套衣服足够素净，又不至于让我看起来像个幽灵。而且我还穿了亮粉色的内衣——只是因为这么穿能让我感觉好点，反正无伤大雅。我在镜子前检查过，看不出内衣的颜色。这样穿至少能让我感觉可以做自己想做的事，同时又不冒犯别人。

对今天将会发生的事情我都不抱期待，我最不想面对的事情可能就是见到玛丽了。我不知道该如何和她打招呼或者该说些什么，这些问题在她和我妈妈尴尬地握手时还在困扰着我。就在那时，我注意到了此前我远远地观察她时没发现的事情。她看起来意外地脆弱。这可能是因为她的旁边是弗兰，一个从来没有表露过脆弱的女人；又或许是因为我看见了她对着我妈妈挤出一丝笑容时的微微一颤。不管怎样，这个发现让我在最后一刻重新考虑如何和她打招呼。我把手放下，踮起脚跟，在她的两边脸颊上亲吻了一下。

随之而来的是短暂的、奇怪的沉默。她明显和我一样对此感到惊讶，但她看起来至少明白我这么做并不是在嘲弄她。

"我喜欢你的蝴蝶结。"过了一会儿，她说道，指了指我的束发带。

"我喜欢你的整体装扮，"我说，然后补充道，"我为你失去的感到难过。"

"我也是。"这句话此时听起来也许带刺，我不确定。但不管怎样，我没有回话。我们之间真的没有什么可说的。

幸运的是，就在这时我感到有人拍了拍我的肩膀。是贝克。他的脸有点红，好像是一路赶来的。

"你还好吗？"他问。

"你指今天还是总体而言？"

"两者皆是。"

"还不错。"我告诉他。

然后他一直搂着我直到仪式开始。我认为自己不该过分解读这个动作，但这个问题在那一刻真的不重要。被抱着的感觉很好，这就够了。

我把脸埋进他的胸膛。在一个几乎所有事都让我感觉尴尬的日子里，我和贝克的拥抱没有一丝不自然。

葬礼很简单，而且很快就结束了。当然没有任何宗教仪式。没有赞美诗，也没有祈祷——虽然在某个时刻我们被邀请一起进行简短的默哀，好让每个人都以看似最合适的方式来回忆和爸爸共度的时光。我想起自己六七岁的时候，有一次擦伤了膝盖，他给我买了冰激凌。不是很特别的回忆，但这是我俩之间留下的比较美好的回忆之一。

我不知道悼词是弗朗西斯卡亲手写的，还是牧师根据弗兰和玛丽的描述匆忙拼凑的。但无论如何，这都是一篇悼词里的杰作：五分钟的生平简介，到处都是可疑的漏洞。悼词提到了弗兰和我——他的"两位出色的女儿"！——但我们的母亲却完全没被提及，仿佛我的父亲是在实验室里把我俩培育出来的一样。玛丽是"他留下的美丽伴侣"，虽然他们在一起还不到一年，但悼词告诉我们，这段时间里他们享受了"深深的幸福"。这也许是真的——谁知道呢？对我的父亲来说，一年是维持一段幸福关系的期限。如果这不是一场葬礼而是一场审判，会有许多女人排长队来为此作证。

净化完的履历之后是一大段对他工作成就的盘点。他的同事明显会怀念这位天生的魅力领袖，一位"总是面带微笑，有种古灵精怪的幽默感"的领袖。他还是慷慨大方的：悼词分享了一则轶闻，说他有一次给办公室里的每一个人都买了香槟，之后又简短地提到他是"几家慈善机构的热心支持者"，虽然并未列出这些慈善机构的名字。（我非常确定这世上能够列出这些慈善机构的只有一个人，无论这个人在生还是往世，那就是我父亲的会计。）快到结尾的时候，悼词还调侃了他对名贵汽车的热爱——形容汽车为他的"其他孩子"——惹来他工作上的朋友们的阵阵大笑。

简而言之，我的父亲基本上就是一位开着捷豹车的上帝。

"嗯，那你期待听到什么？"贝克事后问我，"历数他的罪过和不检点行为？"

"为什么不呢？我希望我的悼词就这么写。事实上，我想你现在就答应我，如果我明天死了，你要告诉大家真相——完整的真相。你可以用这句开头：'艾比有时候真的是个讨厌鬼……'之后请列出我犯过的每一个错误。一个都不能遗漏。"

"天啊！这个悼词得有多长？"

"嗯，有道理。那就把控诉控制在五分钟以内。然后你可以告诉他们，我对动物很友好，写字很漂亮，并以此结尾。用一个正面的评价来结束悼词，这点还是很重要的。"


葬礼后的招待会在弗兰和亚当的公寓里进行。虽然他们的公寓是我和贝克— 曾经和贝克——同居的公寓的两倍大，但仍然很难装下从火葬场回来的大约二十个人。屋子里又挤又闷热，而我还要继续和几乎不认识的人进行更多令人不快的对话。

所以，没过多久，不可避免地，我便走到阳台上抽烟，然后，没过多久，不可避免地，玛丽也出来和我一起抽烟。不会再有其他人，因为阳台再也装不下其他人。弗兰家的"阳台"是伦敦市中心新建公寓的典型构造：比起阳台，这更像是带有安全栏杆的窗台。玛丽和我都靠着栏杆站着，面向大街，没有说话。

"我有个朋友曾经进过精神病院，"她终于开口和我说话，"厌食症。"作为对话的开头，这不是最好的选择，但她声音里的某种情绪让我觉得事情不是她说的那么简单。

"她怎么了？"过了一会儿，我问道。

玛丽耸耸肩。"她差点死掉，后来又好起来了。不过，她依然在和厌食症抗争。在大部分的时间里。"

玛丽对最后描述的这个细节如此了解，这证实了我的怀疑。

"很抱歉我之前对你态度那么恶劣。你知道的，在餐厅的时候。我气的是我父亲，不是你。"

"我知道。"

"我不是很喜欢我的父亲。"

她笑了，不带调侃地小声笑出来。"嗯，这点我也知道。"

"但那不表示我不爱他。"

我不确定自己是否清楚传达了这种复杂的感情，甚至不确定自己是否真的抱有这样的感情，抑或这只是我一个美好的愿望。

玛丽转过头来看了我一会儿，好像在寻思什么，然后把手伸进她的提包里。"我有样东西要给你。我不知道你是否想要，但……嗯，你来决定。"

她递给我的是那张我从林迪斯法恩寄出的明信片。"他一直收藏着。他很高兴听到你说感觉好点了。"

我盯着明信片看了一会儿，正反两面都看了。我和爸爸的最后一次接触，他从我这得到的最后一条信息以一个小小的"X[1]"结束。其实本可以用其他更糟的方式结束的。

我在栏杆上摁灭了手中的香烟。弗兰家的阳台

① 英文书信落款时加字母 X 表示"亲吻"，加字母 O 表示"拥抱"。

上当然没有烟灰缸。

"玛丽，我要走了。我希望你重新变得快乐起来——在未来的日子里。"

她点了点头表示感谢，然后扭头看向伦敦的街景。"我希望你也能快乐。"

回到屋里，我看见贝克正和我的一个远房亲戚聊天。我轻轻碰了碰他的手臂。"你能带我离开这里吗？"我问他，"我们去喝杯咖啡？"我打断我的远房表亲的话，不管他正在说些什么。不过，在这个时候打断他的话好像也没什么大不了的。我把贝克推向门口，几分钟后，我们已经站在楼外呼吸着新鲜的空气了。


找个地方喝杯咖啡比想象中要难。快到圣诞节了，又接近午餐时间，街上到处都是人。星巴克里没有空位，咖世家也是。我想了一下，觉得我们可以边走边聊，找到有空位的咖啡厅再说。但很快我就发现这不是一个好办法。街上和咖啡店一样人山人海：购物的人在讨价还价，商店用刺耳的音量播放乐队援助计划①的慈善单曲。最后，我们决定回公寓——我们的公寓。这真的是唯一的选择了。

我在出租车上给妈妈发了条短信，告诉她我半个小时后给她打电话。然后，我想到应该给弗兰发条短信，称赞她葬礼组织得很棒。这不是嘲讽，我知道她想听到这样的话。接着我又发了一条短信给她，提议我们近期找时间见面——一起喝点东西什

① 成立于 1984 年，全明星阵容的音乐人合作录制了慈善单曲《他们知道现在是圣诞节吗》（Do They Know It's Christmas），旨在筹集资金救济埃塞俄比亚的饥荒。这首歌在 1989 年、2004 年和 2014 年分别重录了一次，同样邀请当时的著名音乐人共同制作。

么的。

　　我无法判断回到我们的公寓楼后会不会感觉很奇怪。可能既感到奇怪又觉得不奇怪，这是一种轻微的认知失调。当然，公寓楼里一切保持原状——或者只是略有改变。我们在楼梯遇见一个我不认识的女人。她匆匆走过，提着两个环保购物袋，戴着耳机听 iPod，但还是对贝克点头微笑。

　　"那是谁？"我问他。

　　他耸耸肩。"新邻居。嗯，也不算新邻居了。他们几个月前搬进来的。"

　　"他们？"

　　"她和她的丈夫。他们是波兰人。"

　　"他们做什么工作？"

　　"不知道。"

　　"好吧。"


　　我对自己跟贝克如此轻易地和好感到惊讶。

　　我们走进公寓，喝咖啡，聊天。我告诉他我和玛丽的对话，但除此以外，我们没再讨论其他沉重的话题。我们没聊我俩的关系，只聊工作，聊林迪斯法恩，聊伦敦。然后，在某个时刻，我们互换眼色，没有说话，直接走进卧室，在床上和解。

　　我一直很享受吵架后通过做爱来和解这一招。这种性爱让我感觉伤口立即痊愈，或者感觉自己修复了一个艺术品，让它的色彩重新变得鲜艳夺目。尽管如此，现在的我还是希望以后和贝克再也不争吵，再也不用体验这种性爱了，至少别太频繁。

之后，我意识到自己的手机再一次响起，铃声从那堆被我丢弃在另一间房里的葬礼衣服中传来。

"我想我最好接一下电话。"我说。

当然，事实上我不想接，我只想待在原地。但电话也许是妈妈打来的，而且她很可能正在担心我。在我接起电话前，它至少响了一分钟。

"艾比，你在哪里？你说你会打电话给我。"

"对不起。我……忘了时间。"

我努力忍住不笑，但我想妈妈误会了，以为我在呜咽，因为她的声音温柔了许多。

"亲爱的，你在哪里？"

"我没事，妈妈。我很好。我还和贝克在一起。我们回家了。"

"你们回家了？"

"对。"

电话那头停顿了一下。"亲爱的，别误会，但现在没有比听到你说不会回埃克塞特和我住更让我感到高兴的了。"

现在我终于放声大笑。"妈妈，我不会回去了。"

和妈妈互道再见后，我关掉手机，回到卧室。

"那，接下来做什么？"贝克问。

"家里有红酒吗？"

"呃，没有。冰箱里只有啤酒。"

"好。那我们要去一趟商店了。我们要买两瓶。"

"两瓶？你要知道，我明天还得上班。"

我笑了，把他的裤子扔给他。"有一瓶是给邻居的。我想我们应该过去介绍一下自己。"

# 公园里的两个女孩

　　三月初的天气已经炎热得像夏天。人行道散发出"烤焦"的气味，戴着墨镜的人随处可见，天空万里无云。天气预报说气温在午后会高达 21 摄氏度，但这听起来太不合理了，我早上出门的时候还是 8 摄氏度。现在，我已经脱掉出门时穿的毛衣开衫，把它绑在我的挎包背带上，然后开始怀疑自己究竟是不是该带上防晒霜。

　　走到离阿喀琉斯雕像不远处时，我看了下手机，发现时间将近十一点半。我早到了半小时，主要是因为我不想在家忐忑不安地待上半小时。所以现在我有充足的空闲时间四处逛逛，于是我自然而然地走到了宽阔的、绿树成荫的公园大道上。我没有刻意走过去，是我的脚不由自主地往那里走。等我反应过来，我已经一路走到多切斯特酒店了——在酒店马路对面的人行道上。幸亏我的双脚没有把我带到更远的地方。不是我不想走进酒店，我想进去——这反而是个问题。我脑袋里浮现出一个想法：进去看看酒店的工作人员是否收到了我的感谢信吧，这也许是个不错的主意。如果他们没收到信，我可以和他们解释，我把夜班工作人员列在了我放在钱包里的"救了我一命的人"的名单上，就好像正常人都会有这么一份名单一样。

幸运的是，我现在能更好地分辨好主意和坏主意。所以我没有过马路，没有走进大堂向酒店工作人员激动地说着只有我自己明白的话。我站在原地，让自己远离在相隔八车道之外的地方可能上演的尴尬的社交场景。

芭芭拉医生肯定排在"救了我一命的人"名单的第一位，而且她是唯一知道有这份名单存在的人。几周前，我把名单拿给她看，解释说我是在某天早上搭地铁的时候突然觉得自己需要列这么一份名单。《地铁报》是我当时能找到的唯一可以写字的纸张。这就是为什么这份名单很不协调地被潦草地写在一篇关于一只协助破案的鹦鹉的报道的背面。

当我把这张皱巴巴的纸递给芭芭拉医生时，我非常确定她会立马告诉我，我的做法有多愚蠢，多小题大做。但她没有。她只是对着名单看了几秒钟，脸上没有流露任何感情，然后耸耸肩，把它还给我。

"我认为它值得好好保存。"她说。

我点头微笑。"是的，我也这么认为。"

我假定我俩说的都是名单，而不是关于鹦鹉的那篇报道，不过谁知道呢。不管怎样，自那以后我就把名单放在钱包里，再也没给其他人看过。我真的无法想象在什么情况下我可以把这份名单拿给别人看同时又不显得突兀。

　　我们约好在露天音乐台见面，但我到的时候还有十分钟才到约定见面的时间。所以我有充足的时间为接下来的会面担忧。我告诉自己没有什么需要特别担心的。我们已经相互发过几封电子邮件了，所以如果她不想见我，她是不会同意赴约的。

　　可是，十二点一过，我又开始紧张起来。又过了十分钟，我有点相信她改变了主意，不会出现了。以防万一，我绕着露天音乐台走了好几圈——因为如果她在另一边出现，我很有可能会看不到她。比起公园的其他地方，露天音乐台这里没有那么多人，但还是熙熙攘攘的，有很多情侣、家庭、遛狗的人和玩滑板车的小孩。

　　然后，我看见了她。她在大约二十米远的地方，正从一条通往蛇形湖的小路的缺口里走过来。她穿得如此引人注目，我不可能看不见她。她身上的裙子和我记忆里的一模一样，还是那么迷人。我举起手，过了几秒钟，她看到我了，对我灿烂一笑。然后她停下来，转了个圈。在那短短的一瞬间，我的心一阵刺痛，感觉失去了什么。但这种感觉很快就消失了，随后涌上心头的是温暖的欣慰。

　　"你看起来很美。"我说。

　　她耸耸肩，但依旧微笑着。"我想对于一顿周日午餐来说，我打扮得有点太讲究了。在地铁上我穿得还比较得体。"

"你的打扮很完美，"我告诉她，"你知道吗，我之前还十分肯定这条裙子会被送到慈善捐衣箱里。哈德利医生看起来并不是很想把它转交给你。她觉得这条裙子会让你不开心。"

"她在我出院前一周把裙子拿给我。那时候我明显已经好多了。没有完全康复，但……"她再次耸耸肩。我俩都沉默了一会儿，不知道要怎么继续说下去。然后我们拥抱了对方。没有谁主动提出要拥抱，我们很自然地就这么做了。我们抱在一起几秒钟之后，我庆幸自己戴了墨镜，因为我能感觉到眼睛已经开始刺痛，想要流泪。

"我很想你。"我说。

梅洛迪没有说话。相反，她从包里拿出香烟，递给我一根。"你没有戒烟吧？"

我大笑。"不，我计划再抽三年。我在某个地方读到过这么一个说法，只要你在三十岁之前戒烟，香烟对你造成的长远影响是很微弱的。所以这就是我的目标。"

梅洛迪点点头。"嗯，听起来合情合理。"她深深地吸了口烟，用鼻子吐出烟圈。"他们已经给我用尼古丁贴片好几个星期了，真是一场噩梦。"她举起她的左手好让我看清她手掌里的伤疤，和我手上的伤疤几乎一模一样。"不过，我好久没有伤害自己了。一个小伤口都没划过。"

"那很好，"我对她说，"真的很好。"

"你呢，你最近怎么样？"

"噢,你知道的,还在适应环境,但总的来说好多了。"

"你说你和那个抛弃你的男朋友复合了?"

"他没有抛弃我,真的。不过,对,我们又在一起了。已经三个月了。"

"感觉怎么样?"

我考虑过把我和芭芭拉医生说过的话再对她重复一遍:这次我感觉和贝克的关系比以前稳定很多。但是如果这样告诉她,我就要作进一步的解释。因为对大部分人来说,"稳定"不是一个可以让人联想到很多积极含义的形容词。它算是一个中性词,一个医生在病情进展不明朗的情况下会使用的词语——意味着病情可能好转,也可能恶化。但是当我使用"稳定"来形容我和贝克的关系时,我赋予它的价值是完全不同的。因此,最后我决定用一个更简单的表述来回答梅洛迪的问题。

"我们很幸福。"我告诉她。

梅洛迪又笑了,然后我俩静静地抽了会儿烟。接着,她的一只脚开始敲起地来。"那,现在做什么?你想去喝杯东西吗?"

蛇形湖一角的酒吧里坐满了人——在天气这么好的周日,这是肯定的——所以在里面待了一会儿后,我们决定去散散步。反正离开酒吧,到绿树成荫的空地上走走,感觉更好。我们从湖的一头走到另一头,然后默契地在河岸拐了个弯,继续往回走。和梅洛迪散步是个新奇的体验——离开了医院后我们终于有地方可以散步——但除此以外,一切都是那么熟悉,令人轻松自在。

我们聊了一路，主要的话题还是圣查尔斯医院。我告诉她我现在依然会三天两头梦到圣查尔斯：那些长长的、空荡的走廊，吸烟区，围墙。她也告诉我她有时候早上醒来会觉得自己还在医院里，仿佛下一分钟护士就会走进房间。

　　"不过我只有在半梦半醒的时候才会产生这种错觉，"她解释道，"在大部分的时间里，圣查尔斯感觉是一个不同的世界——就像乔斯林说的镜像世界。我出院后立马就有这种感觉。"

　　听到这话，我微微一笑，在湖边，在明媚的春日阳光下，乔斯林口中的镜像世界听起来就像海边游乐场里某个娱乐设施的名字一样，一点都不可怕。

　　"我想我今天早上看到了乔斯林说的入口。"我对梅洛迪说，指向公园大道所在的大致方位。

　　"酷。"她听起来深受触动。"它长什么样？"

　　"嗯，我没有真正看见它，更像是感受到了它的存在。我感觉它就在我面前等着我走进去。我发现这种情况时有发生。在这些瞬间，我可以看见真实世界和镜像世界之间的缝隙。你能理解我的意思吗？"

　　梅洛迪想了一下，然后说："嗯，我想我能理解。就好像我时常想象自己做出某些可能会让我重新回到圣查尔斯的事情。比如说，如果我现在脱下裙子、跳进湖里，那么后果会是：我在下午茶之前就会被送回圣查尔斯。你是这个意思吗？"

　　我又笑了。"对，基本上就是这样。"

　　"我有这些想法是不是不正常？"

"不。你只有把这些想法付诸行动了才算不正常。"

"唔，"梅洛迪耸了耸肩，"所以你觉得正常人也会有这些想法？还是只有我们会这样——你懂的，我们这些曾经去过镜像世界的人。"

我明显无法在没有进行调查研究之前回答这个问题。我的直觉告诉我，这只是程度轻重的问题——每个人在某些时候都会产生这些古怪、唐突的想法，但只有少数人需要一直保持警惕不被这些想法俘虏。

"拜托不要跳进湖里。"我对她说。过了一会儿，我感到她把手悄悄放进我的手里，我觉得她在告诉我她不会这么做。

手牵着手，我们继续散步。梅洛迪也继续时不时引来路人回头张望。然而，除了我俩中有一人穿着一条钻蓝色的鸡尾酒会礼服以外，我想不出我们和其他在周日午后沿着湖边散步的人看起来有多大区别。公园里只是多了两名女孩，很不起眼。我觉得，这不是一件坏事。

## 加文·伊克斯坦如是说

　　"你可以选择公开哪些内容。"这部小说里芭芭拉医生很早就对艾比说过这句话。在这点上，通常来说我是同意她的，至少也有和她相同的疑虑。我基本上是一个非常内向的人。我没有 Facebook 和 Twitter 账号，而且一般来说，我觉得比起写自己的故事，以另一个人的身份进行写作能带来更多乐趣，也让我感觉更舒服。但我也意识到，小说文学里的一些主题几乎是肯定会让读者好奇书里的内容是否和作者的工作、生活相关的。我猜精神病就是这些主题之一。说得更简单一点，我无法想象这本书出版后我不会在某些时候——更可能是经常——被要求谈谈自己在精神病这方面的亲身经历。

　　所以我决定在此和大家分享，尽可能简短而又不遗漏任何相关细节。

　　2009 年 1 月，我疯了。不是艾比的那种发疯——我并没有住进精神病院，也没有自杀倾向——但她的故事肯定根植于我的经历。如果你想简单地用一连串症状（抑郁、失眠、轻躁狂）来描述我俩的经历，那么我俩有很多共同点。而且，和艾比一样，我能标出我的精神失常开始的准确时间点；或者更准确地说，我能够告诉你短期触发因素是什么。

那是 2008 年的新年前夜。我连续三天熬夜。我嗑了半打摇头丸，天知道我还服用了多少安非他命。不出所料，药力失效后我非常难受。到了 1 月 5 日，我已经感到极其沮丧。这不是第一次了。我从十八九岁开始就会不时抑郁，而且在新年前几周我的情绪也不好。但这次不一样的地方在于抑郁迅速触发了长时间的轻躁狂。我怀着悲伤和焦虑入睡，醒来的时候却兴奋得无法用语言形容。同时，我的思维快得自己都跟不上了。我的大脑好像在超速运作，处理着比平时多十倍的信息，然而我并没有刻意为之。

接下来的一周里，我每晚睡眠的时间不超过三四个小时，因为突然之间，我只需要睡这么长时间了。我总是在凌晨两三点钟醒来，脑子里充斥各种各样的想法，浑身充满能量，兴奋得让我不知所措。然后，在某个瞬间，我决定要沿着英国的海岸线徒步旅行。这是我在 1 月 13 日写下的一封信：

尊敬的先生或者女士：

这也许是个奇怪的请求，但请听我说。

我和女朋友计划着海岸线徒步一圈已经有一段时间。不幸的是，我俩都很穷——我想这种情况在那些怀揣这个梦想的人里并不罕见。因此，我们正在寻求企业赞助。

英国海岸线的长度大约有五千英里。按照我们每天走二十五英里的速度，我想完成整个徒步旅行需要两百天，或者最多七个月。在没有海滨小路和海滩的地方，我们会尽可能靠近海岸行走。

这趟旅行的花费很难估算。很明显，我们大部分时间都会露营，但只要有可能，我们会在家庭旅馆和青年旅舍下榻。当然还有购买基本装备和储备七个月食粮的花费。我也许低估了费用，但我想我们可能需要一万两千到一万五千英镑来完成这趟旅行——当然，如果我们在路上遇到愿意提供免费食宿的好心人，花费会大大降低。我们会把扣除基本花销之外省下来的钱捐给慈善机构。

如果我们成功获得必要的资金，我们希望在 3 月 21 日星期六（春分）出发，以便能够最大限度地利用日照时间。在完成徒步旅行的同时，我打算写本书（书名暂定为《徒步海岸线》）。

为了确保没有任何误解，我想说明我们没有丰富的徒步经验（我甚至怀疑自己是否试过一次步行超过两小时）。我们此前也没有完成过，或者尝试过去完成类似的壮举。但我们非常坚定。我向您保证，我们只要获得了足够的资金，就一定会完成这趟徒步旅行。

我不知道您是否会把这看作一次很好的公关宣传或者是免费打广告的机会。您可能会觉得这个主意荒唐至极。然而，我们对任何您能提供的帮助都会非常非常感激。

您忠实的
加文·伊克斯坦

我不知道是否还需要对这封信多作解释，但有几点可能值得说明。

（1）第三句完全是谎话。我和女朋友并没有从很久之前就计划沿着海岸线徒步一圈。我在写信的几天前才突然告诉她我有这个想法，但我不想企业赞助商知道这点。

（2）我看不出人们为什么要拒绝资助我一万五千英

镑让我在家庭旅馆里住七个月。即使我在出发前没有筹到钱，我也不认为这会是个问题。我有强烈的预感，我可以走进任何一家国内的酒店、家庭旅馆或者是私人住宅，解释我在做的事情，就肯定能免费留宿一晚。

（3）那时候我感觉自己极其能言善辩。我尝试说服女朋友和我一起徒步，而且已经成功了一半。然而事后看来，我确定她这么做是想争取一些时间来阻止我。（我本来告诉她我要在三周内出发，而不是她提议的两个月后出发。即便只是等待三个星期，这对我来说都是不必要的延误了。）但除此以外，我觉得我那时候的情绪确实有某种感染力。我突然之间变得如此热情和自信。我让自己确信沿着海岸线徒步一圈是当下我唯一的人生目标。"如果不沿着海岸线徒步一圈，"我对女朋友说，"我知道我会后悔一辈子。"

之后，我和家人、朋友之间有了更多奇怪的对话，虽然那时候看来没有多奇怪。我对我告诉妈妈徒步计划之后我俩的对话记得特别清楚。她问我打算怎么解决伙食，我回答说我准备主要吃香蕉——因为香蕉便宜、便于携带，而且我在某个地方看到过一篇文章说香蕉充满缓慢释放型的能量。我不是在开玩笑，我想如果妈妈那时候意识到——我的意思是，如果她真的了解到当我认为一天吃十根香蕉是个合理的膳食安排时我的精神失常程度已经有多严重的话——她一定会毫不犹豫地拉我去看医生。

然而，我的大部分家人都认为我只是有点古怪。而且我肯定他们觉得这个心血来潮的海岸线徒步计划很快就会流产。

实际上，我拖了好长时间都没有放弃这个计划。一开始，我内心就有一部分知道我的大脑并没有像平常那样运作。我知道自己躁狂发作了——怎么会不发作呢？但，就像艾比那样，我那时候很害怕如果我告诉其他人我的感受，他们就会想要扼杀它，而我绝对不希望发生这样的事。

所以我花了很多时间去压抑更多更奇怪的想法，之后非常缓慢地——在好几个星期之后——我的思维终于慢了下来。我的情绪渐渐低落，最后突然坠入谷底。我抑郁了几个月，后来有所好转，越来越好，然后又再次恶化得比之前更严重。这样的状态持续了差不多十八个月，直到 2011 年的 1 月，我开始每天记录我的情绪——因为我仍然感觉自己需要收集一些"客观的"证据来证明我的精神状况出了严重的问题。我一天三次地给自己的情绪打分——早上，下午和晚上——按 10 分制打分。一个月之后，我的平均分大概是 3.1。我去看我的全科医生，开始服用百忧解，自那以后我就服用了大量这种抗抑郁药。

艾比被诊断出患有二型躁郁症。我被诊断出的病症和她不同，但我猜那是因为我从未告诉医生我上文里叙述的经历。我只和医生说过我的抑郁症状，因为抑郁让我感到难受和虚弱。

当然，嗑药让事情变得复杂。但我可以说我之后几次轻躁狂的发作——没有第一次那么严重，但也有相同的症状——和嗑药完全无关。我已经很久没有服用违禁药物了。我已经得出结论：在服用可能影响我情绪的东西时要非常小心。我每天服用小剂量的百忧解，这看起来已经足够让我保持愉悦的心情，如果我的情绪开始变得过分亢奋或者过分沮丧，我也清楚怎么做来帮助自己恢复平静（运动，健康的饮食，充足的休息，冥想，多与我的孩子和猫相处）。我的妻子也会照料我；她已经非常善于发现我发病的早期征兆了。

简而言之，我想我非常幸运。无论我的问题是什么，我知道那只是程度较轻的精神病。世界上有成千上万的人和艾比一样，经历着比我的问题更危险、伤害更大的情绪波动。

在过去的一年里，我只经历过几次轻微的躁狂发作，其中一次发生在我重读这本书里描写艾比躁狂发作的章节之后。我花了几个小时加上充足的睡眠才重新平静下来。但这也让我满怀希望，相信我写的内容接近我的初衷：真实。